阿拉善文史集

溜溜的黑骏马

策·萨茹娜 搜集整理
马英 萨仁高娃 译

内蒙古科学技术出版社

图书在版编目（CIP）数据

溜溜的黑骏马 / 策·萨茹娜搜集整理；马英，萨仁高娃译. —赤峰：内蒙古科学技术出版社，2017.6
（2022.1重印）
（阿拉善文史集）
ISBN 978-7-5380-2822-5

Ⅰ.①溜… Ⅱ.①策… ②马… ③萨… Ⅲ.①蒙古族—民间故事—作品集—阿拉善盟 Ⅳ.①I277.3

中国版本图书馆CIP数据核字（2017）第151675号

溜溜的黑骏马

作　　者：	策·萨茹娜搜集整理　马英　萨仁高娃译
责任编辑：	那　明
封面设计：	策英桑
出版发行：	内蒙古科学技术出版社
地　　址：	赤峰市红山区哈达街南一段4号
网　　址：	www.nm-kj.cn
邮购电话：	0476-5888903
印　　刷：	三河市华东印刷有限公司
字　　数：	360千
开　　本：	700mm×1010mm　1/16
印　　张：	17.5
版　　次：	2017年6月第1版
印　　次：	2022年1月第3次印刷
书　　号：	ISBN 978-7-5380-2822-5
定　　价：	78.00元

《阿拉善文史集》丛书编纂委员会

主　任：
王旺盛（阿拉善盟盟委委员、阿拉善左旗旗委书记）

副主任：
戈　明（阿拉善左旗旗委副书记、旗长）
司俊强（阿拉善左旗人大常委会主任）
李苏依勒图（阿拉善左旗政协主席）

成　员：
尹喜红（阿拉善左旗政协副主席）
云辉霞（阿拉善左旗政协副主席）
张进东（阿拉善左旗政协副主席）
黄布仁别立格（阿拉善左旗政协副主席）
图门布仁（阿拉善左旗政协秘书长）
斯琴巴图（阿拉善左旗政协文史和学习委员会主任）
嘎拉苏雅拉（阿拉善左旗政协办公室工作人员）

序　言

阿拉善盟盟委委员、阿拉善左旗旗委书记—王旺盛

"苍天圣地"阿拉善位于内蒙古自治区的最西部，这里有广袤的戈壁、无垠的沙漠、壮美的山川和原始的森林，特殊地域孕育了璀璨斑斓的秘境文化，横亘时空承载着鲜活绵长的奇丽神韵。

阿拉善民族文化底蕴厚重绵长。这里自古以来就是北方少数民族的栖息地，先后有狄、匈奴、鲜卑、柔然、党项、回鹘、突厥、蒙古等少数民族在此繁衍生息。三百多年来，蒙古族和硕特部、土尔扈特部分别谱写了横征高原、联姻守疆、悲壮东归等壮烈史诗。阿拉善大漠戈壁的雄浑、苍凉、坦荡和千百年来多彩多姿、波澜壮阔的历史画卷，流传下了"大漠孤烟直，长河落日圆"等千古名篇。

阿拉善文化旅游资源丰富独特。这里有全球唯一以沙漠为主题的世界地质公园，有世界三大沙漠之一的巴丹吉林沙漠、世界三大胡杨林之一的额济纳胡杨林、世界三大载人航天中心之一的东风航天城，有与殷墟甲骨、敦煌遗书、明清档案并称为20世纪中国四大考古发现的居延汉简，有"美术世界的活化石"曼德拉山岩画以及贺兰山岩画，有敖伦布拉格、额日布盖、海森楚鲁三大怪石峡谷，是漠西卫拉特蒙古、漠北喀尔喀蒙古、漠南蒙古三大部文化融合之地，是六世达赖喇嘛仓央嘉措的圆寂之地，是蒙藏文及古梵文著名学者和佛学大师阿旺丹德尔的故乡，有全球最大的汽车越野盛会——越野e族阿拉善英雄会永久举办地，有"中国观赏石之城""中国骆驼之乡"等美誉。发展文化旅游产业，打造国际旅游目的地，推进"国家全域旅游示范区"建设，文化是重要的载体，因此只有将丰富的旅游资源同阿拉善独具特色的历史文化、民族文化、宗教文化、丝路文化、自然生态文化、爱国主义文化高度融合，阿拉善的旅游业才能成为支柱产业，才能健康持续发展。

文化承载历史，文化昭示未来。阿拉善从来不是文化的荒漠，而是一片人文的绿洲。在新的历史时期，阿拉善左旗以高度的历史责任感，以弘扬和传承阿拉善文化为己任，从2016年起，组织发动阿拉善各个阶层的优秀蒙古族文艺工作者从不同视角真实地为阿拉善写史，征集、整理、研究、编辑和出版了《阿拉善文史集》系列丛书，丛书涵盖了阿拉善民间故事、传说、谚语、民歌、宗教、诗歌、书法、传统游戏、散文、小说、民间赞词等内容，具有浓郁的民族特色和地域风情，是一部了解阿拉善历史及民族文化、弘扬阿拉善精神的厚重之作。

文化是一个国家、一个民族的灵魂,也是一个地区核心实力的重要体现。坚定文化自信,增强文化自信,创新发展草原文化,加快发展民族文化,加快发展具有民族特色、地方特点、时代特征的文化产业,创作出体现民族精神和时代精神、经得起历史检验和人民群众认可的文艺作品,大力弘扬吃苦耐劳、一往无前的蒙古马精神,夯实厚重的阿拉善精神底蕴,服务于文化旅游深度融合发展,进一步助推阿拉善旅游产业发展,是促进推动文化产业的内生动能的基石,也是时代赋予广大文艺工作者的历史使命。

让我们群策群力,众志成城为阿拉善经济、社会和文化的繁荣发展贡献自己的力量。

2017年5月18日

心中的火花 —— 作者自序

◎ 策·萨茹娜

　　1982年还在上大学的时候,教民间文学的巴特尔、斯琴高娃老师临教完所学课程前留下收集编写民间故事的作业,这对我有很大的启发。儿时的美丽、神奇的童话世界展现在眼前,在智慧的深处变成火焰散发出光芒。我从那个假期开始了"访问家庭"的活动,也走上了收集和编写民间故事的艰苦旅程直至今日。我与纸笔结交,走遍了附近有老人的人家,整日在驼背上摇晃;在广袤的蓝色戈壁中星星点点般散落的牧人家中找寻着故事。苏木嘎查举办的盛会、牧民自发组织的那达慕会场、寺庙集会等场所都少不了我的身影。我在人海中寻找着年迈的老者,不论是认识的还是不认识的,只要能"乞讨"到故事,我就非常兴奋。一路上,只要是听到为民族文化事业在做搜集整理的工作,大伙儿便把所知道的故事全部说出来。我怎么能忘记,倾囊相赠无私奉献的父老乡亲们的一片热忱!

　　"辛勤的劳动不会叫人后悔",这是真言。隔着旗县、苏木,从银根苏木的远古戈壁到巴丹吉林沙漠的边缘,我进过一百多户人家,见过几百人,其中专访了八十余人,当自己的猎获物——民间故事以其丰富多彩的色泽绽放在眼前的时候,不由自主地感悟到:"阿拉善额鲁特人就是这样热爱先祖文化的善良人民,这是一片有着像大海一样富饶的传统文化积淀的神圣故土……"我自己虽然很辛苦很疲惫,可是想到在民族神圣的文化摇篮中成为一颗燃烧着的火炭、融为渺茫无际的大海里的一滴水、化作金色须弥山上的一块石头的时候,心胸豁然开朗,精神抖擞起来,也更加坚定了意志,在这条艰难的长途中继续走下去。

　　在我们小的时候,大家一起围坐在火撑子旁边听故事。那时,不知疲倦的父辈们讲好多好听的故事,讲上一整晚的故事,也不会重复,就像阿拉善人在宴会上不会重复唱一首长调歌曲一样……可现在不要说是讲故事的老人,就连听故事的小孩儿都没有了,只能把所有的故事掺和着茶饭一起吃掉了。对我来说,这珍贵的文化遗产、活的书籍和年迈的老人们一起转眼就会消失不见的事实,让我必须抓紧时间做好收集工作。

　　游牧民族的文化遗产不完全是靠文字流传下来的,大多是口传下来的。在真正的历史面前,谁也不能抹去蒙古族民间故事无与伦比的价值。从20世纪开始,随着蒙古民族悠久的传统和游牧生活的根基渐渐被破坏,民族文化也受到了很大的冲击,文化和传承也出现了断裂的现象。民间文学是无比珍贵的文化遗产,及时抢救、保护是我们每个人迫切的责任。

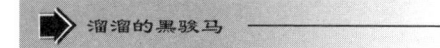

收集整理民间故事的工作受到领导的重视,也引起了大家的关注。有了系统的、完整的、明确的目标和全面的规划,我们的民间文学才能复苏兴旺,迎接美好的未来。

前　言

古赖青·巴特尔

　　过去的蒙古族孩子们大都是在民间故事的摇篮中成长起来的。刚开始懂事的时候，就听老人们讲各种各样的故事，被故事中所描绘的情境吸引着，抑或被梦幻般的理想所牵引着走向无边无际的人生边缘。漫长的冬夜，凝望着炉火舞动的红色火苗，聆听大人们娓娓道来的故事，正可谓一种幸福。我相信，儿时的那些美妙的感受，很多人至今还记忆犹新吧！

　　时代的变迁是无法想象的。虽然春夏秋冬年复一年，然而已经今非昔比。就拿民间故事来说，如今爱听老故事的孩子和会讲老故事的老人都比从前少之又少了。但这并不等于民间故事失去了存在的价值和其固有的魅力。作为人民群众智慧的结晶和文学的原始形态，民间故事永远保持着它的艺术价值和文化地位。

　　挖掘和保护民间文化遗产，把它尽可能完整地留给后人，是一项功在当代、利在千秋的神圣使命，全国上下正在积极投入民族民间文化的搜集整理和保护工作，这也是我们义不容辞的责任和义务。策·萨茹娜同志就是这样一个以保护民间文化遗产为己任的实践者。她的奶奶和父母都知道很多的民间故事，是讲故事的高手。从小在这样的家庭环境里受到民间故事熏陶的策·萨茹娜对民间故事产生了浓厚的兴趣，从小学时代就开始试着把自己听到的民间故事记录下来。后来上了大学，直到走上老师工作岗位，也没有忘记对民间故事的搜集和整理，而且对民间故事越发痴迷了。她很早就认识到搜集整理民间故事的价值，在这方面走在了前面，这是对民族文化遗产的认识和理解的升华，也正因为如此，她成为内蒙古地区搜集整理蒙古族民间故事最多的人之一，多年孜孜不倦地搜集整理，她获得了民间故事的大丰收。

　　策·萨茹娜数十年来辛勤耕耘的成果，将通过这本民间故事集与读者见面和被社会认可。但这并不是说她在这方面的工作已经结束，也许它仅仅是一个阶段性的总结，因为她的好多故事还没有编进这本书里，她还在继续着自己无比热爱的这项事业和绚丽多彩的民间故事梦想。

目 录

第一部 神话故事

1. 黑老汉特特肯 …………………………………………………（3）
2. 人为什么吃粮食和肉食 …………………………………（5）
3. 人为什么直立行走 ………………………………………（6）
4. 三星的故事 …………………………………………………（7）
5. 日食和月食的来历 ………………………………………（9）
6. 神射手 ………………………………………………………（10）
7. 阎王爷的三个信号 ………………………………………（11）

第二部 传说故事

8. 建立城堡的孤儿 …………………………………………（15）
9. 活着能看到驮载的骆驼 …………………………………（16）
10. 鸦片的起因 ………………………………………………（17）
11. 好铁出在俄罗斯的缘故 …………………………………（18）
12. 人为什么养狗 ……………………………………………（20）
13. 小孩儿剪头发习俗的由来 ………………………………（21）
14. 承庆寺神树的传说 ………………………………………（22）
15. 火神的传说 ………………………………………………（23）
16. 萨满教和佛教 ……………………………………………（24）
17. 延福寺的转经轮 …………………………………………（25）
18. 老人的功劳 ………………………………………………（26）
19. 不杀"神畜"的由来 ………………………………………（28）
20. 磨盘石不能分开的缘故 …………………………………（29）
21. 儿驼山的传说 ……………………………………………（31）
22. 世上有了盗贼 ……………………………………………（32）
23. 摔跤坎肩为什么袒胸 ……………………………………（33）
24. 仙板肉大家吃 ……………………………………………（34）
25. 桡骨的故事 ………………………………………………（35）

· 1 ·

26. 胸岔肉敬女人的来历 …… (36)
27. 谁的孩子都是心头肉 …… (37)
28. 沙金图坡 …… (38)
29. 败家子变成了乞丐 …… (39)
30. 为什么忌讳唱《太阳小黄驹》 …… (40)
31. 博克哈布图盖 …… (41)
32. 制伏道格欣公主 …… (42)
33. 阿拉善蒙古族六十姓氏来源传说 …… (43)
34. 扣火盅的故事 …… (45)
35. 六世达赖吃狼奶长大 …… (46)
36. 六世达赖行医 …… (47)
37. 见蜘蛛就灭，见寰椎就踩 …… (48)
38. 屎壳郎的来历 …… (49)
39. 阿拉善活佛和西域活佛斗法 …… (50)
40. 莲花生佛再生 …… (51)
41. 莲花生佛普救众生 …… (52)
42. 阿旺丹德尔的法力 …… (54)
43. 不走大路中央的缘故 …… (55)
44. 阿旺丹德尔为佛像开光 …… (56)
45. 阿旺丹德尔在西藏一鸣惊人 …… (58)
46. 阿旺丹德尔巧辩西藏诺颜 …… (59)
47. 阿旺丹德尔给乌珠穆沁喇嘛传授本领 …… (60)
48. 阿旺丹德尔试探两个徒弟 …… (62)
49. 班禅大师的故事 …… (64)

第三部　民间小故事

（一）魔法故事

50. 沙白扣来了我的事情就有眉目了 …… (69)
51. 青蛙儿子 …… (71)
52. 阿巴莫日根扣 …… (73)
53. 确吉仙女的故事 …… (75)
54. 包老爷换了阎王爷 …… (78)

55. 女人的命运 ………………………………………………… (79)
56. 妙音天母显神灵 ……………………………………………… (81)
57. 变成青狼的鬼魂 ……………………………………………… (83)
58. 两个孤魂野鬼 ………………………………………………… (84)
59. 消灭黑爪怪 …………………………………………………… (85)
60. 胆大的人戏鬼怪 ……………………………………………… (86)
61. 消除瘟神 ……………………………………………………… (87)
62. 能看见鬼的人 ………………………………………………… (89)
63. 恶毒的妖母 …………………………………………………… (90)
64. 嘎顺巴盖是你吗 ……………………………………………… (94)
65. 山中的姑娘 …………………………………………………… (95)
66. 要是我的齐达日巴拉在的话 ………………………………… (96)

（二）莽古斯故事

67. 珠特乃莫日根罕 ……………………………………………… (97)
68. 雅嘎勒岱 ……………………………………………………… (100)
69. 希热图莫日根罕 ……………………………………………… (103)

（三）生活故事

70. 娜仁皇后与萨仁大臣 ………………………………………… (106)
71. 长着八十二只脑袋的黑拉布金巴 …………………………… (108)
72. 羽衣青年 ……………………………………………………… (111)
73. 阿日嘎其 ……………………………………………………… (113)
74. 会下金粪蛋的马 ……………………………………………… (116)
75. 布袋老汉 ……………………………………………………… (118)
76. 机智的老翁 …………………………………………………… (119)
77. 什么是苦难 …………………………………………………… (120)
78. 皇上吃苦头 …………………………………………………… (122)
79. 阿拉善大盗 …………………………………………………… (124)
80. 侠盗受封号 …………………………………………………… (125)
81. 大人的头发很值钱 …………………………………………… (126)
82. 聪明的小羊倌 ………………………………………………… (127)

83. 小沙弥娶老婆 …………………………………………………… (128)

84. 莫日根扣的故事 ………………………………………………… (130)

85. 贪婪的诺颜 ……………………………………………………… (133)

86. 塔什哈的七个土匪 ……………………………………………… (134)

87. 老猎人的机智 …………………………………………………… (136)

88. 图古勒土来扣 …………………………………………………… (138)

89. 四兄弟学本领 …………………………………………………… (139)

90. 吉日嘎拉太的故事 ……………………………………………… (143)

91. 莽汉吉格吉 ……………………………………………………… (146)

92. 违背诺言的皇上 ………………………………………………… (147)

93. 谈不上什么吃,尽喝了 ………………………………………… (148)

94. 多可惜的一块肉 ………………………………………………… (149)

95. 再加送一条哈达吧 ……………………………………………… (150)

96. 看似聪明又似傻瓜 ……………………………………………… (151)

97. 割乳找骨髓 ……………………………………………………… (152)

98. 把骆驼牵进瓶子里 ……………………………………………… (153)

99. 背着裤子的老太婆 ……………………………………………… (154)

100. 一边挖,一边吃呀 ……………………………………………… (155)

101. 穿老羊皮袄的小伙子和穿蟒缎袍子的姑娘 ………………… (156)

102. 我又不是骆驼,吃什么沙葱 ………………………………… (157)

103. 夜半之驴 ………………………………………………………… (158)

104. 三天的皇帝 ……………………………………………………… (159)

105. 猴孩的故事 ……………………………………………………… (160)

106. 担架留着还有用呢 …………………………………………… (162)

107. 铁心皇帝的公主 ……………………………………………… (163)

108. 七十二把钥匙 ………………………………………………… (165)

109. 不孝的儿子掉了脑袋 ………………………………………… (167)

110. 吃了黄羊头准饱 ……………………………………………… (168)

111. 太阳快落山了,该吃剩饭了 ………………………………… (169)

112. 后娘的脸色很难看 …………………………………………… (170)

113. 怕儿子回家的时候迷了路 …………………………………… (171)

114. 五脏六腑都飞出来了,这下你们高兴了吧 ………………… (172)

（四）动物故事

115. 孤独的驼羔	(173)
116. 和睦的四个同伴	(176)

（五）幽默风趣故事

117. 章京喝了两鞋筒	(177)
118. 邻家的灰母驴要生小喇嘛了	(178)
119. 巴愣桑的计谋	(179)
120. 巴愣桑让阎王吃尽了苦头	(181)
121. 巴愣桑用计谋赢了巴颜的马群	(183)
122. 巴愣桑的报复	(184)
123. 牛肚子一响天下起热雨	(185)
124. 富人出洋相	(186)
125. 若这么长也就罢了	(187)
126. 短了一截的佛像现在好看多了	(188)
127. 半吊子姑娘	(189)
128. 三个愚笨的喇嘛	(190)
129. 爱装蒜的老太婆	(191)
130. 麻雀肉汤	(192)
131. 巴颜嫁女儿	(193)
132. 好大方的玉桌	(194)
133. 怕打雷的金吉格老太	(195)
134. 噎住就不得了了	(196)
135. 吝啬的掌柜	(197)
136. 这么好的酸奶	(198)
137. 偷酸奶的贼	(199)
138. 当什么人家的儿媳	(200)
139. 给我盛一点稀的就好了	(201)
140. 把我的屁眼儿塞子拿来	(202)
141. 老汉算卦歪打正着	(203)
142. 陷进泥塘里的牛	(205)

143. 猪头卦师不再卜卦了 …………………………………（206）
144. 抹胡子的油 ………………………………………………（207）
145. 装腔作势的年轻人 ………………………………………（208）
146. 舔了药勺的我也快保不住命了 …………………………（210）
147. 多好看的白石头啊 ………………………………………（211）
148. 爱吹牛的老汉 ……………………………………………（212）
149. 爱客气的人饿肚子 ………………………………………（213）
150. 大年三十猎黄羊 …………………………………………（215）
151. 能忍到什么时候 …………………………………………（216）
152. 糊涂皇上审案子 …………………………………………（217）
153. 敦煌的影子 ………………………………………………（218）
154. 聪明的沙弥 ………………………………………………（219）
155. 茶已经喝过了 ……………………………………………（220）
156. 走马变鬼 …………………………………………………（221）
157. 我们掌柜的在笑呢 ………………………………………（222）
158. 懒汉 ………………………………………………………（223）
159. 一眨眼就上了天 …………………………………………（224）
160. 不学经文的沙弥 …………………………………………（225）
161. 差一点修成正果 …………………………………………（226）
162. 没福气的人 ………………………………………………（227）
163. 我来背黑锅 ………………………………………………（228）
164. 气也气饱了 ………………………………………………（229）
165. 只顾着摆谱丢了耳朵 ……………………………………（230）
166. 羊圈里那些白白胖胖的是什么东西 ……………………（231）
167. 念错了经 …………………………………………………（232）
168. 沙金套海的黄脸汉 ………………………………………（233）
169. 黄脸汉用怪物招待客人 …………………………………（234）
170. 黄脸汉孵骆驼蛋 …………………………………………（235）
171. 不知道蒙古包从哪里进 …………………………………（236）
172. 把奶酪当成了石头 ………………………………………（237）
173. 沙金套海的黄脸汉出洋相 ………………………………（238）
174. 吹牛皮的巴哈乃在内地做口译 …………………………（239）
175. 巴哈乃吃辣子 ……………………………………………（240）
176. 巴哈乃遇见龙虱子 ………………………………………（241）

177. 今天的风为什么这么臭 …………………………………… (242)
178. 巴哈乃品尝了从未吃过的食物 ……………………………… (243)
179. 巴哈乃教训侄女 …………………………………………… (244)
180. 巴哈乃包饺子闹笑话 ……………………………………… (245)

（六）喇嘛故事

181. 谁吓唬谁 …………………………………………………… (247)
182. 游僧和贝勒斗智 …………………………………………… (248)
183. 旱了大半年响了一次雷 …………………………………… (249)
184. 爸爸的灵体在这儿找到了 ………………………………… (250)
185. 全世界统统的阿弥陀佛 …………………………………… (251)
186. 喇嘛出丑 …………………………………………………… (252)
187. 不用你教 …………………………………………………… (253)
188. 小气的人家 ………………………………………………… (254)
189. 偷羊背子 …………………………………………………… (255)
190. 把你这个该死的东西拿走 ………………………………… (256)
191. 手持仙板骨的鬼 …………………………………………… (257)

后记 ……………………………………………………………… (258)
编后语 …………………………………………………………… (259)

第一部　神话故事

1. 黑老汉特特肯

　　从前有个一拃长的身材，两拃长的胡子（拃：张开的大拇指和中指间的距离），骑着一头瞎眼骚胡（种公山羊），手持一把千斤大头拐杖，挎着骆驼脖子那么大的荷包袋的黑老汉，名叫特特肯。有一天黑老汉特特肯想娶老婆，一连做了三个晚上的梦。醒以后，稳稳地坐着，咔咔地咳嗽着，吸着烟袋锅，痛饮老白干，点着烛灯摇着骰子算卦。只见卦象上显示，西北方向的敖其尔罕的公主乃黑老汉的缘分中人。

　　特特肯黑老汉就背着行李去找敖其尔罕的公主去了。半道上碰到一只兔子。兔子问道："黑老汉，你看那西北方向黑乎乎的一团东西是什么？"老汉说："我看着像个大山。"兔子说道："你可真是个笨蛋，连那也认不得。"黑老汉生气了，把那只兔子装进骆驼脖子一样大的荷包袋里继续赶路。路上又碰见一只狐狸，问了和兔子一样的问题，黑老汉像先前一样回答，狐狸也笑话老汉："哎，你真是一个笨蛋，连那个也不认识。"老汉把狐狸也装进了荷包袋里。走了一会儿又碰见一只狼，狼也问了与兔子和狐狸同样的问题，老汉还是照旧回答，狼笑道："嘿，你怎么这么笨哪，连山和动物也分不清呀！"黑老汉把狼也装进了荷包袋。

　　然后黑老汉搭箭拉弓，三天三夜把弯弓拉得满满的，对准那黑乎乎的山一样的物体一箭射了过去，把那东西断成两截子，原来是一条大蟒蛇。这时候西北方向的敖其尔罕看到东南面腾起的一股烟尘，问手下人来的是什么东西，手下人回答："一拃长的身材，两拃长的胡子，骑着瞎眼骚胡，拉着千斤大头拐杖，吸着烟袋锅，痛饮老白干，挎着骆驼脖子那么大荷包袋的黑老汉特特肯，正朝这边驰来。"敖其尔罕说道："看把他牛的，快把一千只咬人的黑狼狗放开，我看他还敢不敢来？"一千只黑狼狗狂叫着扑向黑老汉特特肯，黑老汉把一千只狼狗也装进了荷包袋里。敖其尔罕又让一千个骑着烈马的好汉冲上去拦住黑老汉，黑老汉又把他们全部兜进荷包中。

　　黑老汉径直来到大罕的门口，大罕问他有什么贵干，黑老汉说："我想娶个老婆，来请你的女儿给我当夫人。"大罕问他敢不敢打赌，若是三局都赢了，就把公主嫁给他。黑老汉问哪三样赌局，大罕说："一是从千里之外赛马。二是只用一箭穿透七十辆车的干柴，让箭头穿过髋骨闭孔扎在针眼上停下来。三是摔跤。"黑老汉问大罕说话是否算数，大罕说："说话不算数是小狗。"

　　三场比赛开始了。千里赛马的途中，从敖其尔罕的鼻孔里突然冒出一股烟雾，到底是什么东西也看不清楚，好多人都找不着方向迷了路。可是特特肯黑老汉骑着瞎眼骚胡毫不理会地向前跑，把那些骑马的人远远地抛在了后面。黑老汉跑在前面，让瞎眼骚胡休息休息。七天以后那些人才从后面追了上来。黑老汉骑上瞎眼骚胡只给了一鞭子就跑得无影无踪，轻松地夺得第一名。

　　射箭比赛一开始，其他人都不行，不要说射针眼，连髋骨孔也穿不过去，倒是有几个人把几车木柴点着了。黑老汉一箭射过去，穿透七十辆车的干柴，穿过髋骨闭孔，扎在针眼上，又夺了一冠。轮到摔跤比赛，老汉越摔越厉害，谁也不是他的对手，又赢了第三局。最后，特特肯黑老汉领着敖其尔罕的公主回到家乡。看到黑老汉娶回个老婆，乡亲们都吃了一惊。黑老汉和妻子过着幸福的日子，谁见了都羡慕呢。

（1988年12月10日吉兰泰苏木牧民丹巴达尔吉讲述）

2. 人为什么吃粮食和肉食

很久以前，人类也和草食动物一样以吃草为生。佛爷赐给人类和草食动物一家一片草木茂盛的居所，让它们各自为生。但是人类吃草比草食动物吃得还多，不仅吃掉分给自己的草场，还把分给草食动物的草场也吃得一干二净，弄得草食动物们都吃不饱。

佛爷见状，心想，这些黑毛头的人类真是能吃的主儿，有多少草都填不饱他们的肚子，这样下去可不行，我得给他们换食物，让他们的饮食有所节制，要不然他们把全世界的草都吃光了。于是佛爷召集了人类，说道："从今往后你们要吃五谷杂粮和各类肉食，要自己动手做饭，以粮食为主食，以肉食当副食，不要再和草食动物们抢草了。"

从此，人类的饮食就和草食动物区别开来，自己动手做饭了。草食动物们也安心地逐水草而居，吃鲜嫩的草，喝清澈的水，不再担心人类和他们抢夺食物了。

（1999年1月18日银根苏木呼勃嘎查牧民乃斯勒汗达讲述）

3. 人为什么直立行走

很久以前，人类是一种浑身长毛的爬行动物，头脑聪明，四肢灵活，跑得比任何动物都快，而且力大无穷。人类自恃力气大、跑得快，不把其他动物放在眼里，见一个打一个，还把打死的动物放在火上烤熟了吃，祸害了不少动物。佛爷见状，心想要不赶紧治一治人类，将来说不定控制不住了，连佛爷也要遭殃呢。于是把人类逮住，把前两肢给缩短了一截，让人类用后两肢直立行走，从而使人类跑不快了，人的前臂骨有尺骨、桡骨、双节骨就是这个道理。

佛爷还不放心，要拔掉人身上的毛发。因为拔毛很疼，人一边大喊大叫，一边抱住头，夹住胳肢窝和两腿，能夹住的地方都夹住了。所以才把头发、腋毛和阴毛保留了下来。

佛爷又对人类下令道："从今以后你们要吃煮熟的食物，穿遮身的衣服，种田放牧，好自为之。"所以人类就成了现在的这个样子。

(1990年11月28日母亲苏布德讲述)

4. 三星的故事

过去有个名叫宗杰老的英雄好汉,好汉的儿子叫丁马日勒,此人身上有五白,即身子白、尿水白、大便白、心眼白(心地善良)、唾沫白,跟平常人不一样。当时还有一个斡日米德罕,他的儿子不如丁马日勒聪明机灵,为此大罕和夫人很嫉妒,还自我安慰地说:"丁马日勒再聪明也逃脱不了当奴才的命运,我们的儿子可是皇亲国戚金枝玉叶呢!"

丁马日勒从小没有父亲,母亲也从未告诉他父亲去了哪里。有一天母亲正在炒麦子,他从毡包底下把手伸进去要吃麦子,母亲说:"孩子,进来拿吧,什么人从毡包底下拿东西呢?"儿子进了屋,伸手就把盛在木盘中的麦子连同母亲的手握在了一起,把母亲烫得大呼大叫起来。他说:"您不告诉我父亲的下落,我就不松手。"母亲只好告诉他:"你的父亲在图格舒尔大罕的手下当兵差,后来听说死了,再后来发生了什么我也不知道。"丁马日勒说道:"但愿阿妈赐给的大麦成为世间所有人的食物和美味佳肴,成为佛坛上的供品。"相传,由于他说了这句话,从此佛教的法事上都用大麦糌粑做佛事供品。

丁马日勒走着走着来到一个在山洞里修行的喇嘛跟前,问他是什么人,喇嘛回答说:"我是什么都能做的得道高僧。"丁马日勒说:"那你算一算我父亲到底怎么了?"喇嘛抛出骰子占了一卦,说道:"你的父亲被活埋在了图格舒尔罕的东门口。你此行若能遇到好伴侣,会心想事成。"丁马日勒继续赶路,遇到一个给富人放羊的老大娘,大娘说:"我叫雅布希赞丹,我会帮助你的。"小伙子拜大娘为干妈,大娘告诉他:"图格舒尔罕手下有很多占卦师,所以我不能直接告诉你宫里的情况,我需要戴一副面具。"小伙子做了一副面具为她戴上,她这才告诉他:"你的父亲被人埋在东门了。门口的守兵不让我们进去,你就说我们母子俩要拜见大罕磕头祈福,这样他们就会让我们进去。到了里面,大罕的夫人会铺两块坐垫让我们坐,你就说我们是平头百姓不可以坐在夫人和大罕的旁边。因为那坐垫下面是九十丈深的黑洞,坐上去的话会害死你的。我口含大海之水,所以去了不能说话,夫人如果问我为何不说话,你就回答老人腿脚不好,摔了一跤把嘴磕肿了。"

大娘叮嘱完毕后,一口就把大海的水吸去了一半含在嘴里,两人一起去了图格舒尔大罕的宫殿。守门的人拦住不让进,丁马日勒就按大娘吩咐的说了,这才放他们进去。大罕和夫人请他们到大堂屋里坐,他们没有坐,躲过了一劫。夫人看到雅布希大娘的嘴和腮帮鼓鼓的,问她是怎么了,小伙子又巧妙地应付过去了。大罕问道:"你们为何事而来?"丁马日勒答道:"一来给大罕磕头,二来是寻找父亲的下落。"大罕说道:"你的父亲立了战功不幸死亡,我已经好生安葬。你既然是他的儿子,我和夫人要好好地招待你。"说着大罕叫人把他俩关在一间生铁打造的铁房子里,从外面堆起干柴要烧死他们。雅布希大娘将含在口里的海水喷了出去,把铁房子冲得无影无踪。黑心的大罕和夫人在大水中仓皇逃命,最后被滚滚海水淹死了。海水只卷走了大罕和夫人,对无辜的百姓绕着流淌,最后形成了一片片海子。相传,大漠戈壁地区的海子就是这样形成的。

丁马日勒和干妈一起来到父亲的埋身处,挖出了尸骨。大娘说道:"我去沙子顶上抓一个白色的母驼挤奶,你用铁锅把驼奶接住,我们可以用白驼奶复活你的阿爸。"他们用铁锅接了满满一锅驼奶,回来用驼奶医治死去多时的人,居然让死人起死回生了。复活了的阿爸领着他们攀上须弥山顶,向佛祖祈祷,这时候如来佛在天空中现了身,对他们说道:"人间的三位英雄,你们现在不用再回去了,就在天上当三颗守护星,为人类指明方向吧。"雅布希大娘说道:"既然我们有功劳,可否给我们一人赏赐一个奴仆?"如来佛说道:"那就让斡日米德罕和他的儿子,还有丁马日勒的母亲三人过来陪伴你们吧。"

从此天上有了三星,在三星旁边还有三颗小星星。那个斡日米德罕自以为自己的儿子比丁马日勒强,没想到最后还是给人家当了奴仆,低人一等。

(2003 年 8 月 18 日腾格里苏木查勒格尔嘎查牧民巴图特丹巴讲述)

5. 日食和月食的来历

很久以前，佛祖为了给人和动物制造永恒的神水念了很多天的经文。一天，趁佛祖出去方便的一小会儿工夫，来了一个馋嘴喇嘛的游魂偷喝了几口永恒的神水。佛祖回来问那喇嘛："你为什么喝了我的神水？"那喇嘛直说没有，死不认账。佛祖大发雷霆地问太阳，太阳说："我没有太注意，在早些时候有一个喇嘛从离我很远的地方走过。喝了还是没喝永恒的神水我不太清楚。"佛祖去问月亮，月亮说："刚才有一个喇嘛的游魂从我跟前走过，还顾不上喝永恒的神水。"太阳明明看见了却怕惹事撒了谎，月亮也包庇了贼人。佛祖非常伤心地下旨道："嘉，流浪的游魂你偷喝了我的神水却不认账，我就让你投胎成为最下等的天狗，人和动物都无法靠近你这个臭气熏天、魂不附体、长相丑陋的妖怪。太阳你虽然和贼人撇清了关系，但也没有说实话，所以让这天狗三年吞你一次。月亮你死护着恶灵撒谎骗了我，就让这天狗三个月吞你一次。"从此以后就有了日食和月食的天象。

佛祖因愤怒伤心交加，决定对谁也不赐正在制作的永恒的神水，随手端起神水就泼了出去，泼在了门外的麻黄和冬青草上。从此以后，世间野生的麻黄和冬青变成了四季不变色、永久绿油油的灌木丛。那喇嘛的游魂偷喝了神水后在天上投胎变成天狗，也有了不死的生命。

(2003年11月12日乌力吉苏木沙日扎嘎查牧民阿日和其阿吉嘎讲述)

6. 神射手

从前,天上有善恶两个太阳。善太阳给世间万物充足的阳光和养分,恶太阳则焚烧动植物让其枯萎。恶太阳以势力压倒善太阳,世界变得黑暗,草木不再生长了。

一位穷苦的孤儿,在地上挖了一个深坑,种下父亲留下来的珍贵的绝壁之草种子,种子长成一颗大蘑菇。蘑菇在几天的时间里长大竟化成一位老翁,在小伙子面前现了身说道:"以前,你父亲是个罕见的神射手,没来得及射下恶太阳就因突发事件死亡。这是你父亲的弓箭,没有这弓箭你是胜不了恶太阳的。我再给你一棵珍贵的草,你同绝壁之草一同吃下,过不了几日你的身体就会长大。这时你就穿上宝甲,这宝甲虽然不能抵挡射过来的箭,可是有防御恶太阳光的作用。你穿上宝甲到七座山后面拉满七天满弓后再射出去,以你的射技不会有问题的。善太阳被关了多日已经虚软无力,你让他吃下绝壁之草,他会好起来的。"老翁说完就不见了。

小伙子依照神仙老翁的话准备妥当后,到了七座山后面把弓拉成满月状瞄准恶太阳,七日后射向了它,结果恶太阳被射了下来,解除了世间的灾难。被关在牢里已经失去精气的善太阳吃了绝壁之草后立刻恢复了原先的神采,照亮了大地。阳光射不穿人类的盔甲,而无论什么样的弓箭都能射穿盔甲的原因就是这样的。

(1985年春节祖母其其格讲述)

7. 阎王爷的三个信号

从前,一位买卖人进城做点小买卖,骑着马走着走着不知不觉天就黑了。这时他遇到了手拿花绳子、头发凌乱、长相怪异的人。

"您是哪里人?我从来没有见过您。"买卖人问道。

"我是阴间的鬼差,奉阎王之命,来收城里诺颜的魂魄。"那人回答。

"您手上的花绳子是做什么用的?"

"这是地府的索命绳,用它来结束人的生命后带到另一个世界去。"

"可以把我带到地府去看看吗?那里到底是个什么样的地方?"

"其实地府是死人才能去的地方,不过我带你过去看看也可以,你回到阳世后向世人说多行善事才可以。"说完鬼差带着买卖人走了。

在收回坐在众人中的诺颜的魂魄时,鬼差连续抛出三次索命绳才锁住他的脖子,然后走向城东边的门。一路上哭喊的、饿渴的什么样的魂魄都有,目无方向地乱窜着。只听鬼差解释道:"这些是前世孽缘深重无法轮回也找不到出路的游魂。"走到地府,买卖人看到地狱是个用各种各样的刑具折磨人的地方。如果在前世瞪了一眼父母的人到了这里就要受到被戳瞎双眼的酷刑,骂过父母就要受到把舌头拽长种入地里的刑法,前世过分杀戮沾满血腥的人会受到被放入磨盘石中磨得血肉模糊的酷刑,作恶多端的人则要受到从头顶开始用锯子锯成两半的酷刑等等。还有很多说不出的酷刑,这些都叫作冷刑。热刑是把人活活放进滚烫的油锅里炸,放到干锅里烙,放到滚烫的水里烫,扔到火里烧,用大蒸笼来蒸等等。如果是善人,将会被送到轮回道,找户好人家投胎或者得道成仙驾着七彩祥云去人间仙境。

阎王爷收回城里诺颜的魂魄,对买卖人说道:"嘉,你看到我们地府里所有的事了,回去后如果泄露秘密你就不能善终。引世人走正道的任务就交给你了。以后等你死的时候,我会给你发出三个信号,你拄着这拐杖自然就能来到这里。"说完扇子一挥,买卖人就回到了阳间,走在回家的路上。

后来买卖人老了,一直在等阎王爷给他发出三个信号。可是也没有什么特别的迹象,所以一直收藏着能到达地府的拐杖。突然有一天买卖人死了,被阴间收走了魂魄。于是他质问阎王爷道:"您说过要给我发出三个信号,怎么说话不算数将我的魂魄收了回来?"阎王说:"我早已经把信号全部发出去了!"那人说:"我等了这么多年的信号,到现在也没有弄清楚到底是什么。"阎王说道:"我把你的黑发变成了白发,这是信号一;让你的满口牙齿掉光,这不是信号二吗?让你灵敏的耳朵失聪、明亮的眼眸灰败,这不就是第三个信号吗?"人类衰老的时候同年轻的时候大不一样就是这个道理。

(1988年7月18日祖母其其格讲述)

第二部 传说故事

8. 建立城堡的孤儿

从前有一个孤儿住在一座山洞里。孤儿经常到远处的人家里干一些杂活养活自己。一天晚上,他在回山洞的路上遇到个小伙子,小伙子是前来寻找丢失的牲畜的,便和他一路同行。走着走着,看到前面发出光亮,小伙子说:"瞧,那儿发光呢,我们去那儿吧。"孤儿说:"那是我住的地方。"小伙子问:"那你点火吗?"

"我从不点火,山洞里可暖和啦。"

"那你点灯吗?"

"山洞里自己有光亮,所以我也不点灯。"

"那你快带我去看看吧。"

两人来到山洞,原来这是座金子洞。小伙子认出那发光的东西就是金子,告诉孤儿这东西能值很多钱。于是孤儿和小伙子把山洞里的金子都卖了,换了很多银子,然后用那些银子在荒无人烟的戈壁滩建造了一座城堡,让四周的穷人都住在城堡里。从此茫茫的戈壁滩才有了城堡。

(母亲苏布德于1994年12月20日在巴彦浩特镇讲述)

9. 活着能看到驮载的骆驼

古时候，西藏建造大雄宝殿时就看上了阿拉善的骆驼，想用骆驼来驮运石木等建造物品。阿拉善人特别爱惜骆驼，所以提出了要求："你们先用自己的肩膀把那大沙堆搬开，就给你们骆驼用。"藏民就开始背沙子，在背沙子期间，不知有多少人因艰辛而病倒、死去，就算活着出来的也吃尽了苦头。为了兑现承诺，阿拉善人就用骆驼搬运沉重的石木建造了西藏大雄宝殿。

吃尽苦头活着出来的人就常祈祷着说："活着就能看到驮载的骆驼这等稀奇古怪的事。"从此，这句话就比喻克服困难的意思而流传至今。蒙古族俗语里说"活着就能从金碗里喝水"也就是这个道理。

(2002年10月20日阿拉善盟电视台扎木央·海桑讲述)

10. 鸦片的起因

　　从前有兄弟俩,弟弟会吹一手好笛子。每到晚上,就到房后的高处吹笛子。他吹的笛声非常好听,而且还能吹出心声来。一天晚上,小伙子正在吹笛子时从另一方向也传来吹笛子的声音,细细聆听,异常好听。小伙子非常诧异,用笛声和对方沟通,相互了解对方是做什么的?是男的还是女的?原来那头的是个女的,所以小伙子心想,我的终身伴侣莫非就这样找到了啊,缘分原来是这样的,想着想着彻夜未眠。小伙子每天按时吹笛子,那位姑娘也准时到来。小伙子用笛声说出心里话:"我想和你见面,想和你珠联璧合早日成家?"那位也用笛声回话:"我俩可以成家,可是现在还不能见面。你觉得什么样的姑娘是最美的就把她画出来压在褥子下,过七天后我俩在你家后面的小山头上见面,到时候你会看到和画里的她长得一样的我。"对小伙子来说这七天每天都是度日如年。

　　一天,小伙子的嫂子收拾家时看到他的那幅画,以为是没用的东西就顺手丢掉了。这天晚上,小伙子照常吹笛子时却没有听到回应的笛声:"可怜的人,是病了吗?怎么没有消息了?"他悲伤地吹到夜半时分,从很远的地方传来微弱的笛声。第七天的时候对方的笛声已近了些许:"嘉,我俩没有缘分在一起了。我本是狐狸精,你家嫂嫂的家族是很厉害的,她把我的画丢掉了,也就把我从你身边拉开了,从今以后你不要再想我了。"小伙子说:"你是鬼也好,魔也好,我还是会想你的。我忘不了你,没有你今后我怎么度日啊?"对方说:"没关系,我会给你不想我的法子。七天后的早晨太阳出来的时候,到我们要见面的地方去,我给你留下一样东西,你把它拿去种了,不要用普通水浇灌,一定要用尿水来浇灌。"叮嘱完后声音越来越远,最后没了声响。小伙子按照她说的过去一看是个渗透女人经血的棉花,就把它拿去种了,每天用尿水来浇种,之后开出了非常美丽的花朵。花朵成熟后结出花子儿来,试抽一口,果然是什么也不再去想,什么也不想做,慢慢地就上了瘾。

　　一天,来了一位富人叹气道:"我是一个离开老婆孩子掉进苦难的人,什么时候才能摆脱这苦难呢?"小伙子说:"我有一个让人什么也不去想的稀有物。"富人说道:"那还说什么?你把那个稀有物分享点给我,我就给你所喜欢的一切。"小伙子把花子儿给他试抽,富人顿时不再去想他的老婆孩子了。富人对小伙子说:"兄弟!你真是把我从受不完的苦难中解救出来了,你把那花子儿都给我吧,我的财产都给你。"富人用全部财产换走了小伙子的花子儿。

　　据说这就是后来的大烟,只有有钱有势的人才抽得起。

　　(2002 年 10 月 4 日朝格图呼热苏木额门高勒嘎查牧民厄鲁特·巴图朝鲁讲述)

11. 好铁出在俄罗斯的缘故

　　从前有个叫宝日图勒根罕的皇帝，是个很聪明的人。另有一个沉迷酒色、心狠手辣又贪婪又吝啬的皇帝，他在狩猎时看到滴在白皑皑的雪地上的动物血，就对随从说："哈！在这世上可有如此白里透红的女人吗？"随从就说："有啊，从我们这里走一个月的路程，那里有个宝日图勒根罕皇帝的妃子就是这样的人。"听到此话，贪婪的皇帝已对狩猎没有了兴趣，说道："那好！我们不打猎了，去找那个女人吧！"下人说："此皇帝有三件厉害的东西，如果不除掉，我们是进不去的。"皇帝听了后非常着急，便说道："你们有什么好办法都说出来，我不把这美丽的妇人弄到手是不会回去的。"随从出主意道："他有一条从一个月路程外能闻到气味的狗，您明早就朝着他家的方向走，到了晚上把帐篷朝相反的方向扎营住下，这样狗就会天天叫。从此对方会不再信任这条狗，灵验的黄卦也会摸不着头脑。"另一个说："除了这两样厉害的东西以外，还有一位巫婆。她有一面心镜很厉害，如果把这心镜也给射破了，我们就会不费吹灰之力逮到宝日图勒根罕皇帝了。"于是贪婪的皇帝早上出门，晚上朝相反的方向扎营住宿。宝日图勒根罕皇帝的狗天天叫个不停，宝日图勒根罕皇帝非常生气，说道："每日预言的敌人在哪儿？全是骗人的鬼东西！笨死吧！"说完就把狗给宰了。黄卦象上显示，天天有敌人在来回走动，可是没见一个敌人，所以宝日图勒根罕皇帝不再相信黄卦，把它烧毁了。巫婆被箭射死前诅咒道："我倒下的方向以后不再有黑山羊生长。"从此黑山羊就不再繁衍了。宝日图勒根罕皇帝的三件宝贝已被破，还没有来得及准备就被擒住了。可是他还是出于一片好心地说："我替你抓住启明星，以后就不会有盗匪，怎么样？"

　　"没了启明星，马怎么长膘？不行。"

　　"被你抓住彗星，以后就没有敌人了。"

　　"没有彗星，四季就不分明了，不好。"贪婪的皇帝拒绝了宝日图勒根罕皇帝的好意，所以现在盗匪猖獗、战事连连，并且只答应了"把火收拢起来，不再乱点火"的好意，所以现在不在明处烧火而在炉灶里烧火了。

　　宝日图勒根罕皇帝被杀时说："砍我的头时轻轻砍，你的国家会富裕，否则好东西都会流到外国去。从我的头颅流出来水，对你的江山不好，流出血好。女人是祸水，每一个指甲都要仔细查看。"贪婪的皇帝生气地说："什么他娘的轻点重点？砍人头怎么能流出水？天方夜谭！"举起剑用力一砍，从头颅里冒出了水，剑被砍断掉在了俄罗斯。贪婪的皇帝整天疑心重重，不久败了国。

这样,好铁到了俄罗斯,好货都到了外国。被砍的上半身掉在蒙古国,所以蒙古人的记忆力变得很强了。

(2002年10月3日朝格图呼热苏木额门
高勒嘎查牧民厄鲁特·巴图朝鲁讲述)

12. 人为什么养狗

　　人、畜开始形成时,佛祖对世间万物散发食物和水。那时人走得慢,等走到佛祖面前,食物早已经被全部发放完,没有多余的食物给人了。人缠着佛祖,要吃的食物,佛祖一急失了言,说道:"最后来的是狗,它可能还没走远,其他动物可能早就回去了。"人一边骂一边想从狗的食物中分到一份,就追了过去。狗听到人说的话非常厌烦,不想和人分享食物,就想迅速逃离。可就在转身之际被灌木丛绊倒了,食物正好掉在人的面前。人高兴地捡起食物祷告道:"是天上掉下来的馅饼。"拿起食物跑得无影无踪。等狗爬起来,却已经看不到人的踪影了。

　　于是狗把所有的气都撒在那株灌木丛的头上:"都是你这倒霉的乱蓬蓬的灌木丛惹的祸!干吗长在这儿当绊脚石?到嘴边的食物就因为你的祸害眼看着被那黑头人抢跑了。从今以后,我见你一次就往你头上撒一泡尿。"说完就朝绊倒自己的灌木丛上撒了一泡尿。相传狗见了灌木丛撒尿的原因就是这样引起的。

　　佛祖知道此事后对人说:"从道理上来说,你们是不可能有食物的。你们把狗的食物强行霸占,没有多余的食物给狗吃,也可以把残羹剩饭和刷锅水倒给狗吃,这也是在积德啊。"从此以后,人在家里开始养狗,狗也要看人脸色行事了。因为食物被人抢了,佛祖大发慈悲,让狗在来世化为人。人类把狗当作是善良的、忠诚的吉祥之物,人狗和睦相处,狗亦有了给人看家护院的使命。

(2002年11月27日宗别立苏木阿日山嘎查牧民查斯太讲述,64岁)

13. 小孩儿剪头发习俗的由来

　　有一位皇帝的夫人因为太溺爱女儿,所以一直没有舍得剪去女儿出生后的头发。一天,有一位牵着黑马的人到来,问:"您怎么不给公主剪掉胎发?"夫人说:"这没什么,只是太溺爱唯一的孩子罢了。"那人说:"如果是这样,我想剪下公主的头发,给您回赠牲畜行吗?"听了这话,夫人奇怪地问道:"您拿我女儿的胎发有用啊?"那人回答说:"我的鞍子上少了一样物件,想用您女儿的长胎发。"夫人答应了那人的请求,那人拿来新剪刀把公主的长胎发剪下来,辫成八股梢绳挂在鞍上。临走时叮嘱道:"感谢您割爱,我要把驰骋在万马前看不到灰尘的淡黄毛骒马给您当坐骑,我要把从千万只羊群里挑出的丝毛质量最好的、怀有胎的羊给您做回报,请取用吧。"此后,鞍子上必须有八股梢绳,而且蒙古族疼爱孩子,不动小孩子的胎发,到三岁、五岁、七岁时才剪头发,还要指给孩子五种牲畜作为赠礼,并且用妙言丽语祝福:拿起金剪触动谁纯洁的头发,拿起银剪剪下那丝绸一般的头发……

　　一天,夫人领着公主,带着哈达、砖茶之类的东西来到那人家索取赠物,那个人煮了羊的右前腿款待了母女俩。夫人拿起仙板(肩胛骨)给了老人,老人反过来把仙板肉递给母亲,把前腿肉递给了女儿。此后,就有了"饿死都不吃后腿上的腺肉,富得流油都不丢弃前腿的腺肉"的说法。前腿肉成了尊贵的菜肴,并且有了仙板肉大家一起分吃的习俗。母女俩回家时,主人在可爱的淡黄毛骒马背上拴了一副羊的仙板祝福道:"两岁的马儿活到七十,溜溜地跑到老,马的主人幸福安康到长寿。"又道:"回去后把仙板夹在哈那上(蒙古包的墙壁),不要丢弃神圣的牲畜,让其自然活到老。"那骒马果然活到了七十岁,在阿拉善地区这一祝词也一直流传至今。小孩儿剪胎发时邀请兄弟、亲属、朋友、邻居们,摆放羊背子,唱起蒙古长调,欢聚一堂,并且忌讳把公羊指给小孩儿,所指配的牲畜也不会被宰杀,一直活到自然寿终。

(2003年11月10日沙日扎苗喇嘛达胡西日布阿嘎讲述,84岁)

14. 承庆寺神树的传说

  达赖喇嘛到阿拉善传教,给人畜做了很多贡献,在亡故时受了委屈,决心不再到这个地方诞生,圆寂在承庆寺的时候头歪向了一侧。他的徒弟是个非常厉害的喇嘛,知道了师父的心意,就早晚念诵三遍继而重生之法朝觐叩拜,希望师父再次降生到阿拉善。于是师父歪斜的头慢慢回正了,徒弟还是不停地拜了七天。达赖喇嘛就这样又重生在阿拉善,成为德高望重的圣僧。

  达赖喇嘛一开始在西藏时,在法度政界二十五年,后因起了纷争,虽然在当地遭到迫害,可是用法术安然无恙地来到阿拉善,这事藏族人并不知道。他的徒弟把师父已经圆寂又重生的事由告知他们时,他们非常奇怪人怎么还有两次生命呢?于是就把农作物撒向承庆寺。承庆寺的中心飘散了三天的香气和凉风,地上长出一棵树。当地的喇嘛为纪念六世达赖喇嘛,在这棵树上系了彩绸带,又叫"彩绸树"。

  这棵树在每年的农历八月开花,而且它的花和叶子都是极其珍贵的药材,有清火解寒之奇效。近年来,西藏地区也以高价订购此树的花和叶子。更奇怪的是,在"文革"期间这棵独树被称为"宗教之根""迷信之物",被连根拔除。在宗教复苏时它又自行长出,而且一棵变五棵,成为阿拉善地区珍贵的药材,治愈了许许多多的病患。

(2003年9月9日嘉尔格勒赛汗苏木浩依尔胡都格嘎查布音毕力格讲述)

15. 火神的传说

　　从前,有一个贫穷的人家总不忘供奉灶火,每日把饭食的德吉(饭食的第一碗)供奉给火神。相反,有一富裕的人家却从火上踏过去不说,还把一些特别脏的东西拿来在灶火上烧毁。每逢大年三十之夜,火神把各家各户供奉的胸衩、肥肠、糖果、布匹、金线之类的东西拿到天殿一同食用。唯独那富人家的火神每年什么都没有,只能躲在别人后面看着其他人吃。今年他照常羞愧地空着手到来时其他火神还是很疑惑,他非常憎恨地说道:"我那家子给我的尽是鼻涕黄痰、垃圾之类的东西,从来不把我当回事。三年之内一定会毁了他!"听到此话,贫穷人家的火神叮嘱道:"我在三年里要让这家子富裕起来。这家子虽然穷,只要有好东西就先把第一份留给我。你家还有我家的一条拴羊绳和一口锅,不要把它弄没了!"于是三年内富人家因一场火灾被烧成了灰烬,只有穷人家的那一条拴羊绳和一口锅安然无恙地扣在山丘上。而穷人家在第三个年头有了资产,富裕了起来。

　　因此,阿拉善人珍视灶火,供奉饮食的德吉。在去寻找牲畜前也会简单地供奉火神,烧些杜松香能驱除秽物。

(祖母其其格于1983年在朝格图呼热苏木讲述)

16. 萨满教和佛教

　　从前，萨满教在蒙古地区盛兴并被供奉。一次有一位大臣对皇上说："从这儿往西兴起了黄教，他们的威力要比萨满教大多了。"皇上说："如果是这样就请过来。"黄教进来后盖寺院、收徒弟，发展了喇嘛僧人，没有人再信奉萨满教了。于是萨满教众非常不满地向皇上诉说道："我们的教会已经存在很多年了，现在这黄教一进来却把我们扫地出门，没了名分。请您恢复我们的地位吧。"于是皇上准备测试两教的实力。两教的大师各自辩论经文之后，萨满教被打败了。萨满大师气不过，就掀开衣襟乱抓了几下朝外一扔，变出一团火焰把黄教的寺庙烧着了。黄教的徒弟们正在着急慌乱时，师傅却说："没事，烧的会烧，留的会留。"并没有叫人灭火。火停了后，寺庙大殿的物品基本被烧光，只有佛像雕塑和经文却毫无损伤。

　　黄教大师说："我们供奉的是佛，念的是经文，所以真经不怕火炼。"说完把胳肢窝亮出来，只见一团火焰飞向萨满教，开始吞噬。萨满教的教众们全体出动来灭火却无济于事，全部被烧尽，什么都没留下。从此以后，皇上剥夺了萨满教收徒弟、建造寺庙的权利。被打败了的萨满教众恨透了黄教，等待报仇的机会。萨满教众能娶妻，可是黄教却不能。萨满教大师跟皇上的小夫人有一腿，待皇上出巡时把夫人的一只鞋子偷来放到黄教大师的铺垫下想嫁祸于人。

　　等皇上回来，萨满教大师到皇上那儿告状道："您信奉的大师喇嘛往您的小夫人那里快跑出路来了，您知道吗？"皇上惊道："你怎么知道？"回答说："我跟踪后才抓住的，不信您搜他的屋子。"皇上在信与不信间搜查了黄教大师的屋子，果然从铺垫下搜出来小夫人的一只鞋子，这下皇上没办法不相信了。皇上生气地呵斥道："你有几个脑袋敢抢占我的夫人？把这个坏家伙赶快斩了！"随即摆出能容纳万人的法场，准备斩喇嘛的头以示警告。处斩的当日，叫黄教的所有弟子跪下，把大师押来问罪。黄教大师摇头不认罪。皇上更生气地说道："证据确凿你还不认账？你没跑到夫人那里鞋子怎么会在你的屋子里？敢做不敢当就砍了你！"黄教大师说："我如果真的有罪砍我的头时会流血，如果是被冤枉的就会流水。"果然砍了头后流出的是水，把皇上吓了一跳。黄教大师的头虽被砍了，眼睛却动来动去，手捧着头在胸前，像什么事也没发生似的站了起来，径直往寺庙方向走了。众弟子也起身跟在后面进入大殿继续他们的法会。从此萨满教就灭亡了，其教众投降了黄教成为兄弟教。

(2003年1月7日木仁高勒苏木苏木图嘎查辉特·图门乌力吉讲述)

17. 延福寺的转经轮

　　从前有一位达木达诺颜,是个过分残暴的人。他通过做生意来坑人,把倒峰驼的驼峰用尖木头扎起来再卖,把喂小羔羊的母羊还在流着奶水的时候就给屠杀了,无缘无故不分青红皂白地嫁祸惩罚他人。更可恨的是见了喇嘛僧人便说:"你们在大家面前有事没事胡乱念什么经文?秃着头就知道磕头是吧?看你们谁还敢每天早晨熏那臭烘烘的烟?"他还经常动刑折磨那些僧人喇嘛。

　　后来达木达诺颜死后,掉入了十八层地狱,于是他悲哀地说道:"佛祖啊!为什么没有慈悲之心,让我受这么严酷的刑罚呢。怎么才能安然地脱离这烈焰、寒冰之苦啊?"他躺着叫苦,恰巧听到了阎王对被勾错了魂魄的一位富人所讲的话。这富人做了很多善事,而且宽宏大量是个有气度的人,他的过错也就是一峰骆驼的事情而已。阎王爷对那富人说道:"你的阳寿还有七年。现在让你还魂,可是你不能揭露阴间的事。如若走漏风声,七年的寿命会在七天里寿终。"达木达诺颜的魂魄听到阎王要还富人的阳寿,就求富人道:"您回到阳间后务必到我家对他们说,一定要为我多做些善事,减轻我的罪孽。"

　　富人复活后人们都很诧异。他的长官也很诧异地问这是怎么一回事,富人怕泄露阴间的秘密,什么也没有说,这样平稳地过了三天。可是狠毒的长官记了仇,后来没日没夜地折磨他,熬不住皮肉之苦的他便说出了实情。这也正是因为那峰骆驼的事情而引发的灾难。富人泄露了阴间的秘密,过了七天他就寿终正寝了。达木达诺颜的夫人开始施舍做善事,并且在衙门寺庙福音寺的大殿门口建造了一座转经轮,为达木达诺颜的魂魄祈福,从此以后阿拉善就有了转经轮。

(2003年11月12日乌力吉苏木沙日扎嘎查牧民阿日何其阿吉嘎讲述)

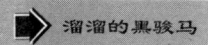

18. 老人的功劳

相传,在很久以前,父母到了六十岁的时候就有"孝弑"父母的风俗习惯。在过年的时候,把割下的肥羊尾巴用踝棒骨塞进老人的嘴里直捅到嗓子眼里让老人活活噎死。有一个舍不得杀害老父老母的小伙子,把父母偷偷藏在山洞里抚养。在那个年代,不孝弑父母被抓住的就会没命。

有一次,从外国来了一批人设下三场赌局,如果赢了三场赌局就能得到重赏,否则就要割让土地,人们一片哗然。舍不得孝弑父母的小伙子正好看到了设赌局的告示,并且还看到了外国人带来的样貌怪异的动物,没有一个人认得出来是什么。小伙子把看到的一切告诉了父母,说道:"第一个赌注是难以分清根部和头部的树根;第二个赌注是要辨别一模一样的两匹金色骠马中哪一个是母马,哪一个是她的马驹;最后一个赌注是要识别既不是马,也不是骡子,长相怪异的是什么动物。"父母说道:"这也不是太难,把树放到水里,头部必定沉下去,而根部会浮出水面;辨别母马和马驹时,在马槽里倒上饲草,母马会用嘴拢草给马驹吃,而马驹只会吃母马拢过来的草,自己却不会拢草吃;想识别那只怪异的动物,你事先要准备一只十五斤的猫,藏在庞大的鱼头里带过去,朝着那只动物的方向让猫儿的头略微伸出去一点,那只动物就会变小,小到跟绵羊一样大的时候把猫放出去,就能看清楚是什么动物了。嘉,儿子,快去解谜底吧。"

小伙子带上十五斤的猫,揭下告示揣在怀里,外国人把他叫过去说道:"嘉,年轻人!你是来解谜底的吧?若解不了就要你们国家割让土地给我们。"小伙子说:"我尽力而为吧。你们在一个大的容器里倒满水,把木头扔进去,浮出水面的一头就是根部,沉下去的便是头部。"辨别完,赢了第一局。小伙子继续说:"把两匹骠马领到马槽边喂草,拢草的是母马。"又赢了第二局。轮到解最后一个赌注时,小伙子说:"我一下子有点辨不出来,看一会儿再说吧。"让藏着的猫儿的头微微探出去,只见猫儿朝向怪异的动物跳动不已。过了一会儿,那庞然大物慢慢变小,变到绵羊一样大小的时候把猫放了出去,那怪物最后变成一只老鼠,猫跳过去一口咬死了老鼠。小伙子解了三个赌注,领了赏回家了。

为此事,皇上把他请来,问道:"托你的福,没有丢失我国的土地。你真是智慧过人啊!能说说解开这赌注的妙诀吗?我很想听。"小伙子磕头道:"草民我哪有什么妙法,反过来我还是个忤逆国法的有罪之人。"皇上说:"你立了国家头等功,所以以功劳抵罪吧。"小伙子便说:"我至今还没有孝弑父母,藏在山洞里抚养呢。这解开赌注的事情是父母教给我的。"皇上听了此话便说:"你不但没有罪,功劳还很大。托你的福,我们知道了老人非常有用处,从今以后免了老人短寿的律法。子女们孝敬老人,老人也要好好教导下一代。"从此,停止了孝弑父母的礼节,老人也能活到寿终正寝了。

明君可以安邦定国,不是吗?

(1990年12月7日超格图呼热苏木乌兰呼都格嘎查索纳木拉玛加讲述)

19. 不杀"神畜"的由来

　　从前,有一个牧羊人,在一个夏天的夜晚躺在屋外睡觉,突然听到有两三个骑马的人从旁边经过,一个说:"今夜必须到乌兰呼都格的一个人人家。"另一个则说:"你这么着急,到底有什么急事呢?"那一个说:"我帮那个人家富了起来,可他们的心却越来越黑,欺压贫民,无恶不作,就连我们这些帮助过他们的人都不放在眼里,太过分了。我能让他们富起来,也可以毁了他们。"牧羊人早晨起来收拾院落时,发现一处很大的马蹄印。三天后,被诅咒的乌兰呼都格那个人家的羊群受到灾难,只有羊群里唯一一只系了彩绸带的青山羊和它旁边卧着的几只羊安然无恙地度过了此次灾难。

　　从此以后,蒙古人便有了在群羊中挑选一只羊并给它系上彩绸带的习惯,以此来祝福羊群吉祥平安。

(祖母其其格于1989年1月27日在锡林高勒苏木扎哈布鲁格嘎查讲述)

20. 磨盘石不能分开的缘故

有一个没有亲戚儿女,常盼有个孩子的老太太膝盖上长了一眼痤疮,而且越长越大。一天,老太太腿上的痤疮痒得厉害,突然裂开了,从里面钻出一只小青蛙。老太太疑神疑鬼地准备扔掉,只见那只小青蛙说道:"哪有母亲扔掉自己孩子的?"老太太又惊又喜,把他放在佛龛下,起名叫痤疮娃。小青蛙对母亲说道:"额吉!您每天要给我一斤肉吃。"过了七天后,又说道:"现在开始我要吃二斤肉。"母亲应着儿子的话过了二十一天后,用三斤肉来喂养。就这样老太太把儿子养大了。

一天,儿子对母亲说:"额吉!今天我们家要来两个猎人,我要和他们一道去领皇赏,宰头牛让您吃个饱。"额吉思忖,儿子如今脐带还没有脱落,这怎么行呢?痤疮娃看穿母亲的心思,便说道:"正要利用它呢。额吉请不要发愁,我自有办法。"就在这个时候真的来了两个背着弓箭的大汉。痤疮娃随他们一道来到皇宫,问同来的两位朋友道:"皇上赏赐的彩头,我们要牝牛还是公牛?"那两位回答说:"公牛的肉要好吃。"于是就宰杀了一头大公牛,驮载好后让两位朋友先行。等自己临走的时候大声喊道:"皇上赏赐的彩头是长绳还是长刀?"官兵们出来没看到人,却看到肥大的公牛被宰杀了,他们乱了阵脚,又惊又疑地禀告了皇上。因为痤疮娃很小,所以躲在牛粪后面趁乱逃走了。在他逃走的时候他的脐带托到地上,扬起很大一股尘土,追赶的官兵见了还以为有很多人马,因惧怕而没有再去追赶。

痤疮娃分了赃回到家里,对母亲说:"额吉,把这个赶快收起来。"母亲刚把肉藏起来,跟踪追来的官兵问道:"谁胆大包天杀了皇上的公牛?"痤疮娃说:"惹事的、敲锣的都是我,和老人家没关系。你们不要吓唬我的额吉,有话就跟我说。"官兵一听,便嘲笑道:"呸!别丢脸了!看你这样还能宰公牛?你能受得住我一踩脚再来说这样的大话。"痤疮娃说:"和你们这些小喽啰没什么好说的,见了皇上再说。"想看笑话的官兵们把他带到了宫里。皇上说不过这只说大话的青蛙,就说道:"我与你打三个赌。第一,你若能过得了我设下的九道关卡活着进入内殿,算你赢。第二,外面有三重岗哨,中间有三只凶猛的恶狗看护,里面还有三个烫毛肚的妇人,如果能顺利通过你就赢了。第三,你如果找到我的三个女儿中的一个,我就把她嫁给你做妻子,不过还要设法拿到我夫人嘴里的金戒指才行。"痤疮娃扰乱了三道关卡的岗哨,趁他们秩序混乱的时候进来拿了一个哈(羊前腿)丢给三只恶狗,三只恶狗扑抢肉的时候他又趁机来到烫毛肚的三个妇人那里。三个烫毛肚的妇人看痤疮娃是只青蛙,就争着抢着来看个究竟,慌乱中打翻了热气腾腾的油锅溅在了自己的手脚上,乱成了一片,趁乱痤疮娃已经溜进了内院,钻进了皇后的怀里。皇后已是身怀六甲的人,所以说道:"我好像快要生了。"话音刚落,嘴里的金戒指就掉到地上。痤疮娃拿起金戒指逃了出去,找到了三位姑娘。皇上无奈地问三个女儿:"你们三个哪一个要跟这青蛙啊?"老大说:"我只能跟吃一碗饭的人。"老二说:"我只和吃两碗饭的人成家。"老三说:"我要和人中之龙成亲。"皇帝下诏聚集了群雄。

在长达一个月的比赛中,得了头彩的痤疮娃又在射箭比赛中夺了魁,在摔跤比赛中也获得了第一,皇上的三女儿说道:"我遵从父母之命,和这个人一起过日子。"从此兴起了男儿三艺。后来皇家和诺颜人家选女婿,就赛男儿三艺,一直流传至今。

三女儿临走时说道:"给我半边磨盘石和一匹快骒马。"皇上按照女儿的意愿给了她半边磨盘石和一匹快骒马。上路后,皇上的女儿用半边磨盘石打痤疮娃,痤疮娃就说:"你为什么打我的肩膀?"说着跟没事一样继续赶路。过了一会儿,姑娘又用磨盘石扔向痤疮娃,痤疮娃说:"说话不算数还叫人吗?后悔了就赶快回去吧。"又走了一会儿,姑娘用磨盘石对准痤疮娃就砸了过去,痤疮娃说:"该抓牢的不抓牢,保证的话也不算数是怎么回事啊?我不会强迫你,回去吧。"这下姑娘真的佩服他了,看他又有能耐又讲义气,也就打消了骑着快骒马逃走的念头,就地扔下了骒马和磨盘石,下定决心说道:"我们俩从今以后就像组成磨盘的两块石头一样永不分离,幸福地过一生吧。"痤疮娃领着皇上的女儿回来后变成了英俊的小伙子,孝敬母亲,过上了幸福生活。

从此以后,阿拉善蒙古族就有了不分开磨盘石的习惯了。

(2003年7月8日阿拉善民族中学初二一班学生乌兰夫讲述)

21. 儿驼山的传说

相传,在很久以前,有一位狐狸精夫人,她一个不剩地挑着捡着吃着百姓的孩子,已经到了恶贯满盈的地步。被狐狸精夫人迷惑得昏了头的驴耳朵皇帝,在她的挑唆下做尽了坏事。罗温钦布(莲花生大师)知道了这一切后断了驴耳朵皇帝的命根子,来镇压作恶多端的妖怪夫人,妖怪夫人得知后化作一峰骆驼逃走了。罗温钦布急忙抓来一峰儿驼紧跟其后,妖怪急了,又化作一只鸟飞走了。于是罗温钦布化成一只雄鹰追了过去,就要抓住她时,受了伤的妖怪看到了一个山洞,这对她来说是救命之所,就拼了命地逃进山洞后不见了。罗温钦布急忙把儿驼丢在山洞附近,自己追着妖怪进了山洞后再也没有回来牵走这峰儿驼。儿驼就这样被永久地留在了那里,于是,人们便能看到在高大雄伟的岩壁上面向南方向站立的棕色儿驼。

于是,人们把这山叫作"儿驼峰"。阿拉善蒙古族信奉这是罗温钦布镇压妖怪时的吉祥骑乘,从此也有了祭祀"儿驼"的习俗,人们在这里还建造了"红塔寺",所以阿拉善的骆驼繁殖得特别好。因为这座山在现在的敖伦布拉格镇,所以人们常说这里的骆驼比其他地方的骆驼要强壮、跑得快。

奇怪的是这峰儿驼随着四季更替,毛色替换,能预报气候变化。丰年,这峰儿驼的颜色也变成漂亮的棕色,驼峰耸立,非常肥壮。旱年,驼峰耷拉,颜色变得灰暗。夏天,在这峰儿驼的身后会出现一串串拉下的驼粪蛋泛着黑色。冬天,从山洞滴下的泉水正好滴在儿驼的头顶和驼峰上,从骆驼的头到后驼峰的背面会凝上一层白色的霜,好像是发情的儿驼在甩尿一样。在这里,非常忌讳说种驼二字。如果不小心说漏嘴,立刻狂风大起、沙石飞扬,或者下起倾盆大雨、洪水泛滥,所以就叫作"海尔汗"。把经常不受孕的母驼领到这里待上几天,第二年就会下驼羔。在这座山附近也忌讳带来其他的种驼,若是不知情的人把种驼带到这里,那种驼便从此虚弱不振,不能再让母驼受孕。有些种驼由此患病而变得干瘦,有些种驼却一回来便会死去。

如今用照相机能清晰地拍到这座山中的儿驼,到近处只能看到岩壁上残留的模糊不清的印迹。在远处一望,便能清楚地看到棕红色的儿驼向着这边微微叉开腿站着,而且头上的绒毛都立起,两只眼睛黑黑的,像是活生生的儿驼。据说这是很久以前山洪结痂沉淀而成的。

(2003年11月18日阿拉善左旗民族宗教局图布吉日格勒达岱讲述)

22. 世上有了盗贼

很久以前,上洲和赡布洲(中洲)的两位佛,想测试谁的仙术高、法力强,就比了起来。在他们面前放有一只碗,碗里有花的种子,谁面前碗里的种子先开出花朵,就说明他的法力强、仙术高。于是两位佛便闭上了眼睛,念起了经文,暗暗在心里祷告。中洲的佛突然悄悄睁开眼睛,看见自己碗里的种子没有开出花朵,而上洲的佛面前的碗里已经开出了嫩粉色的花,他自知道行不如人家。再观察上洲的佛,却紧紧闭着双眼一动不动地念着经文,根本就没有注意到附近发生的事,所以中洲的佛便对换了两人面前的碗,然后说道:"您快瞧呀!我碗里的花儿已经开了,您的还没开。"上洲的佛说:"嘉,因为你调换了碗,所以人世间将盗贼猖獗,祸事连连,以后不会有太平日子了。"中洲的佛只想比本事强弱,可压根儿没想到会造成如此严重的后果,后悔莫及。

传说人世间说谎、盗窃、杀戮不断的原因就是这样开始的。

(父亲乔德格敖子尔于1983年2月21日在朝格图呼热苏木讲述)

23. 摔跤坎肩为什么袒胸

阿拉善有名的摔跤手沙力宾意外摔死了大清有名的摔跤手,没办法回到故乡就进入了哈拉哈(蒙古国)。到了哈拉哈他很想摔跤,就参加了大型的那达慕盛会。轮到他与哈拉哈有名的女摔跤手对峙,有好心的人对他说:"小心了!这个摔跤手可是威震哈拉哈地区力大无比的家伙。你若想赢她,就想法子解开她摔跤坎肩的衣襟,除此别无他法。"摔跤手沙力宾瞅准时机,在女摔跤手从他肩膀上用劲抓下来的时候反手拽住她的衣襟使劲一扯,所有扣子、带子全被扯开,再把乳房连同裹胸一起狠狠抓住。女摔跤手立刻双膝一软冒出冷汗,沙力宾手向外一拧,一个过肩摔把她摔了出去,女摔跤手的身体抽动了几下就没动静了。

从此以后,为防止女子女扮男装来摔跤,便把摔跤坎肩改为袒胸的了。

(1991年1月28日塔木素布鲁格苏木格日勒图嘎查牧民道劳努特·布仁尼瓦讲述)

24. 仙板肉大家吃

很久以前,人们对吃仙板肉没有什么说法。一次,一位心肠好的人和坏心眼的人因为办事走在了一起。心肠好的人经常早早起来熬茶煮饭,等他做好一切后坏心眼的人才起床吃现成的。坏心眼的人到晚上放马的时候找各种理由退缩,得意地捡了便宜还卖乖。有一天晚上,心肠好的人去放马,坏心眼的人一直跟在后面,想到自己的马从毛色到肥壮程度都不如别人的马,便心生嫉妒。

第二天早晨,坏心眼的人没等天亮就起来,勤快地熬茶煮饭,说道:"我总是什么事都劳烦哥哥您,从今天开始,我每天去收马。"说完急忙喝了茶去收马。心肠好的人留下随意地喝着早茶,心里在思忖这人懂事了,正在高兴之余,收马去的那位两眼瞪得大大的跑了回来说道:"嗨,哥啊!怎么办?见过这种事吗?我好不容易勤快地收一次马,怎么遇到这么晦气的事?"说了一大堆摸不着头脑的话。心肠好的人问他是怎么回事,他说:"我经常都在想着你,可早晨过去收马,您的马却死了,我没心思管自己的马就先跑回来跟您说这事了。"心肠好的人伤心地说:"多奇怪啊!长这么大我从来不会独自享受仙板肉,出了门到了外地却要离开唯一的坐骑了吗?怎么这么倒霉啊?"俩人一道去看个究竟。这时候太阳已经升起,心肠好的人的灰色马正站在那里跟主人撒欢呢。坏心眼的人看到这一切,只好悄悄地站到一旁。原来,坏心眼的人今早起来,想到自己的马不如人家的马壮实,就装作来收马而射死心肠好的人的马。没想到大清早过来,因他的马身上结了一层霜的缘故,没看清楚便误杀了自己的坐骑。从此以后,阿拉善人便开始了"仙板肉大家一起分享"的习俗,流传至今。不论是在家里还是摆放乌查(羊背子)盛宴时,都由长者下刀给在场的每一个人分仙板肉来品尝,并且加上祝词:"三岁的马活到七十,越变越溜;祝长命百岁,脚踩银镫。"或祝:"骑上不停的溜溜马,穿上新新的锦缎袄;活到一百岁,到召庙叩拜三次。"或祝:"像早晨升起的太阳,像高高杭盖的松树一样长青,像富人一样有财产,像英雄一样有圣名……"受到祝福的人接过仙板肉也会说"如您所愿"此类的话语。

"阳光照不到背侧的坑,福禄不会光顾坏心眼的人"。

(母亲苏布德于1986年11月25日在巴彦浩特讲述)

25. 桡骨的故事

　　从前,有一户人家的独生子牵着几峰骆驼长途跋涉往回走。走到一个地方,卸下驮载物,让骆驼歇脚,自己也煮了点肉,吃完正要睡觉,从火光中看到有很多人影朝这边走来。他知道是强盗,便想自己倒是没什么,最多在他乡埋葬尸骨罢了,只是不忍心要损失这许多骆驼,还有捎带给父老乡亲们的物品,并且为将要丢下年迈的老母而难过。所以只好抱着试试看的心理,把已啃完的桡骨的骨眼里插上肋条放在火堆旁边,把舀饭勺的眼儿朝外塞到了袖口中。

　　强盗们靠近了,忽然像被针刺到了似的喊叫着顺着原路没命地逃走了。原来火势随着风向冉冉升起时,插在一旁的桡骨影子就好像是有很多人提着枪整齐地走向强盗们,饭勺的口子好像大炮口一样对准了他们,所以强盗们逃走时连背着的重载物也全部扔下了。

　　从此以后,阿拉善蒙古人把桡骨当作是救命的吉祥物,也有了忌讳损坏桡骨的习惯了。

(祖母其其格于 1985 年 8 月 2 日在朝格图呼热苏木讲述)

26. 胸岔肉敬女人的来历

很久以前,阿拉善王爷以朝礼迎娶大清皇帝的道格欣公主圆满归来,臣子们煮乌查(羊背子)敬送王爷和夫人。乌查在阿拉善地区是很尊贵的食肴,可王爷的臣子们觉得只煮乌查不能全然表达出对夫人的敬重。于是有一位高龄老臣说道:"以我看,火神是位女菩萨,祭火神用的是胸岔肉,咱们以煮胸岔肉敬公主正好符合这个习俗,这样做不就把夫人比作和女菩萨一样了吗?"大家说道:"是啊,我们把这意思对夫人表明,她一定会高兴的。"所以就在乌查以外还煮了胸岔肉,盛在另外一个盘中。

阿拉善蒙古人敬重远离故乡来到他乡的公主,以示尊重用胸岔肉款待了她。从此煮胸岔肉成了敬重女人的尊贵食肴,这个习俗已经慢慢发展成各地各不相同的礼节。动手切分胸岔肉的人或是新媳妇,或是回娘家的女儿,或者是由一起聚在婆家的媳妇中路程最远的或岁数最小的那个女人下刀。动手切分胸岔肉的人切割完肉后客气地对大家说:"请大家品尝。"如果自己不想动手也可以从众人中选出一人来替自己切分胸岔肉,不过这也需要得到大家的同意。

(2003 年 8 月 25 日公公栋木特·满图讲述)

27. 谁的孩子都是心头肉

　　有一个德性很差喜欢讥讽嘲笑别人的姑娘。她听说小时候的玩伴成了家又有了小孩儿，就说道："听说她有孩子了？应该去看看，不知道生了个什么样的鬼东西？"然后就前去看望。她的玩伴才生下孩子三天，正在坐月子。

　　"来，给我！让我看看你的小孩儿。"正在给孩子喂奶的玩伴把孩子抱给了她。她抱起小孩儿说道："呸！死了再变成人吧！红红的像蛆虫一样，怎么这么难看呀？如果我有一天要生孩子，绝不会生出这么难看的孩子，一定会生出一个可爱的孩子的。"听了这话，玩伴很伤心，一句话也没有说，这事也就这样过去了。

　　几年后，这位口无遮拦的女孩也成了家，有了孩子。她的玩伴听说后就领着可爱的儿子去看望，口无遮拦的女人正好把孩子哄睡了。玩伴问："生孩子时还顺利吧？"她说道："还可以，没怎么受罪。"然后就不吱声了。玩伴说："你呀你，你不是说我生了个难看的孩子吗？现在让我看看你的孩子吧。"她听了这话立刻哭了起来。这时孩子也睡醒了，玩伴抱过孩子一看，原来是个兔唇、鼻孔朝天的怪孩子。玩伴想说点什么，但看到对方很痛苦，不想拿人家的痛苦来戏弄人家，所以什么也没说就走了。

　　口无遮拦的女人的母亲赶着羊群来到新址，看到女儿和女婿正在盖房子。看了一会儿也没找到孩子，就问孩子在哪儿，小两口互相看了一眼没有说话。母亲不停地问，最后才知道孩子被他们扔在了灌木丛中。母亲又哭又骂："什么样的父母能把自己身上掉下来的一块肉给扔掉呢？没有良心的东西！"母亲放牧回来还没有顾上喝口茶，就到旧址找孩子。找到孩子时，孩子在灌木丛中睡着了。母亲把孩子抱了回来，可是口无遮拦的女人却嫌弃地不要孩子。于是母亲把孩子包在羊肚子的生网膜里，扔到灰堆上说道："让骆驼来踩死吧，不然就叫狗叼走吧。"那女人不忍心地哭了，抱起孩子喂了奶。

　　有子女的人不要说他人子女的长短，谁的孩子都是父母的心头肉，健全的人也不要嫌弃身体有残疾的人。

（母亲苏布德于 2002 年 12 月 17 日在巴彦浩特讲述）

28. 沙金图坡

  很久以前，有一个人进城看到陶瓷制成的碗又结实又牢固，以为自己找到了永久的宝贝。于是他买了很多陶瓷器具装入褡裢里，拴在骆驼皮梢绳上，让骆驼跑起来发出"叮叮当当"的声响。有路人遇到提醒道："嗨！您怎么把陶瓷品装成这样上路啊？等您回到家都变成糌粑了。"可他却装作无所不知，一脸鄙视地回答道："说什么呢？你们怎么会知道我找到的是不会碎裂，不会受潮，不会被泡烂的真正牢固的好宝贝呢？"他根本不听他人的劝告，依然让骆驼奔跑着。

  跑了一阵后觉得有点累了就下来休息，在一旁抽着烟袋歇息间想到了褡裢里的陶瓷品，就顺便去看了一下，结果发现不知什么时候那些陶瓷品都已经碎裂了。他很奇怪又无法相信地说道："真是怪了？这不是什么都不在乎的永久的好宝贝吗？什么时候变成了容易碎的物品了？"他在倒出褡裢里的陶瓷碎片时倒出来了唯一一只完好无损的碗，便骂道："呸！其他的都碎了，你却好好的？把同伴的头都咬碎了的不吉利的东西！留着你还有什么用？"骂完就把碗摔碎了。从此以后，这个地方就被称为"沙金图坡"（意为"瓷片坡"）了。

  俗话说："人不知道自身的缺点，骆驼不知道自己的歪脖子。"说的就是这个道理。

（1991年4月4日母亲苏布德讲述）

29. 败家子变成了乞丐

　　一家铺子的掌柜有两个儿子。一天,他想试试儿子们的福运如何,就在路上放了一锭银元宝,然后说道:"嘉,我的两个儿子今天去一趟那边的人家。"两个儿子出发了,大儿子正好走到放银子的地方时对弟弟说道:"瞎子是如何在世间行走的呢?我学一学。如果我快被石头、木头之类的东西绊倒或要掉进坑里的时候你一定要拉我一把。"哥哥闭起了眼睛装成瞎子没看到元宝。

　　可是弟弟却说道:"能看到的人自然是好,我没事好好的才不要想些受罪的事。你平白无故干吗咒自己呢?"说着就看到了银元宝,捡回了家。父亲看到小儿子捡回元宝非常高兴,心想看来小儿子有继承财产的福气,以后把所有的财产交给小儿子就不用愁了。掌柜的在临死之前把所有财产和钥匙都交给了小儿子。可这小儿子却是个不会过日子的人,他把父亲留下的财产都败光了,沦为了乞丐。相反,他的哥哥什么财产也没分到,离开家后凭自己的努力建立了一个美好的家园。

　　"是福赶不走,是祸躲不过",光靠福气和运势是不能过一辈子的,一定要有骨气和凭借自己的努力才能得到幸福。

(1988年11月12日母亲苏布德讲述)

30. 为什么忌讳唱《太阳小黄驹》

很早以前,在阿拉善地区流传着一首好听的长调歌曲《太阳小黄驹》。为什么后来很少有人再唱这首歌了?这其中还有一段故事。话说有一个打猎的小伙子,背着枪得瑟地骑着马走。他看到前面山坡上有一个穿绿袍的妇人唱着《太阳小黄驹》这首阿拉善悠扬的长调民歌正朝着自己走过来。小伙子面对迎面而来的妇人定眼一看,只见妇人长双大大的花眼、弯弯的眉毛、长长的黑发,真是无可挑剔的美人。小伙子与妇人擦肩而过,心里想着这位也太美了,忍不住回过头又看了一眼。只见那妇人骑的马一上一下地错开,一明一隐,骑在马上的主人没有了头,胸腔里的心肝肺等五脏六腑伸伸缩缩地显露无疑。这一眼让小伙子吓的头皮都快炸开了,他一把拿起枪就给了一枪,只听到像狐狸一样轻佻难听的一声嘶叫后那个漂亮的妇人也跟着不见了踪影。小伙子还算是胆大的人,于是下马一看,只见一只风化的胯骨躺在那里。小伙子非常疑心,把此事讲给大家听,人们听后也开始忌讳唱这首歌了。

从此以后,阿拉善蒙古人就有了吃胯骨肉时把胯骨眼捣破的习俗,曾被鬼魅唱过的这首非常好听的民歌《太阳小黄驹》,从此很少有人唱了。

"人与人的个性不同,各个地方的习俗不同",都有其缘故吧。

(2003年2月13日阿拉善盟民歌协会主席鲁·巴德玛讲述)

31. 博克哈布图盖

　　从前在阿拉善盟的紫泥湖一带有一个名叫博克哈布图盖的人,以力大无穷出了名。那时候的巴音吉兰泰的大青盐很有名,当地百姓世世代代地靠这里的青盐为生。可是有一个名叫额日尚浑的富商起了歹意,想独霸盐湖,于是从汉地雇来一个体魄强壮的打手,让打手守住盐湖,还放出话:"没有我的允许和手条,谁也别想拿走一丝一毫的盐。"

　　紫泥湖的博克哈布图盖听说了这件事后非常气愤,找到几个小伙子说:"你们想不想吃吉兰泰的盐?"小伙子们说:"谁不想啊,我们从小就是吃吉兰泰的盐长大的。只是怕打不过那个心狠手辣的打手。"博克哈布图盖说:"既然你们都有这个心,那我们一起去和他较量较量如何?你们准备十二列骆驼(一列约十五峰骆驼),再带上一条在盐水里浸泡过的麻绳,到了那儿不用你们动手,把我需要的东西准备好就行。"小伙子们立刻动身,没多久就做好了准备,高高兴兴地去了吉兰泰盐湖。

　　他们连夜赶路,天亮之时来到吉兰泰盐湖。只见那个守护的打手气势汹汹地拦住了他们,破口大骂道:"嗨,你们是哪里的游民?有没有我们尚浑老爷的批条?如果没有就趁早滚回去,要不然就让你们尝一尝我的麻花掌的厉害!"博克哈布图盖跳下骆驼说道:"看你小样儿,不自量力!我们从小就是吃着这里的湖盐长大的,还用得着你来管吗?"说着两人就交起了手。博克哈布图盖给他来了几下勾脚,只几下就让那个打手四肢朝天躺在了地上。他扑上去摁住打手,叫小伙子们拿来在盐水中泡过的麻绳,把打手的手脚捆得死死的,丢在湖边,让他动弹不得,因为一动就会落入盐湖里淹死。他们不慌不忙地把一堆堆的大青盐驮在骆驼上,一路说笑着满载而归。那个额日尚浑听说此事后也没敢把他们怎么样,从此他再也不敢独霸盐湖了,把雇来的打手也送回去了。

　　这正是:"山羊改不了本性,奸商改不了贪性。"

　　　　　　　　　　(1991年1月29日阿拉善右旗塔木素布拉格苏木格
　　　　　　　　日勒图嘎查牧民道劳努特·布仁尼瓦讲述,男,79岁)

32. 制伏道格欣公主

阿拉善王爷从京城娶回道格欣公主，没想到那公主是个脾气暴躁、盛气凌人的主儿，搞得王爷十分头痛，不知道如何对付这个娇生惯养的女人。因为是大清皇帝的千金公主，谁敢惹她呀。公主有个毛病，说你们阿拉善的水不好喝，非要喝京城的水。所以春夏秋冬一年四季赶着驼马从遥远的京城用水别子运水，折腾得王爷苦不堪言。王爷虽然对公主不满，但还是憋在心里忍了很久。这叫王爷的一个大臣看出来了，问王爷为何老是忍气吞声，您是堂堂的王爷啊！王爷无奈地说："唉，有什么办法呢？好言相劝她不听，来硬的又怕一状告到皇上那里把事情搞砸，你说如何是好啊？"大臣说道："臣倒是有一个办法，保证把暴躁的公主制得像个柔软的面团。您今日回去后，她如果像往常一样对您发脾气，给您看脸色，您就在袜子里包上一锭三两重的元宝狠狠地把公主揍一顿，直到她向您求饶为止。这样一来，她一定会到皇上那里告状，但是告也不怕，我的这个办法会让公主改变以前的态度，她会从一个母老虎变成小绵羊的。"

阿拉善王爷决定用大臣的办法试一试。当公主再次发怒施威时，王爷一把抓住公主，用包了银子的袜子狠狠地揍了公主一通，直到公主求饶说以后再也不敢了才停下手。

春节的时候王爷带着公主到京城给皇上拜年，道格欣公主趁机对父皇告状，说父皇把她嫁到遥远偏僻的阿拉善吃了苦、受了罪。皇上说："谁欺负你了？你告诉我，父皇替你做主。"道格欣公主指着阿拉善王爷说道："就是他欺负了我，还打我，父皇要替我出这口气啊！"

皇上生气地对阿拉善王爷说道："我把女儿嫁给你是让她给你做伴的，而不是让你来欺负她的。你连夫人都管不好，如何管好阿拉善呢？"王爷忙笑着说道："父皇息怒，我没有欺负公主，我只是和她闹着玩的。"皇上问道："听说你还打了她，你是用什么打的？"王爷说："禀报父皇，我是用袜子打的。"皇上一听笑了："袜子？嘉，公主你也太娇气了，快回去好好过日子吧！不要再为这些鸡毛蒜皮的小事来告状了。以后你们不要从京城里运水了，公主也要入乡随俗，喝阿拉善的水吧！"

道格欣公主没法子，只好忍气吞声地跟着王爷回到了阿拉善。从此以后，公主变得温顺了，不再和王爷吵闹，规规矩矩地过日子了。

以毒攻毒，以智取胜，有时候土办法也很管用啊。

(2001年12月13日布固图苏木布固图嘎查牧民辉特·都岱讲述)

33.阿拉善蒙古族六十姓氏来源传说

  传说很久以前,在京城彼岸大海边上出现了势力强大的敌人,皇帝虽然数次征战,皆以失败告终。无奈之下大汗便宜召从未占卜错过的黑、黄两道占卜师入殿侍候。皇帝问黄道法师:"在我们阵营里有没有能战胜大海彼岸敌军的英雄?"
  法师答道:"有是有,但不是我们这里的人,只有那些驾乘六十条青龙的英雄才能镇压他们。"
  皇帝听罢非常高兴,颁下谕旨道:"立刻派人前去寻找,不论他们身在何处,路途多么遥远,一定要把他们找来。"
  寻访者在路途中遇见了六十位骑骆驼的阿拉善人,便认为这些人就是法师所占卜的人,所以将事由解释清楚之后,就将他们请回京城。结果那些人真的战胜了敌人。
  可是八旗有名的奸臣提前获悉了凯旋消息,所以就赶在阿拉善英雄回来之前来到皇帝面前谎称是自己打败了大海彼岸的强敌。皇帝听后非常高兴,便举行盛大的庆功宴会。奸臣为了不让英雄们进入宴会场,便关闭了城门。英雄们发现城门紧闭,只好将一封信绑在箭镞上射入城中,然后就踏上归途。
  飞信被老百姓发现之后上报给皇帝。皇帝得知事情真相,立刻派人去请英雄们。原来阿拉善王爷和一个聪明智慧的大臣南卡巴勒·拉布金巴带着六十位英雄骑驼而行,皇帝便派使臣追了上去,对他们说:"皇帝要为你们庆功,还要奖赏你们,请跟我一起回去吧。"于是众人便骑驼挥鞭,纵情放歌回到了原来的营盘。南卡巴勒·拉布金巴对王爷说道:"皇帝在奖赏功臣时会有禄位、金银和土地。不过明天封赏之时,只要我暗暗踩你的袍襟,你就不停地磕头谢恩,直至我停止。"皇帝见到他们非常高兴,对阿拉善王爷说道:"你们为我除掉了一大心病,所以我要封你为公卿爵位!"阿拉善王爷双膝跪地叩首谢恩。他三次想站起身子,却每每袍襟都被踩住,所以只好连续叩了三次头。这时皇帝不解地问道:"为了你的功绩,我本想给你三项重赏,可你为什么要不停地叩首?"南卡巴勒·拉布金巴抢在王爷前面说道:"如果皇帝把公主恩赐给了我们王爷,我们还能有什么奢望呢?"皇帝无奈地思忖着:"既然人家已经叩谢恩赐,我若反悔,即属失言,如果将唯一的公主嫁与他人,可阿拉善又是个什么地方?"思来想去,就想出了一个办法,说道:"你们若是能在一百二十八个女孩中辨认出公主,就下嫁给阿拉善王。"
  南卡巴勒·拉布金巴为了让王爷娶到公主,就在民间寻访到了公主厨娘,并从她那里获取了除了厨娘以外谁也不知道的关于公主长相的秘密。开始,他对厨娘说出自己的想法时,厨娘说:"即使我知道,但也无法说出来,皇帝身边有一个算命占卜明察秋毫的黄道法师，只要他知道了是我说出了秘密，我的小命就没啦！"南卡巴勒·拉布金巴对厨娘说："老大娘，您别担心，我有的是办法可以让法师卜卦迷失，测算不灵，把你救出来。您就把秘密说出来吧。"说完，他就在地上挖了一个坑，里面放了三块石头，上面放上一口锅，让厨娘坐了进去并让她口叼一支铜管，然后在上面又放置一口锅，里面装满了水。当他将耳朵贴近铜管的另一端时就听到对方说："公主的门齿上刻有一个金色的阿字，位置应该是在从这边数是六十三位，从另一边数是六十四位。"在辨认公主的那一天，南卡巴勒·拉布金巴竟然没有穿内衣，只穿了件空袍子。他每到一个姑娘面前，便掀开他身上的袍襟，对面的姑娘们便忍俊不禁地张嘴笑起来。当他走到第六十三位姑娘面前，仍然没发现金字，由此就断定第六十四位姑娘是公主。如此容易就辨认出公主，不免引起皇帝的怀疑，就命令黄道法师占卜一卦。法师说："是一个长着石脚、铁身、水首、铜嘴的，在地下行走的老女妖怪告诉他们秘密的。"皇帝听罢一时怒火冲天，想也没想地骂道："胡说八道，信口雌黄！世间哪里有这等怪东西？"立刻下令将法师斩首示众。从那以后黄道占卜师便绝迹于世间。

南卡巴勒·拉布金巴用自己的智慧为王爷娶到了公主后又对皇帝说："皇上，承蒙您大恩大德赏赐我们王爷一块牛皮般大小的立足之地，我们将感激不尽！"皇帝心想："即使是长到足岁的公牛，牛皮能有多大呀？"想到这里，就不假思索地同意了。南卡巴勒·拉布金巴将一张牛皮割成最细最细的皮绳，然后圈起了地皮，结果面积出乎皇帝的想象，这方地域就成了今天的"定远营"，也就是如今阿拉善额鲁特人居住了三百多年的巴彦浩特。南卡巴勒·拉布金巴智娶大清皇帝的公主，为了庆贺为阿拉善王爷取得土地、禄位，志满意得的他在从京城回归的路上创作了一首名为《感恩三圣》的歌曲，一路歌声凯旋。

后来，道格欣公主就端坐在王爷西侧的九层厚的金色坐垫上观看那达慕盛会。

阿拉善蒙古族六十姓氏就来源于这六十位英雄的传说。

（2003年1月26日阿拉善右旗档案馆别速惕·满兴讲述）

34. 扣火盅的故事

很早以前,在铁木真五岁的时候就显得和一般孩童不一样,身体又高大又强壮。汉族人的卜卦师算了一卦,说道:"蒙古地区已经出现了一位灭我们江山的英雄。要在他羽翼还未丰满之前就解决他,不然会出大事的。"于是到处派人去寻找。

寻踪的人从铁木真的外表特征直接认出他来,紧追着想抓住他。追到了一处野外烧着熊熊烈火的地方,铁木真毫无顾虑地跳进火海里不见了踪影。追赶的人们坐在大火边上从烟袋里把烟叶子续到烟斗里,想用燃烧的大火点燃烟叶时烟枪头却被大火烧化了。铁都能在火里融化了,血肉之躯还有活着出去的道理吗?于是追赶的汉人们就回去了。铁木真就这样从敌人的手里平安逃脱。铁木真到了青年时期,汉人们知道他还活着,又派人来追杀。快要抓住他时,他坐到一头巨蟒的头顶上抽了一杆烟,可汉人们以为这是一座高山。铁木真把抽完的烟灰同火一起倒在了巨蟒的头顶上。触到火的蛇皮朝上翻卷着,变成碗的形状冒着火花,铁木真用法术把它扩大,一下子扣在追兵头上,自己却戳了个洞飞了出去。

就这样有了扣火盅,据说中心有一个小洞是成吉思汗出走时留下的洞。

(2003 年 1 月 26 日阿拉善右旗档案馆别速惕·满兴讲述)

35. 六世达赖吃狼奶长大

从前，有一对夫妇生了个乌溜溜黑眼睛的白胖小子。小儿刚学会走路，就在屋内屋外啪哒啪哒跑来跑去，让夫妻俩甚是欢喜。忽然有一晚，小儿不知去向，父母找遍了所有地方都没有找到。后来在房屋周围寻踪时看到一只狼爪印，夫妻俩顿时伤心欲绝，一切希望都破灭了。

小儿果真被一匹狼叼到了窝里，与小狼崽一起吃了三年母狼的奶水。这时，佛界已从占卜活佛新貌的吉兆卦象中得知活佛传人已诞生。打开前世活佛留下的信物，发现有串铃和一段经书。寻找新一任的活佛传人时把跟信物比较接近的小孩儿都找来，看前一任活佛留下的物品来决定，主要是看能不能把那一段经书背出来。就这样找了很久都没有找到，只好卜了一卦，卦象显示活佛传人不在人居住的地方，而在野外。于是到野外寻找，看到一小孩儿的脚印和狼崽子的脚印在一起，又顺着那个方向去找。

喇嘛们吹着号，甩着铃铛，念着经文走过狼群居住的山洞时，从里面跑出来一个大约三岁大的头发乌黑、眸子清澈、牙齿雪白的可爱男孩儿，只见他光着身子向他们跑过来，上了轿子就摇起铃铛，念出那一段经文，并且还念了其他经文，显露出活佛真身。到了晚上，让孩子的亲生父母见了见孩子，决定住在他们家，第二天一早请这位小孩子到大殿上就位。那夜，母狼来到屋外嗥叫："嗷！沙卢麦！"小儿说："哺育我长大的母亲说'可怜的孩子'呢。"

据说，狼这种动物虽然残暴，但人若不攻击它，一般不会伤人，尤其是不会伤害蒙古人的性命。

(1986年祖母其其格讲述)

36. 六世达赖行医

  六世达赖化作一个普普通通的喇嘛,然后游走西藏地区来到了一户人家。这家夫人病入膏肓,只能"哎哟哎哟"地哀叫。老头子哀求道:"我家老婆子成药罐子已经躺在床上很多年了,您能给做个法事吗?"喇嘛答应了。第二天早晨太阳出来前,喇嘛就剪好了鬼替身,念经念到中午,然后把一个盒子交给这家的小子,说道:"把这个拿去扔进不远处的那条河里,路上千万别打开。"这小子心想,此喇嘛衣衫破烂邋里邋遢的能有什么本事?背几行经文糊弄我们这些听不懂的人罢了。母亲这么多年都下不了床,念经能治好病那不是太阳从西边出来了吗?没事给人添麻烦。于是不服气地打开了盒子,只见盒子里面有一条蛇,吓得他扔下盒子就跑回了家。回去后喇嘛问:"你打开盒子是什么意思?"小伙子撒谎说:"没,我没打开。""这下你母亲的病也只能好一半了。"小伙子一听,这才信奉地赶紧认了错。老头儿把儿子责备一番后对喇嘛跪下磕头道:"仁慈的师父,求您一定要让我那老婆子痊愈。"吃过饭身体逐渐暖过来的喇嘛,敞开身上的烂衫衣襟,开始在身上搓来搓去搓出一团圆圆的黑泥,又从脚趾缝隙中搓出一块圆圆的黑泥,说道:"把这个吃下去病就痊愈了。"老婆子虽然觉得恶心,可转念一想,病了这么久试试这种方法也许能治好自己的病,便倒水冲服了。喝下去后,好像拔掉了身上的一根刺似的浑身立刻轻松了起来,于是老婆子非常信奉地说:"求您再给点熏香吧?"喇嘛剪了手和脚的指甲包在纸里给了她。取了火炭点上喇嘛给的指甲,整个屋子里顿时布满稀有的熏香味,大家信奉地磕起头来。

  十年没有下过床的老婆子就这样巧遇活佛只用一天的工夫病就痊愈了。村落里的人们也信奉地把所有物品都奉上,却只听喇嘛说:"佛事是福事也,哪有拿供物的道理。"说着只拿了哈达揣在怀里又说道:"趁天色还早,赶路去了。"村里的人们求福磕头,只见那喇嘛跨了三步就不见了。人们知道这喇嘛不是普通人,就又磕了一会儿头,再去看喇嘛的足印,一只足印像孩子的脚印,然后变成二尺、三尺大就不见了,从此,人们把留着长短脚印的沙子装在毛口袋里供奉祭拜。

(父亲乔德格敖孜尔于1986年在朝格图呼热苏木讲述)

37. 见蜘蛛就灭，见寰椎就跺

为了查看世间生物的福分和罪孽，六世达赖有一天来到没有人烟的荒野，当时天色已晚，又下起大雨来。正在发愁想找个地方躲雨住一宿的时候，看到了一个寰椎骨。在这没有人烟的荒野中，只能在它的空心里住一宿了，六世达赖想着想着就把身子缩小了钻进地脉中，变成随风飘动的尘粒一样小，进入了寰椎骨空心。行了远路疲惫的他很快便睡着了。

突然醒来，天空已放晴，太阳高高升起，真是晴朗的一天。可是一只大蜘蛛在寰椎骨四周已撒满了网，怎么也出不去。就在这时这只大肚皮的蜘蛛又把网补得更加牢固。六世达赖被包裹得气都喘不上来，急忙用火咒把网烧掉才好不容易走出来。活佛出来后非常生气地说："从今以后，见了蜘蛛就灭，见了寰椎就跺！"从此以后，人们有了见了蜘蛛就灭的习惯。

(1990年8月3日阿拉善右旗塔木素布鲁格
苏木婆婆辉特·巴德玛策仁讲述)

38. 屎壳郎的来历

太阳刚刚升起的时候,六世达赖来就来到一户人家门外,遇到一位穿着绿蟒袍的妇人挎着一只银桶子在拴牛桩旁挤牛奶。六世达赖以普通喇嘛的模样出现,谁也没办法认出来。他觉得碰到了奶食品是吉祥之兆,所以从怀里拿出碗说道:"妇人,请施舍点乳食吧!"妇人看到一位普通的喇嘛在化缘,就没好气地拿过碗说道:"我们家没有给你们这些乱七八糟的跑路人施舍的多余乳食!"说完"扑"地倒了一碗牛拉下的黏粪。

六世达赖对吝啬一碗牛奶的坏脾气妇人愤怒地说道:"嘉,愿你从今以后有穿不破的绿蟒袍,有吃不尽的粪食相伴吧。"那妇人在来世变成了屎壳郎,用粪便做食物。

(母亲苏布德于1988年1月28日在锡林高勒苏木讲述)

39. 阿拉善活佛和西域活佛斗法

传说阿拉善葛根(阿拉善活佛)在西北地方被流放了十四年,受了不少委屈。在这期间旱灾连连,寸草不生。阿拉善人无可奈何,派人到西藏请策本葛根(西域活佛)求场甘露。策本葛根来了后,求了几天雨水,却连巴掌大的云也聚不起来,别说是求甘露,就连一滴雨都没有求来。于是策本葛根说道:"嘉,你们还是请阿拉善的'黑胡子'作法吧,他不是一直给你们作法降雨的吗?我是没辙了。唯独剩下的瘸子神灵也背对着我一动不动,我能怎么办呢?"说着就准备离开了。瘸子神灵说的是,当初达赖喇嘛降临时一同来了六位喇嘛,路过这座山丘时,其中一位喇嘛从坐骑上摔下来摔断了腿,达赖喇嘛就让他成为这里的主人,并把他留在这座山丘上。

策本葛根在几峰骆驼上驮载了人们敬奉的物品回去时,看到天空中出现的鞍屉大的云朵,便对同伴们说:"嘉达,这好像是阿拉善的'黑胡子'来了。今天歇脚的时候不把物品堆放在高处是不行了。"跟来的同伴却不以为然地说道:"阿拉善不是旱了十四年吗?您都没法解旱,这一点小云朵能成什么大气候呀?"说着把物品卸下来乱七八糟地扔在地上,到策本葛根下榻的高处躺下图凉快去了。没一会儿工夫,又是闪电又是打雷,竟然下起了暴雨。他们的货载全部被冲走,他们因为在高处留宿侥幸逃过一劫。

第二天早晨策本葛根说道:"没事。'黑胡子'你水性好,我也会用火来攻你。"说着把火镰打了几下,打出了火,念动咒语放了出去。阿拉善葛根正好回到了广宗寺,突然命徒弟们说:"你们快点把大殿里的东西全部搬出去。"徒弟们虽然好奇,可也不敢违背主事喇嘛的话。刚搬完,只见从寺门口飞进了一团大火,烧毁了寺里所有东西。就这样,阿拉善葛根和策本葛根互相整得够呛,后来又互相赔偿了损失。

(1990年12月8日乌兰呼都格嘎查牧民索纳木拉玛加讲述)

40. 莲花生佛再生

　　驴耳朵皇帝的皇后成了魔中魔，上天派罗温钦布（莲花生佛）灭她。罗温钦布降生在人间没能消灭妖魔，便发誓道："我降生在人间，却没能消灭妖魔，来世要转化成吸取日月精华的莲花体。"于是在大西洋的黑山上向东北方开放的莲花里重生了。罗温钦布为了灭妖魔，就到圣山红塔附近找了一处洞穴等待机会。此洞穴位于现在的罗温钦布庙附近。

　　圣山红塔附近有一对贫穷的老夫妇，养着几只羊，老头子在家以打猎为生。一天，老汉打伤一只盘羊，追踪血迹来到一处洞穴时见洞穴的角落里坐着一个喇嘛。老汉问道："喇嘛，您看到一只受伤的盘羊了吗？"喇嘛说："那是您的猎物吗？我医好了它的伤就放走了，您只好回去了。"老汉回去后把这事说给老婆子听。老来老也没有孩子的他俩突然在几年前得了一子，老两口高兴极了。在小儿三岁的时候，皇后要吃三岁男童，所以皇帝便下了命令。老来得子正欢喜的老两口又要为失去唯一的孩子而揪心，都快要发疯了。这时老婆子脑海里突然闪过一个念头，说道："那天你不是说有一个能瞬间治愈受了伤的盘羊的喇嘛吗？去求求他说不定能躲过一劫。"老汉说："不管怎样也要去求他看看。"老汉到了洞穴把来由说了一遍，喇嘛说："皇后那拨人什么时候来抓孩子？"老汉回答道："明早。"喇嘛说："嘉，这样的话您先回去，我明早过去。"老汉听了这话，悬在心头的一颗石头总算是落了地，老两口整夜轮流抱着孩子挨到了天明。清晨，喇嘛比皇后那拨人早到了一会儿。老两口说："喇嘛啊，您有什么办法呀？他们已经过来了，怎么办呢？"喇嘛回答："没事，我来解决，你们去迎接客人。"说着喇嘛留在屋里。只见皇后一打开门就变成了一条长长的红狐狸消失了。喇嘛从后面追逐着把她赶进一个洞穴里，然后把洞口。大伙儿知道夫人是个妖怪后就回去了。老两口进去看小孩儿时却发现小孩儿不见了，正难过地哭泣时突然听到屋子后面好像有小孩儿的声音，出去看没有，进来找也没有，正在这时从柜子里传出响声，把柜子打开一看，儿子正坐在柜子里玩呢。

　　罗温钦布消灭了妖怪后，人们过上了太平的生活。人们感念罗温钦布的恩德就开始祭拜罗温钦布待过的洞穴，至今阿拉善人还保留着祭拜莲花生佛的习惯。

（2003年1月7日木仁高勒苏木苏木图嘎查辉特·图门乌力吉讲述）

41. 莲花生佛普救众生

从前，有位贫穷的老太婆，把唯一的儿子视若命根子般疼爱。老太婆每天用白山羊的奶向上天献祭，儿子则每天出去放牧。有一天突然来了一个很厉害的妖怪，做了皇上的夫人，她每年大年三十晚上要吃一个七岁的男孩儿。吃来吃去今年轮到了这穷老太婆的儿子头上。老太婆整天茶饭不思，悲泣着，心想离开唯一的儿子该怎么活呀？

有一天，小男孩儿出去放羊时想到了母亲就哭了起来。一位老婆婆过来问道："小孩子你遇到什么伤心的事在哭泣？"男孩儿回答："我今年要成为皇后的美味了，母亲整天都在哭，连饭也不吃了，我想到母亲难过就哭了。"老婆婆说："小孩儿你不要悲伤，我教你一个办法。"说着从怀里掏出一块手帕说道："给你！你把这个揣在怀里，不要怕皇后。她在吃你的当夜会给你敬奶茶，你快速喝完，小心地用手帕来擦碗。这样你就能躲过被妖怪吃掉的危险，而且从今以后这妖怪再也不会骚扰百姓了。现在回去把这事好好讲给你母亲听，就说是我说的，不要再伤心了。"老婆婆说罢一转眼就不见了。男孩儿把这一切如实告诉了母亲，母亲向上天叩拜道："啊！这是上天看我孤苦，在怜悯我。"

大年三十晚上，小男孩儿怀揣老婆婆给的花手帕，到皇宫准备让皇后吃。他的母亲点着香火留下来祈祷。男孩儿来到皇后面前，看到皇后穿着漂亮的衣裳，头上戴着大红珊瑚珠子，非常耀眼地端坐着。皇后看到男孩后，高兴地笑着倒了一碗奶茶，男孩儿接过碗把奶茶喝得干干净净的，然后从怀里拿出花手帕擦碗。夫人看到手帕脸色变成死灰一般，只听她发出"叽——嘶"一声刺耳的叫声后卧倒在地，变成一只三尺长的红狐狸，跃过火鼎没命地逃跑了。这时，只见那块花手帕突然变成一位老汉，从狐狸后面追了出去。原来，之前的那个老婆婆，还有这老汉都是罗温钦布的化身。妖怪急匆匆地窜进一个岩石洞里，想逃走却发现只有一个出口，于是妖怪就被困在了洞里。罗温钦布守在洞门口，准备等妖怪出来就灭了她。到了晚上，罗温钦布的胡须和头发变得雪白，还驼了背，变成说不上什么时候就会断气的样子。妖怪见了高兴地想，嗷嗨！照他这样子能撑到什么时候？说不准明早起来的时候就已经死了？如果是这样，我就可以从这洞里走出去照样自在地活着，想着想着过了一夜。到天亮的时候却发现那老头儿又变成黑头发黑胡须的年轻人，妖怪打消了逃走的想法，整天气冲冲地躲在洞里哭泣。

从此以后，百姓人家的孩子再也没有被妖怪吃掉，老太婆也和儿子过上了平静安乐的日子。阿拉善至今还保留存着"罗温钦布庙"，庙门口的岩石上还留有和小孩儿的脚印一样深浅不一的印子,相传那是罗温钦布追赶妖怪到岩石洞口时留下的脚印。

(母亲苏布德于 1991 年 5 月 4 日在巴彦浩特讲述)

42. 阿旺丹德尔的法力

从前,丹德尔拉隆巴(阿旺丹德尔)到西藏召庙学会了黄教深奥的本领,后来达到了能辩论经文的程度。他的师父知道他比其他人聪明及其修道的深浅,所以对他说:"你一开始不要用全力辩经,如果一下子让对方摸透你的本事,你的生命也会受到威胁。人的道行是慢慢显现出来的,就像一点一点拧紧螺丝最后让其达到最紧固。辩答之后,不用回住的地方,从圣殿直接回你故乡去吧。但是一定要记住,不能穿喇嘛袍。嘉,我对你的叮嘱就这些了。"在辩经会的头两天,丹德尔拉隆巴如平常的样子辩经,也没有人在意他。

到了第三天,西藏的大喇嘛们留下来,轮到丹德尔拉隆巴和他们辩经。他不由自主地把学到的本事和经文全部搬出来,不留情面地辩论起来。对方非常奇怪:"我们西藏是书的海洋、佛的圣堂,怎么能输给阿拉善的这么一个普通的喇嘛呢,这岂不把脸都丢尽了?"于是大家一拥而上和阿旺丹德尔辩论,然而没有一个人能辩得过他,辩经比赛也达到高潮。这时看热闹的人越来越多,挤来挤去大殿里快装不下了,阿旺丹德尔擦着汗笑道:"这里有地方,过来吧!"就一步一步朝后退着给大家腾地方,居然把圣殿的后角给撑大了。大伙儿睁大眼睛、张口结舌地待在原地。失了颜面而恼羞成怒的西藏大喇嘛下令道:"真想不到阿拉善还有个这么厉害的人物,在他回到故土之前杀了他。如果让他回去,我们西藏人颜面何存?你们现在快到他住的地方,不要耽误时间,抓住他就地处死。"被派去的人找到阿旺丹德尔住的地方,可他早已不见了。

阿旺丹德尔按照师父的话扮作平民的模样踏上回乡的路。西藏派去的人以为会有一个得意的喇嘛在路上行走,就没有留意平民。他们一路上也没有遇到一个喇嘛,从阿旺丹德尔身旁骑着马擦肩而过,最后空手而归。阿旺丹德尔这才想起师父说的以平民的装束逃走的深意,就朝大召寺方向向师父拜了三拜,谢了他老人家。此后,阿旺丹德尔回到故乡,遵守喇嘛的戒律,但还是以平民的样子穿着打扮,身边领了一位夫人,还抽着烟斗,这都是遵循了恩师的指示。

(2003年10月18日阿拉善蒙古族完全中学老师李尔只斤·芒来夫讲述)

43. 不走大路中央的缘故

　　从前，衙门寺庙延福寺把一些淘气的班迪（小喇嘛）们筛选出来送到北寺当喇嘛，阿旺丹德尔也被选中。

　　阿旺丹德尔聪明伶俐，学习经文要比其他班迪都快，所以寺里的大喇嘛们很疼爱他，把他送往西藏召庙修行。一同去的喇嘛们先后都拿到了学位回到了故乡，只有从阿拉善去的阿旺丹德尔留下来，又过了七八个年头。召庙大师父欣赏他比其他人更加努力积极向上的精神。阿旺丹德尔见其他同学都已经被授予学位，可是对自己却没有一点授予学位的意思，于是问道："师父怎么不给我考学位的机会呢？"师父回答："枣子到红的时候就会红的，世间万物都有定数，所有事物都有成熟的规律。与此相同，喇嘛的修行也是有机遇的。你开口的时候正是你的修为也到了最旺盛的时期，所以我在等你的这个时期。你的机遇真好，修行也恰好成熟了。可是你不能骄傲放纵自己，要注意不要让别人看出你到底有多少内底，刚开始辩经的时候要放得自然一些。"

　　阿旺丹德尔在辩经会上把功力放到最低也没有几人能辩论过他。辩经会之后，师父把他叫过去说："下一轮辩经稍给点力道。"在下一轮的辩经会上他只用了中等力道就把会场上的好多喇嘛辩论得晕了过去。师父问："你用了多少力道啊？"他说："我只用了一半的功力。"师父说："嘉，你现在也不用再待在这儿了，只用一半的功力就达到这种程度，没有必要再修行了。回去时以平民的装束穿着，不要在道路中间行走，一直靠边上走。回去以后也照样以平民的样子娶妻放牧过日子吧。"阿旺丹德尔听从师父的指示，顺着路边走了一会儿暗自思忖，师父定要我顺着路边走是什么意思呢？他找了一处离道路不远的地方歇息，熬了一壶茶，喝茶时把拐杖插在道路中央看看会有什么事情发生。当他一转身就听到"咔嚓"一声响，回头一看，拐杖已被劈成两截了。"啊，恩师的叮咛原来是为我好呀。"说完虔诚地回过头向师父所在的方向拜了三拜，照样沿着路边走，安全地回到了故乡。从此以后，阿拉善地区就忌讳行人在道路中央行走，到现在长辈们对后人还是这样教育的。

（2003年7月27日教子尔拉玛哈、李尔只斤·芒来夫讲述）

44. 阿旺丹德尔为佛像开光

阿拉善的阿旺丹德尔到拉萨召庙修行回来的路上幻化成叼着尺长烟斗的黑老汉，身边还领了一个长得黑不溜秋很难看的、穿着破烂不堪污垢衣衫的、头发杂乱无章的妇人。

如此丑陋的老太婆和老头子来到北寺，北寺的喇嘛们迟疑道："嘴脸这般丑陋的两个人来到我们神圣的寺庙，要污染圣殿、亵渎神灵了，赶紧赶出去才行。"虽然大家嘴上都这么说，可也没有赶走的直接理由，只好寻找机会找茬了。一位找茬的喇嘛晚上做完礼拜，看到老两口的破屋子里闪着光芒，想看看他们究竟在做什么，就偷偷摸摸地走到窗口下，从破口往里窥视，结果看到老汉变成了却吉佛，老婆变成了妙音天母。看到这里，喇嘛跌跌撞撞地跑回去，把这怪事说给其他几个喇嘛听，那几个也过去看了个究竟。

给新盖起的大雄宝殿开光却不知道从哪里请大师，喇嘛们议论纷纷，意见也各不相同。想请阿旺丹德尔，可有些喇嘛却说："整天形影不离地领着那个包在油里狗不闻、包在草里牛还嫌弃的黑老婆，像土包子一样扎着白头巾，虽然挂着喇嘛的名号却总是像个平民似的穿着短不拉几的衣服，还有一刻也离不开的长烟袋，这样的老汉能有什么本事啊？"有的说："看起来是那个样子，也可能不是普通人，也许是仙人呢，不然怎么会变成却吉佛呢？"先前见过阿旺丹德尔变化成却吉佛的喇嘛们以多数取胜，最后还是决定让这老喇嘛来为新殿开光。过去请他的人说："请求您为新大雄宝殿开光。"阿旺丹德尔说："啊，你们把我的那个长烟袋拿到大殿吧！"听了这话，一直在怀疑的喇嘛们对他更加厌恶了。可是已经张嘴请了也就不好反悔，没办法只好拿着烟袋去大殿。阿旺丹德尔把烟点上抽完后，在正神的前方扣下三堆烟灰，吐了三口烟就出去了。吐出的烟雾弥漫在大殿上，喇嘛们更加厌恶他了。恭送阿旺丹德尔的喇嘛们只是做了做样子，送下台阶就急忙回来看那三座堆灰，却见三堆烟灰已变成了三座塔形佛像，那弥漫不散的烟雾却散发出杜松香的香味。傲慢偏见的喇嘛们这才信奉地跪倒在地上磕头。

这事之后，多数喇嘛信奉阿旺丹德尔，可也有少数人说："有那么大的本事，怎么经常在抽烟？"心里还是不怎么看好他。有一次，几个喇嘛来到他那散发着臭烟味的屋子时，发现他给长烟斗续了火，把烟袋挂在从旧毡包的破口射进的太阳光线上，说："嘉，你们要是抽烟就这样抽。"那些怀疑他的喇嘛们这才相信他是个有过人神通的仙人。其实阿旺丹德尔抽烟也不是真在抽，只是别人眼里看到的是他在抽烟罢了。

现在的北寺——福音寺旁边坐落着阿旺丹德尔的纪念塔，不管是喇嘛、平民,还是男女老少诸多信奉者都来绕着塔转圈,祈愿像阿旺丹德尔一样智慧超群,学习向上,事业有成,好运连连。

(1990年5月11日福音寺的喇嘛云登、阿拉善蒙古族完全中学老师李尔只斤·芒来夫讲述)

45. 阿旺丹德尔在西藏一鸣惊人

阿拉善的阿旺丹德尔是个有才学的人。有一次在拉萨参加辩经会,被一句很不起眼的话难住后,他立刻收拾细软匆匆忙忙地走了。可阿旺丹德尔并没有回乡,只是以平民的身份躲了起来钻研经文,后来成了通晓经文的大学者。

有一天,他想测试自己的学问就去了拉布隆寺,给这里的一位喇嘛教授一些深奥的经文。在一次辩论会上,这位喇嘛提出来的问题,全寺的喇嘛一个都答不上来,就好像是吞了糌粑(炒熟的青稞面)一样闭不出声,这时寺里的大喇嘛说道:"奇怪了,阿拉善的阿旺丹德尔不是早就离开了吗。方才的经文就像是他的语气说出来的,真是奇怪啦!"于是叫来背经文的喇嘛问:"你这经文是自己准备的吗?还是别人教的?"那喇嘛回答说:"是一个长得某某样的人教我说的。"大师喇嘛说:"嘉,我就说嘛!原来是这样啊!现在你们快去把他请回来。"但是徒弟们到处找都没找到。阿旺丹德尔这时早已回到了故乡。

(2002年10月19日阿拉善电视台扎木央·海桑讲述)

46. 阿旺丹德尔巧辩西藏诺颜

阿拉善的阿旺丹德尔是个口齿伶俐、满载智慧的聪慧之人。阿旺丹德尔走到召庙时,正遇上授学位的拉隆巴会。阿旺丹德尔是被授予西藏最高拉隆巴学位的高僧。西藏高官心想,听说阿拉善的丹德尔拉隆巴是个口齿伶俐的厉害人物,我这次要好好羞辱他一番,看他有什么招数。心里如此盘算着,对他说道:"高僧都是到了时候才修成正果的,阿拉善的高僧来了,会祭典我们的佛神吗?"丹德尔拉隆巴答应道:"这自然是不用说了。"说着开始做起祭佛的准备。西藏高官正想找个机会羞辱他,只见丹德尔拉隆巴说道:"长官啊!我这辈子获得的拉隆巴头衔已达到最高级了。那么拉隆巴死后下辈子投胎成什么,长官您可知道吗?"这一句正中长官下怀,心想送到嘴边的肉哪有不吃的道理?于是高兴地说道:"这有什么难知道的?拉隆巴死后一定要投胎成毛驴的。"过了一会儿长官说道:"我这辈子做了高官,享尽了荣华富贵,高官的下辈子是什么,你知道吗?"问完心想,丹德尔拉隆巴这下一定没话说了吧。可丹德尔拉隆巴却不慌不急地说:"这有什么难知道的?长官死后定要投胎成拉隆巴的。"这位长官自以为羞辱了丹德尔拉隆巴而正暗自得意之时,自己反倒被羞辱了一番,气得一句话都说不上来,灰头土脸地坐着不吱声了。

(1987年2月福音寺的活佛罗桑吉格木德讲述)

47.阿旺丹德尔给乌珠穆沁喇嘛传授本领

丹德尔拉隆巴从西藏回来后领着锅底一样黑脸的老婆子,放着少量的羊过着日子。北寺建了辩经堂朝西方开光时喇嘛们聚在一起议论,一个喇嘛说:"请丹德尔拉隆巴开光吧!"可有些喇嘛却厌恶地说道:"呸!他那样子别说是给佛像开光了,自身都难保呢。你看他在佛门圣地领着丑陋无比的妇人,如此行为不检点的家伙来给佛像开光的话岂不玷污了佛像?"有的说:"他可是召庙有名望的大拉隆巴,你不能那样说,他的才学可不是一般人能比得上的,还有谁比他更有资格给大殿开光呢?"众口无语,决定请丹德尔拉隆巴给佛像开光。徒弟们去请了三次也不见他过来,于是领诵喇嘛带着几个徒弟亲自过去请:"正等着您给大殿开光呢。"丹德尔拉隆巴说:"你们先走一步,我马上就来。"领诵喇嘛留有寺里的沙弥一直守在丹德尔拉隆巴身边。临走时丹德尔拉隆巴说:"嘉,现在走吧。"沙弥说:"有没有要拿的杜松香、铃铛、书本之类的东西?我来拿吧。"丹德尔拉隆巴说道:"拿那些有什么用?有这个就行了。"说着把带有污垢的长烟袋连同一块又脏又黑的手帕拿起来,看到这些的沙弥更加嫌弃他了。

喇嘛们连眼睛都不眨一下地看他怎么给大殿开光,他却一副什么都不在乎的样子,拿起长烟袋抽了三斗烟,把烟灰堆在佛像前说:"嘉,现在可以了。"说完就出去了。随后那些先前对丹德尔拉隆巴就没有好感的喇嘛说道:"这是在给佛像开光吗?在大殿上抽烟还向着佛像吐烟雾岂不是弄脏佛像惹怒神灵吗?早知道这样就不请他了。不用请人来开光也比这样子亵渎神灵的好。"被指责的喇嘛们一个个闭口不言。一个喇嘛说:"现在说什么也晚了。倒不如想些法子洗礼佛神如何?听说今天从召庙来两个乌珠穆沁喇嘛,请他们来重新开光怎么样?"大伙儿说:"这也是个好主意。"随即请来了那两个乌珠穆沁喇嘛。两个喇嘛一进大殿就说:"你们的大殿已经开过光了,而且这开光也不是我们这样的喇嘛能开得了的呀。先前你们找了一个什么样厉害的喇嘛开的光?我们可没有这么大的本事。"喇嘛们很是鄙视地回答道:"能有什么本事?名誉上是个拉隆巴,实际上只是个赶着几只羊的黑老汉,抽了几斗烟吐得烟雾缭绕的就出去了。"乌珠穆沁喇嘛指着那堆烟灰说:"你们看!"只见那堆烟灰已变成了三座塔形佛像。

两个喇嘛听说丹德尔拉隆巴是个领着妇人辱没圣殿的喇嘛,就专程来到他的住处想嘲笑他是个不尊戒律的喇嘛。丹德尔拉隆巴深知两个喇嘛的来意,就给他们出了三道题,他俩整整坐了半天居然一道题都没答出来。丹德尔拉隆巴说:"唉!你们就被我这三句话给噎住了,你们去召庙只是磨了磨鞋底,穿了穿喇嘛袍,降了学和糌粑以外没学什么真本事嘛。"两个喇嘛红着脸说道:"从今天开始我们拜您为师学习经文吧。"说着磕头拜师。丹德尔拉隆巴说:"我能有什么本事，只是个放羊的老头子而已。我现在要向亚东河地迁徙，你们非要拜我为师就帮我跑腿赶几只山羊走吧，背着经文一路学吧。"说着一人给了一包经文，四个人一起迁徙了。他们四人来到亚东河好乎尔沙地盖了一间小屋子住下来。两个喇嘛看着几只星星点灯般散落在沙丘阳面，就从软软的沙子上好不容易把羊赶过来聚拢，那些羊却又跑到另一头沙丘那边怎么也追不上。把两个喇嘛累得两腿发软，哪还有精力学习经文？先前还解解经文包，到后来因为累加上懒，背着的书都没有时间拿下来，整日奔波着送夕阳西下。

　　过了三年，羊数猛增。野外虽然羊群遍地，可是赶进小小的羊圈却满不了，他们感到很是奇怪。丹德尔拉隆巴整天问这两个喇嘛："今天哪只羊领头，哪只羊落后，哪只羊不合群？羊从哪里走了？草场好不好？"此类没分量的问题，可从来没有在意过他们学习经文学习得怎么样了。一开始两个徒弟很反感他的这些问题，到后来吃了几年的苦，只想快点吃饱立刻睡觉，师傅问东问西也习以为常了。有一天，在两个喇嘛的脑海里突然涌进来很多经文，好像在眼前晃动。没有人教却能背出经文，两个喇嘛高兴极了。原来在他们牧羊的时候丹德尔拉隆巴已经传授了经文。平日的考验只是测试这两个徒弟是否有诚心。丹德尔拉隆巴就这样给两个乌珠穆沁喇嘛教会了许多真本领，并把他们送回了故乡。

（2003年7月27日福音寺喇嘛敖子尔拉玛哈、阿拉善蒙古族完全中学老师李尔只斤·芒来夫讲述）

48. 阿旺丹德尔试探两个徒弟

丹德尔拉隆巴初到西藏时带了两个徒弟。有一次丹德尔拉隆巴因为有急事回到了阿拉善，把两个徒弟留在西藏。徒弟们等了很久也不见师傅，就一路询问找了过来。当两个徒弟找到师傅时却看到师傅不再是以前的那个散发活力的年轻喇嘛，而变成了一个糟老头子。徒弟认不出师傅的模样，于是就争论起来："这不是我们的师傅，他怎么会是这个样子呢？"另一个说："师傅有那么大的本事，变作这模样也许是掩人耳目。"那领着傻老婆的糟老头儿师傅把他俩叫过来说："你们认定我就是你们的师傅才找到这里来了吧？那你俩就替我宰只羊吧。你们一定想家了，也馋肉了吧，给你们好好解解馋吧。"杀戮是喇嘛僧尼的一大禁忌，所以他俩谁也不想杀羊破戒。于是丹德尔拉隆巴又说道："你俩把我那黑老婆子搂上住一宿吧。"那两个徒弟还是没有破喇嘛的戒律。以上试探中没能看出两个徒弟中哪一个是诚心仰慕师傅，哪一个是怀有得到真经的唯一信念，所以丹德尔拉隆巴又想了一个法子。

于是，他把那被烟熏旧了的破得像筛子一样的蒙古包拆下来抖搂灰尘，一个徒弟自愿过来帮忙，而另一个徒弟却"噗、呸"地捂着嘴根本没靠近，进进出出地躲避干活，等把零星的物件全部抖搂完也不曾动过手。丹德尔拉隆巴亲自宰了一只羊，还是先前那个帮忙的徒弟过来，帮着清理了内脏。另一个徒弟却丝毫没有靠近一步。把肉煮熟后装在盘子里递给两个徒弟。干活儿的那个徒弟心想，这怎么也是师傅给的恩赐，古语云"碰到熟饭不要躲，听到谗言不要信"，就把肉吃了个饱，把汤喝了个足。没干活的那个徒弟尝也没尝，只是坐着看他们吃。丹德尔拉隆巴终于看出来帮着干活的徒弟是真心尊敬师傅，虚心学习经文的；另一个只是徒有其表的人。这宰杀羊也不是真的伤害牲畜的性命，只是在教徒弟本领而已。

丹德尔拉隆巴把自己千疮百孔的蒙古包腾出来，叫两位徒弟住下，自己却用石头垒了一座小矮屋子。一天夜里，不信奉师傅的那个徒弟悄悄起来，躲起来偷看师傅到底在做什么。乍一看，只见师傅正在让八个姑娘跳舞，自己非常高兴地坐着观看。一旁，那傻瓜黑老婆弹奏着乐器，正添乐呢。平时这徒弟就看不惯师傅在佛门圣地领着老婆，宰羊吃肉，破了喇嘛的戒律，所以也不怎么尊重崇拜他。如今又亲眼看到师傅领着女人跳舞唱歌行乐子，就更加不信奉他了。他返回来推醒另一个徒弟说："嗨，嗨！快起来去看看你那非常崇拜的已经成了佛的师傅在做什么！如今更不像样了。怎么能说他是个喇嘛呢？把佛门最禁忌的戒条都违反了不说，更过分的是叫来八个姑娘又跳又唱。你若不信我，趁现在正红火的时候去看看吧。"另一个徒弟说："嗨！谁知道呢。你这人说话总是不谨慎。我想,我们的师傅有那么大的本事,怎么会以尊换卑,以马换驴,干出破戒的事呢?八个姑娘也许是天上的仙女?"那个不信奉师傅的徒弟却说:"嘉,把什么叫来也没关系了,从今以后我是不会把有这种行为的人奉作师傅的。什么样的好喇嘛能做出这等玷污寺庙的事呢?"于是就断绝了师徒的情分。

丹德尔拉隆巴早已知道了此事,说道:"如今,你俩回去的时候到了。"于是两个徒弟各自回了故乡。那信任又信奉师傅的徒弟刚出了庙门回头一看,只见师傅显身化为神仙,就由衷地信奉着拜了三拜。回到故乡后成了有大学问的喇嘛,受到了尊重。另一位却没有这么幸运了,无论是从丹德尔拉隆巴那里学来的经文也好,还是在召庙听来的或多或少的经文也好,忘得一干二净,空荡荡地回去后成了一个除了最普通的玛尼经以外什么都不会的落魄喇嘛。

(2003年7月27日福音寺喇嘛教子尔拉玛哈、阿拉善蒙古族完全中学老师李尔只斤·芒来夫讲述)

49. 班禅大师的故事

　　从前,班禅额尔德尼请进《甘珠尔》。《甘珠尔》经入大殿的时候,大清皇帝就问:"你们黄教是以什么作为信奉对象的?"班禅回道:"只是经书和佛而已。"于是大清皇帝试探性地在黄教弟子忙着搬运书本来回走动的途中扔下一本经书。没有留意脚下的弟子不小心踩到经书。于是皇帝就问:"什么样的信徒可以从信奉的物体上踩过去呢?"班禅大师说:"那不是经书,只是包在黄色粗布中的空白的纸而已。"皇帝明明把一本藏文经书扔在地上,所以说道:"怎么不是经书呢?别胡扯了!有本事你就解开包装看看,到底是什么?"班禅大师不慌不忙很从容地解开包装,果然洁白的纸上一个黑点都没有。皇帝很奇怪,暗想:"我只是想试探一下,拿了一本经书扔到路上,怎么一个字都没有了?"就问道:"你把上面的字都弄到哪里去了?"班禅大师问道:"您朝上看。"皇上抬头看去,只见经书里的字就像苍蝇和蚊子一般黑压压地堆在空中。为此皇上决定再试一次。

　　第二天,皇上对手下的人下令道:"你们今天带着大师到北京城里最美的地方赏景游玩,看看最好的物品。"暗中皇上在赏景游玩的途中拉满了绳子,想绊倒大师。皇上手下的人带着班禅大师依照皇上的旨意以最快的速度走了一遍,班禅大师就像没事一样一直跟着。到了晚上回来后,大清皇帝问道:"我们城里的买卖怎么样?您欣赏了些什么景色?"班禅回答说:"什么也没看到,白白浪费了一天。"大清皇帝生气地怒斥道:"过分的臭喇嘛!你以为我们大清的大城市什么也没有,像荒野之地吗?拉出去砍了!"班禅大师道:"等等,我想让您逛一次街,看您能欣赏到多少后,再行律法也不迟吧。"皇上说:"你在小看我?我是在自己的地盘,哪里有什么我不知道的吗?"班禅大师在一个碗里倒上满满的香油递给皇帝说,如果在锦袍上滴上一滴也要按律法制裁。然后在前面领路,从这个巷子走到那家店铺以最快的速度走了一遍回来。怕洒了油的皇帝也没有注意到走过哪些地方。班禅大师问皇上北京城里的买卖如何,皇上找借口说班禅大师让他端了油碗无法观看,班禅大师:"其实我们做喇嘛的也和端了一碗油的您一样,还要小心您给我设下的绊脚绳,所以我能看到什么呢?"皇帝说:"寡人明白了。刚才冤枉了你真是不好意思,请谅解。现在真的是完全服了你了,你能说出我什么时候归西吗?"班禅大师说:"从天上掉下来黄色哈达的时候就是您归西的日子。"

　　一天皇帝和皇后在林中游玩,皇后玩累了说回去吧,可皇帝却兴致勃勃地不肯回去,皇后便生气了。于是皇帝也没了心情,从怀里掏出黄色哈达抛向了空中,哈达被挂在了高高的树枝上怎么拉都拉不下来,皇帝突然想起班禅大师的话,想到自己的大限已到就自杀了。老人们说,古代不弑杀君王的规矩是这样传下来的。也就是打这件事以后,为打压女人对男人威严造成的威胁,在女人的头上装扮吉祥结,目的是永远压住女人的运势,给带上珊瑚扣是以防女人再抬起头,戴耳环是当作奴隶的耳记,戴手镯是铐住女人的双手,束缚她们的行为。给男人端铁碗的意思则是从大臣到平民百姓不会有一点自由,他们对主人就好像是牲畜一样被奴役着,这都体现了统治者的野心。

(2003年8月18日腾格里苏木查拉格尔嘎查巴图特·丹巴讲述)

第三部　民间小故事

（一）魔法故事

50.沙白扣来了我的事情就有眉目了

　　从前有一对老两口，有一个儿子。儿子有一天对父母说道："孩儿如今已长大了，从现在起我要学打猎，报答父母养育之恩。"父亲怕儿子一个人吃苦受累，儿子说："不怕，别人能做的我也能做，我要像雄鹰一样去飞翔。"

　　临行时，母亲从针线包里拿出针线在儿子的内襟里缝了一件东西，叮嘱道："不到万不得已的时候不要拿出来，这可是一件宝贝啊。"父亲把猎枪送给儿子，说道："这把枪也是一件宝物，当你走到一座大山后面时会遇到大麻烦，人家讹你你却说不清楚，大祸将临头。那时候你就站到山顶上喊一声，'乌格希老汉四个儿子最小的沙白扣来了我的事情就有眉目了'，然后朝天放三枪，众飞禽走兽欢欣鼓舞，你的骑乘尿出血水，这时候你才能脱离灾难。"

　　小伙子告别父母，趾高气扬地上了路。一天傍晚，来到一个没有包带和拉绳的蒙古包人家。毡包里有一个和气的老太婆，热情地招呼小伙子坐下，嘘寒问暖。天黑以后，毡包里聚集了很多人一起吃晚饭。小伙子突然起了疑心，心想只有鬼怪住的房子才没有包带和拉绳，这些人莫非都是鬼？父母曾告诉他识别鬼的方法，于是小伙子悄悄抬起手臂从胳肢窝下面看去，只看见满屋子的人都没有下巴，果然都是鬼！小伙子吓得头皮都发麻了，但是为了不惊动那些鬼，装作什么也没发觉一样睡下了。

　　第二天早晨从睡梦中醒来一看，毡包和那些人都不见了，发现自己睡在荒郊野外的一件巴掌大的老羊皮上，旁边有几根烧火棍。这样，小伙子过了一关，继续赶路。

　　天黑的时候，他来到一个漆黑的屋子里，里头有一个老太婆和斗红了眼的公牛似的三个儿子。他们从羊群里抓来一头大羯羊，宰后利索地煮熟了给小伙子吃，而他们自己却从一口大黑箱子里拿出脂油发黄的紫黑色风干肉，生生地撕咬着，吃得津津有味。小伙子以前听父母说，人的油脂是发黄的，这几个人吃的莫非是人肉？想到这里，他想趁早离开，便起身要走，只见三个小伙子立刻围过来挡在门口不让他走，说道："这么晚了要去哪儿？这儿方圆百里除了我们家再没有别的人家了。"小伙子说："我就出去方便一下，今晚就住在你们家。"小伙子出门方便时身后跟着人，没机会逃跑，还有两个人在门口霍霍地磨着刀，看样子今夜凶多吉少。夜里老太婆睡在东边，让小伙子睡在西头，兄弟三个交叉着睡在门口。小伙子吓得不敢睡觉,没过多久听见他们呼呼地打起呼噜来。他突然想起母亲让他在危急关头拿出来的东西,便拆开内襟取出里面硬邦邦的物体,原来是一把小折刀。他轻轻地爬起来,在三兄弟中离自己最近的一个的喉咙上用刀子割了一下,只听见发出"咕咕"的声音。他壮了胆,把他们四个的喉咙都一一割开。早晨起来一看,他们四个都死在了血泊中。小伙子过了第二关,继续赶路。

走着走着来到一座大山后面,看到远处有一团物体。他好奇地走到跟前一看,原来是一个死人。心地善良的小伙子想找个地方把尸体埋了,正在寻找地方,只见从东山脚下冒出来一群猎人,径直奔到他跟前,有一个骑着高头大马的男子厉声问道:"你为什么要杀害我们的台吉?"小伙子辩解道:"你说什么呢?我来的时候这个人早已死了,我好心要找个地方把他埋葬,你们就来了。我哪有时间杀人?"众人不相信,说他杀了人还想狡辩抵赖,于是七手八脚地把他捆绑起来,要交给衙门治罪。小伙子无缘无故地被人冤枉,说什么也没人相信他,眼看就要吃官司了。离这里有一日路程的地方有个名叫乌格希的老汉,老汉有四个牛龙活虎的儿子。官府把老汉的三个儿子连同小伙子一起抓到衙门里审问,那三个儿子都说不是他们干的。因为找不到凶手,官府认定小伙子是凶手,要让他以命偿命。

危急关头小伙子突然想起父亲的叮嘱,请求众人让他上山以辨清白。站到山顶上小伙子大声喊道:"乌格希老汉四个儿子最小的沙白扣来了我的事情就有眉目了!"说完又叫人朝天放了三枪。只见飞禽走兽欢快地呼叫起来,马儿嘶鸣着尿起了血水,人们从四面八方聚集到这里。乌格希老汉最小的儿子沙白扣也来了,他承认是自己杀害了那个台吉,为小伙子洗清了罪名。

逃过大难的小伙子猎获了许多野生动物,满载着猎获物回到家里,一家人欢乐地团聚了。后来小伙子成了这一带有名的猎手。

与其娇生惯养,不如去见见世面,这是蒙古人教育子女的一种观念。

(1984年2月2日母亲苏布德讲述)

第三部 民间小故事

51. 青蛙儿子

从前有一对贫穷的老夫妻,一心盼望着有个儿子。一天大娘像往常一样背着水别子到井里打水,在水斗里舀出了一只青蛙。青蛙说道:"阿妈,让我做你的儿子吧!"大娘说:"我回去跟老头子商量一下再给你答复吧。"

可是忘性大的老太婆忘了跟自己的老头子说。第二天青蛙问她,她说:"哎呀,叫我给忘了,今天回去一定说。"回去后照样又忘了提这件事,就这样一连过了七天,青蛙对大娘说:"您今天在发辫上挂一个羊粪蛋子,回去见到它就会想起我的。"

老大娘回到家中突然看到发辫上的羊粪蛋子,想起了青蛙,忙把青蛙的话告诉了老头子。老头子觉得这是个吉利的事,高兴地说道:"晚年得子乃人生一大幸福呀,你快去把它带回家来!"于是老大娘去把青蛙捧回来放到家里,老两口整天看着青蛙儿子扑腾扑腾地跳来跳去,觉得非常开心。

七年之后,突然有一天青蛙儿子脱胎换骨,长成了一个英俊的小伙子。他对父亲说道:"我现在已经长成了大小伙子,您去皇宫请求皇上把公主嫁给我吧!"

老头子骑上一头牤牛来到皇宫,请求皇上将公主嫁给自己的儿子。皇上听了很生气,大骂山野老头子不知好歹,癞蛤蟆想吃天鹅肉,于是命人将老头子一刀劈成两截,放在牛身上原路驮了回去。青蛙儿子看到父亲被砍成了两截,将尸首弄下来重新合到一块,然后在上面来回跳了三次,父亲就复活了。老头子骑上牤牛第二次来到皇宫,皇上说:"你这个糟老头子身在地上心在天上,我看你还来不来?"说完把老头子砍死并剁成肉馅儿后装在口袋里放在牛背上驮了回去。青蛙儿子见状,把肉馅都掏出来放在地上摆成人形,然后在上面来回跳了三次,父亲又活了过来。老头子不死心,第三次骑着牛奔向皇宫。

皇上见老头子又复活了,更加生气道:"该死的奴才命还挺硬的啊,难道是铁石心肠的万岁魔鬼不成?这次我看你还怎么复活?"说着把老头子烧成一堆灰烬装进口袋里让牤牛驮了回去。青蛙儿子把父亲的骨灰用水和成人形,在上面又来回跳了三次,又把父亲弄活了。

老头子第四次来到皇宫。皇上见了老头子,有点心慌,态度比以往好了些,但是仍旧不肯将公主嫁给他的青蛙儿子,于是提出了一个几乎不可能实现的条件:"你家要是能盖一座水晶宫殿,旁边有流淌的河,林间有群鸟啼鸣,山中有野兽奔跑,那样的话我才能把公主嫁给你的儿子。"老头子见皇上答应了,非常高兴,但是皇上苛刻的条件让他感到为难,闷闷不乐地回去了。青蛙儿子听了很高兴,迫不及待地等待娶亲的日子。

皇上约定的日子到了。这天早晨一醒来,只见老头子的屋外有一座水晶宫

71

拔地而起，旁边流淌着涓涓河流，到处是飞禽走兽欢跑啼鸣，跟皇上说的人间仙境丝毫不差。原来青蛙儿子是仙子下凡，会九九八十一种魔法。皇上也为如此奇迹感到万分惊讶，又不好食言，于是亲自把公主送到老两口家，举行了盛大的婚礼，宴请八方宾客，青蛙公子和公主欢天喜地结了良缘。

人不可貌相，海水不可斗量，运气到来的时候蛤蟆也能吃上天鹅肉。

(1988年12月10日吉兰泰苏木四嘎查牧民丹巴达日吉讲述)

52. 阿巴莫日根扣

过去有个皇上,名叫阿日力迪罕,有乎拜、布拜两个夫人,还有一个叫阿巴莫日根扣的小羊倌。乎拜夫人美貌无比,布拜夫人智慧过人,皇上自从娶了乎拜夫人之后沉迷于酒色,再也不理朝政了。布拜夫人好言相劝他也不听,更不把朝中大臣放在眼里。阿巴莫日根扣放羊的时候听到岩缝里有会说人话的鸟在说关于皇上的事,一连听了七天。

第九天,一只乌鸦和一只老鸢飞到那个山岩上,对岩洞里的其他鸟说道:"嘉,事情办得怎么样了?该收拾那个没用的傀儡皇上了吧!"老雕说道:"时候快到了,只是那个布拜夫人不好对付呀。"猫头鹰说道:"我们在皇上睡觉的时候在他胸口放块磨刀石,这个办法也用在夫人身上吧!"大家都说这个办法好。阿巴莫日根扣听到了他们的阴谋,等把羊群赶回家,把一切活儿收拾停当后找到布拜夫人说了此事。布拜夫人说:"怪不得皇上突然沉迷于酒色,晚上睡得死死的。今天夜里我让女仆睡在我的床上,我们躲在床底下看他们要干什么。"

夜里乎拜夫人的门吱地开了,只见她披着衣服出来就地翻了个身变成一只长嘴尖喙的老雕,飞进布拜夫人的卧室,在黑暗中将一块石头压在躺在床上的女仆胸口,然后朝西北方向呼呼地飞去。

阿巴莫日根扣和布拜夫人将压在皇上胸口的石头和女仆身上的石头取下,两块石头就变成了两头黑骡子。他俩一人骑了一个,朝乎拜夫人飞的方向追去。只见那帮鸟在岩洞里得意地嬉笑着,没一个好鸟。乎拜夫人变的尖勾鼻子老雕说道:"再过三天皇上魂不附身,会成为废人。到时候我当了皇上,你们有的成为我的大臣,有的要成为我的夫人。"那个尖头瘦高母雕高兴地说道:"到那时候您是不是就看不上我了,再找一个年轻漂亮的把我给甩了?"老雕说道:"嗨,都什么时候了你还说这话!你们女的除了嫉妒还会什么?在天亮之前让我们把下一步的行动商量好吧!"猫头鹰冷笑着说道:"下一步就是把他们的脑袋拧下来。等到三天后才行动,我都等不及啦。"老鹰说道:"你们已经辛辛苦苦等了三年,现在等三天有什么着急的?"夜猫子问道:"那如何弄死皇上和夫人呢?"老雕说:"大后天不是乌日斯那达慕大会就要举行吗,到时候把他们都毒死在酒桌上。其他的事明天再说。"阿巴莫尔根扣和布拜夫人听到他们的话,连忙骑着两匹黑骡子返回皇宫,照旧把黑骡子变成磨刀石压在那里。

第二天皇上的脑子突然清醒了,问布拜夫人:"我怎么变得有点糊涂了,不知国家大事怎么样了?"布拜夫人说:"后天就是乌日斯盛会了。那一天我们不吃喜宴,穿上民服到民间了解百姓疾苦吧!"

夜里布拜夫人和阿巴莫日根扣又去老雕洞旁偷听,只听见老雕说道:"你们明天要酿出毒酒来。猫头鹰和夜猫子兄弟俩参加乌日斯射箭比赛,你们一定要射死皇上的牧羊人阿巴莫日根扣。你们进入射击场,将箭射向天空,到时候我做主将箭头送向阿巴莫日根扣,不怕他不死。"猫头鹰问道:"那他若是死不了怎么办?"老雕说:"那不可能,阿日力迪罕的大黑弓配上独支白箭,只要阿巴莫日根扣的黑猎狗不动弹,没有什么东西能挡住他。"他们还商量,如果不能用毒酒毒死皇上和布拜夫人,射箭也射不死牧羊人,摔跤也摔不过小羊倌,那么就在赛马的时候放出大暴风,让他们都迷路,再一个个地弄死。夜猫子怕这个办法不周全,老雕说:"世上的万物有源有头,能立能破,没有什么是破不了的。但是如果有了乌林吉宝音图大娘的镜子和望远镜,我们的招数就被破了。比赛中,雕夫人、老鹰、秃鹫你们三个飞得高,不用担心;猫头鹰、夜猫子、乌鸦、老鸢你们四个一起飞到天上,我说'大鹏来了!'皇上和夫人就会朝天上看,到时候我收了他们的魂魄,你们就放出一阵旋风占据城堡,那时就万事大吉了。"鸟儿们听了这话,高兴地叫了起来,准备好好庆祝一番。阿巴莫日根扣和布拜夫人赶紧返回了皇宫,商量好了对策,然后装作什么也没发生似的各自入睡了。

　　第二天,阿巴莫日根扣按照布拜夫人的安排,去找乌林吉宝音图大娘借镜子和望远镜。他攀越过雪山、冰山和火山,找到了乌林吉宝音图大娘。大娘听说他们要消灭妖怪,答应把宝物借给他。老人把他送到门口,把手一抬,阿巴莫日根扣就飞上了天,顷刻间就飞到了羊群边。

　　乌日斯那达慕那天,皇上和夫人穿着便衣混在老百姓中间,没有吃喜宴,所以没喝有毒的酒,躲过一劫。射箭的时候阿巴莫日根扣背了皇上的黑弓和白箭,牵着黑猎狗上阵,妖怪的箭走偏了方向射在石岩上,破了第二招。摔跤比赛中,阿巴莫日根扣事先偷偷将皇上的金制坎肩穿在里头,没有损伤一丝毫毛,第三招也被破了。快马比赛中,半途中突然刮起了大风,一时间飞沙走石天昏地暗,人们互相踩踏迷失方向,阿巴莫日根扣用乌林吉宝音图大娘的望远镜找到了路,用镜子一照,迷雾散了,风也停了,太阳也出来了,阿巴莫日根扣的马第一个跑到终点。正在这时,天上响起了"咕嘎"的鸟叫声,乎拜夫人喊道:"大鹏来了!"皇上并没有抬头朝天上看,而是对阿巴莫日根扣喊道:"快快把他们射下来,一箭能穿多少算多少!"乎拜夫人吓坏了,说:"吉利的日子,怎么可以杀生呢?"但是阿巴莫日根扣的箭已离开了弦,将天上的七只鸟射成葫芦串了。看见七只鸟被射死了,乎拜夫人突然露出狰狞的面目,摇身变成一只凶狠的老雕张牙舞爪地扑向皇上和布拜夫人,阿巴莫日根扣和皇上的侍卫迎面赶来,放出烈火和大水制服了老雕,消灭了妖魔鬼怪,保卫了家园的安宁。

　　兵来将挡,水来土掩,以毒攻毒,以轮渡江,就是这个道理。

(1983年朝克图呼热苏木牧民白·其木德道日吉讲述)

53. 确吉仙女的故事

从前,有一对夫妇和一双儿女相依为命。妻子名叫确吉仙女,有一天突然患了怪病,请了许多有名的郎中都没办法医治。确吉仙女对丈夫说:"我的病越来越重,看来没多少日子了。我跟你说三件事:一是等我死后请那个离我家六十里外的老喇嘛为我念超度经,二是要求南边邻居家的姑娘做我们的儿媳妇,三是要把我的珊瑚帽交给女儿。我真是舍不得离你们而去啊!"丈夫同意了前两个请求,不同意将珊瑚帽交给女儿,说道:"前妻的东西应该交给后妻,怎么能交给女儿呢?我日后娶了新妻,我给她什么?"妻子眼睁睁地盯着丈夫看,没再说什么就咽气了。

确吉仙女的灵魂出了窍,从半空中回头看,只见儿子和女儿扑在一个大蛤蟆的尸身上哭泣,觉得很奇怪。这时候儿子说道:"我们光哭有什么用?按照母亲的遗愿,请喇嘛做法事吧。"可是父亲却说:"人也已经死了,死人的话怎么能当真呢?谁还跑那么远的路请喇嘛呀,这座山头下就有一个喇嘛,请过来随便做个法事就行了。"但是儿子不听父亲的话,亲自去六十里外的地方请喇嘛大师做法事。儿子回来在井边打水,确吉仙女望着儿子想说什么,但儿子就是看不见她。她见儿子不理会自己,便没好气地用一把捡来的刀子割断了水斗子的绳索,只听儿子叹息道:"没想到母亲生前纺织的水斗绳子就这么断了。"确吉仙女又来到挤牛奶的女儿跟前,望着女儿想说什么,但女儿也不理会她,于是生气地割断了奶桶的提绳。女儿流着泪说道:"没想到母亲生前纺织的绳子就这么断了。"确吉仙女很惊讶,心想:"我这不是好好的吗,他们为什么都说我不在人世了?据说人死了后掐自己的肉感觉不到痛,走在灰尘之上没有脚印,站在芨芨草尖上也能撑住,我试一试吧。"于是她狠狠地掐了自己一下,感觉不到痛;站到芨芨草尖上居然立住了;又踩着灰尘走了几步,没有一丝印迹,这才知道自己已经不是这个世界的人了。

老喇嘛为死去的确吉仙女念超度经做法事,告诉她:"你现在已经不是人了,不可再留恋子女、丈夫和家产。你快跟着引魂人到该去的地方去吧!"她按照喇嘛的指点看去,只见后面站着一个面无血色的白脸使者。她跟着女使者去找归宿,一路上看见有的人穿着干净整洁的衣服,有的人穿的破烂不堪,便问道:"为何他们穿的都不一样?"使者说道:"生前积了德做了好事的人死后都穿着整洁,还有住的地方。做了坏事的人死后到处流浪,既没有衣服穿也没有住所,这是上天在惩罚他们。"走着走着,来到一处用死人的头骨堆立起的高墙跟前,原来这就是地狱。跟着使者走进去,只见牛头马面使者进进出出地忙碌着,阎王爷坐在八

· 75 ·

层高席上判案子,发落那些红顶子官老爷们。生前收受贿赂贪赃枉法的官人们被手持铁棍的小鬼拦在一处,他们将受到严厉的惩罚。而那些好官被引向吉利的再生之地,得到重生。这时候小鬼引来一个白发苍苍的老太太,让她诉说从八岁以后直到老死做了哪些事。老太太说:"我去塔尔寺捐了钱财做了法事,去拉布隆寺祈祷磕头做了大善事,去大昭寺让喇嘛举行了栋克尔大法会,敬献酥油茶点,还做了其他无数次的善事。"阎王叫人搬出来两座山,一座黑山一座白山。据说人一生做的好事和坏事由这两座山判断,白山是积德行善的象征,黑山是作恶多端的结果。小鬼们搬出老太太的两座山,只见白山顶上天,黑山却是小小的一座。但是把两座山放在磅秤上一称,黑的一方压过了白的一方。

阎王见状说道:"虽然你一生做了不少拜佛念经等善事,但是也做了坏事,把福气冲淡了。不信你看!"说着拿出一面能照出人类前世后生的镜子,只见显示出了她曾经偷吃一对老两口唯一的一只羊背子的往事。原来,在一个大旱之年,有一对无家可归的老两口前来她家求一个暂住的地方,她就发了善心让他们住下来了。老两口非常信任她,将准备过年用的一只干羊背子托付给她保管,她却偷偷地给吃了。过年的时候老两口请了很多客人,准备用羊背子招待客人,没想到她翻脸不认帐,说从来没见过什么羊背子。还对老两口说:"我好心收留你们在我家地盘上住,你们反过来却诬赖我!"这样,可怜的老两口不但没要回羊背子,还在众人面前丢尽了脸面。老太太因为欺负了两位无助的老人,即使做了再多善事也不顶用,必须得受到惩罚,所以阎王判她三年内不得超生,等劫数满了之后重新判决。阎王说着话用手一指,老太太的魂魄就消散了。

这时候又传来一阵吵闹声,只见有一个披着袈裟的大喇嘛领着七八十个弟子在空中飘浮,嘴里还喊着:"这里有没有人认识我?我要投胎重生在吉祥之地!"那些小鬼们被喇嘛的喊声震得昏倒在地上,地狱里一片混乱。阎王说道:"这是念玛尼经的元宗喇嘛,此人念够了一亿遍玛尼经,成为一名得道高僧。他的一生虽没有做过多少善事,但他的道行深厚、法力无边,连我也阻拦不了他。你看他那些弟子们,正是一人得道鸡犬升天,弟子们也沾了师傅的光了。"阎王说着这些话,转身对确吉仙女说道:"你过来,我要对你叮嘱几句。你的阳寿尚未尽,因为有人和你同名同姓,错把你当成她带到了阴间。你刚才看见元宗喇嘛了吧,你快回到阳间,好好教育儿女,让他们多做善事,你也会长命百岁的。嘉,现在你跟着使者重新回到人间去吧!"阎王说着用手一指确吉仙女,她便回到了人间。

确吉仙女来到家里,看到自己的尸体,心想这是一只蛤蟆的身子,我怎么能在这里复活呢?正犹豫不决,后边的使者推了她一把,她的魂魄就进入尸体里苏醒过来了。家人看到死尸突然复活,以为活见鬼了,吓得惊叫着逃离。确吉仙女喊道:"我不是鬼,是人,你们快给我弄些衣物来,我有好多话要对你们说。"然后她把自己的所见所闻都告诉了家人,给儿女讲了许多做善事积阴德的道理。确吉仙女后来无病无灾,真的长寿了。

据说,人死后等到七天再野葬的习俗就是从这里来的。

<blockquote>
(1991年12月8日朝克图库热苏木乌兰呼都格嘎查牧民索纳木拉玛加讲述)
</blockquote>

54. 包老爷换了阎王爷

有一天,包老爷遇到一件难办的人命官司,怎么查都没查出结果,决心去一趟地府。这时,一个穷老头儿非要跟去看看地府不可,包老爷拗不过他便说:"你要跟去也可以,不过一定要听我的话,一路上不论有多饿、多渴,看到多少好吃的饭菜都不能吃,如果不听我的话你可能就没办法回来了。"叮嘱完就带着穷老头儿下地府去了。

包老爷到了地府怎么查都查不清此案,就和阎王打了个赌说:"我一定没查错此案,如果谁错了就要谁的项上人头。"就这样包老爷把生死簿翻了几十遍也没查出破绽,正在纳闷时突然看到一份名单上面粘着一层纸,用口水泡过。一看正是杀人犯的人名上贴上了其他人的名字。这个杀人犯正是阎王的亲戚,原来阎王为了袒护亲戚做了手脚。案情明了后,包老爷就按照赌注取下了阎王的头。包老爷审完案子,要回阳间时看到带来的那个穷老头儿饥饿难当,竟喝了阴间的迷魂汤,怎么叫都叫不醒,无奈包老爷只好把穷老头儿留在地府,叫他顶替了阎王的位子。临走时,包老爷把所有的事情仔仔细细地交代完说道:"从今往后,阳间和阴间互相不能随意走动,如果阴间对阳间有事就托梦,阳间对阴间有事就点香火来表明事由。"从此,阴阳两界断了往来,人有了梦境,烧香祭拜的习俗由此而生。

(2002年10月3日朝格图呼热苏木额门高勒嘎查牧民厄鲁特·巴图朝鲁讲述)

55. 女人的命运

从前,有一位穷妇人带着女儿放牧着五只山羊度日。妇人把唯一的女儿当成命根子,每日用最好的菜肴祭拜上天,祈祷着说:"上天保佑,为我女儿早日找到如意郎君,和和美美地过日子。"有一天,女儿去放羊,迎面来了一个非常着急的喇嘛恳求道:"请帮帮我吧,我被仇家追的走投无路了。"姑娘说道:"我只是一个穷苦人家的孩子,只有这五只山羊,一只给您吧,不知能否帮助您?"喇嘛说:"愿上天保佑你,日后再报恩。"说完领着山羊就走了。女儿回到家对母亲讲述遇到的事情,母亲夸她做得对。

有一天,从屋子后面传来一个声音:"明天早晨有一个背有白色箱子、红眼睛高个子的黑老头儿要来你家。"妇人听见后很迷信的点上香烛磕头,心想我女儿的有缘之人可能要来了吧!第二天,妇人刚喝完早茶,就来了一个红眼睛高个子的人。妇人说:"您是上天派来的吗?"那人说:"是啊,您的女儿和我有一世情缘,所以我来娶亲了。"妇人高兴地让女儿钻进箱子里,被那人背走了。那人背着姑娘翻过一座沙丘时就看见骑着山羊的喇嘛紧随其后。那人一边不停地转头看逼近的喇嘛一边心想,我还是先把这姑娘扔下保命吧。于是他把箱子扔在路上一溜烟逃走了。骑山羊的喇嘛没有在装有姑娘的白色箱子旁边停留,继续追赶着高个子黑人去了。这时,皇帝的放羊娃正好从这里路过,看到了那个箱子,好奇地打开了箱子,看到里面有一位漂亮的姑娘,就回去向皇上禀报了。皇上派人把姑娘接回来,让她做了自己的小妃子。皇宫里有佣人、将军、臣子、妃子、宫女等形形色色的人,日子久了就传出了皇上刚娶的小妃子是迷惑人心的狐狸精的流言蜚语。此话传到了皇上的耳朵里,皇上大怒,不加思量便对手下的人下达命令道:"听说这小妃子出身不好,依我们宫殿处罚犯人的办法把她处罚了!"这个国家的酷刑是,当犯人从门口走出去时,门外守候的两个持剑大臣就用两把剑同时把犯人剁成肉泥。

正在这时,那个喇嘛骑着山羊来了,两个臣子讥笑道:"还有以山羊当作坐骑的人啊。"小妃子急忙喊道:"喂!那是我尊敬的师父啊!"急忙从怀里掏出哈达跑到喇嘛身边,喇嘛迎着妃子骑到山羊背上不见了。两个臣子回过神来时"犯人"早已逃之夭夭了。这喇嘛原来是神仙下凡,他认出妙音天母成仙前的模样,就两度救了她。把姑娘装在箱子里的高个子黑人原来是莽古斯魔鬼。神仙喇嘛为了救妙音天母追赶莽古斯魔鬼时,魔鬼看到的是驾驭飞龙的神仙,所以才丢掉了那个箱子。姑娘获救后喇嘛在空箱子里放进两只虎崽,莽古斯魔鬼逃着逃着一看,后面好像没有人追了,又想起那位姑娘就原路返回,看到箱子依然在原地。"是老天爷保佑,赐给我香喷喷的食物了。"说罢,刚打开箱子,只见两只饿虎崽扑上

79

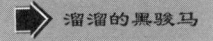

来,把他吃了。

妙音天母说:"女人自己的姻缘不一定要遵守父母之命,自愿去找吧。"从此以后,父母对子女的姻缘就不再做主了。

(母亲苏布德于1991年12月27日在锡林高勒苏木扎哈布拉格嘎查讲述)

56. 妙音天母显神灵

很久以前,一位国王有三个王子。王子们都长大成人并各自娶了妻子,建立了三个美满的家庭,又添加了人口,过着开开心心的日子。一天,国王说:"我家的三个媳妇托我们的福,尽享锦衣玉食,可是她们知道这些吗?"皇后说:"也对,怎么才能测出来呢?"皇上说:"这有什么难的,叫过来问一下不就知道哪一个更聪明伶俐了吗?"

有一天皇上和皇后叫来三个媳妇,首先问大媳妇:"大媳妇!你托谁的福享受荣华富贵呀?"大媳妇回答说:"当然是靠父皇母后收集的海一样大的福泽。"二媳妇说:"在大富大贵的父皇母后享不尽的福泽里享福呢,不然我自己哪有那么大的福气呢?"三媳妇说:"我的父皇母后,我在想,到目前我都是靠自己的运气过上了好日子。"皇上皇后说:"今天父母在测试媳妇们的智慧,知道了谁懂父母的恩情。两个大媳妇说的都对,只有小媳妇不懂恩情说了些傻话,那从明天开始你就别做我们的儿媳妇了。没办法,就把你赐给那三代过着穷苦日子的瘸腿老汉吧。"就这样赶走了三媳妇。

三媳妇和瘸腿黑老爹走到没有人烟的地方,说:"老爹!我们就在这里建造房子吧。不过还要麻烦您来回跑路。"老汉说:"我尽可能地来帮助你。"她给了老爹一千两黄金叮嘱道:"您一直往前走,碰到一个铺子就把这金子给老板说,'请给我盖一座和皇宫一样的宫殿吧。'铺子老板就会说,'怎么盖,我不会。'您就说,'这个我不知道,是唐斯玛让我来对你说的',这样老板就会立刻答应的。"瘸腿黑老汉按照她的指示,没走多久碰到一座铺子,把来由说明后给了金子返回来。三天后跟皇宫一样雄伟的一座宫殿拔地而起。女子又对老爹叮嘱说:"老爹,您就和先前一样到那个铺子里说,'从您这里拿长长的白色的哈达来了',他就会给您。可是您抬不动白色的哈达,就说,'是唐斯玛叫我来的',那哈达立刻会变得和纸一样轻,您再拿回来。"瘸腿黑老爹按女子的叮嘱完成任务回来,女子朝白色的哈达吹了吹,哈达便从门口铺开接到了皇宫门口的红哈达上。

女子对老爹说:"到铺子里找一头骑乘的事还要劳烦您一次。您到铺子时,铺子外的一头淡黄色毛发的骡子看到您的身影会跳个不停,您就对铺子老板说,'我来要您这头漂亮的骡子来了',铺子老板会说,'啊,是吗?那就拿去吧'。可是那头骡子根本不会让您靠近,又咬又踢又跳地使性子,您就说,'唐斯玛叫我来牵你回去的'。骡子立刻会耷拉耳朵被驯服,这时您牵回来就可以了。"瘸腿黑老汉去牵回了骑乘,女子说:"我要去请父皇母后来做客。"说完骑着骡子飞驰而去:"有请父皇母后到我寒舍尝安锅茶!"皇上皇后随小媳妇来到新房,误认为是自己的宫殿,不由自主对这聪慧的小媳妇心悦诚服地说道:"人不可貌相,海水不可斗量是真的。你真的是一个能靠自己的能力活下去的聪慧精明的人。父母错看了你,向你道歉,希望你搬回来住。"小媳妇说:"嘉,大年初一的时候我可能会回去的。"到了过年的时候,女子和老爹吃过新年茶,备好骡子说道:"老爹,您就在这屋子里幸福地生活吧,我也要去该去的地方,以后就不回来了。"说完骑上骡子走了。盼着大年初一精明能干的小媳妇要回来,皇上和皇后等着等着不见小媳妇回来,就灰了心。原来这小媳妇不是一般的人,而是妙音天母下凡。她回天庭前让世人知道了不能小看女人的道理。

从此以后,人们不再用"头发长,见识短"来小看女人了。

(母亲苏布德于1991年12月27日在巴彦浩特讲述)

57. 变成青狼的鬼魂

从前，有一个老婆婆有一个独生子。老婆婆得了一场大病后卧床不起，就在奄奄一息的时候突然醒来，腿脚变得非常轻盈，像年轻人一样活力四射。奇怪的是她每天早晨醒来便坐着开始剔牙缝里塞进的生肉。就这样过了三年，她的儿子开始起疑心了。

这天夜晚，儿子窥探母亲的动静，只见母亲悄悄地起来走到外面，来到屋子东南处的灰堆上打了三个滚，立刻变成了三尺长的青狼，朝着东北方向疾驰而去。儿子又到母亲的房里打开柜子一看，里面叠放着一堆长毛羔皮囊。他想起在外面听到的议论："近几年出现了一只奇怪的狼，总是冲进羊群专吃幼羔，还把羔羊的皮整整剥下啃掉骨头，可是从来没有人见到过它的踪影。"小伙子把大家的议论和母亲的所作所为联系起来，觉得母亲已经不是人了，暗自思忖道："虽然身子是母亲的，实际上早已成了魔，不尽早除魔会对百姓造成更大的灾害。"于是在一天晚上，等母亲走了以后，他准备好枪支，一直到了天亮那匹恶狼才跑了回来，正要在灰堆上打滚，小伙子便瞄准恶狼放了一枪，结果狼也没有了，母亲也不见了，只留下一根腐蚀了的胯骨。

（1988 年 7 月 1 日母亲苏布德讲述）

58. 两个孤魂野鬼

从前，有两个鬼转悠着找吃的。一个鬼说道："我想办法让人家两口子吵闹，你就截住抱着小孩儿生气回娘家的妇人。"于是一个鬼走了，另一个在半路上等着。在这个鬼的鼓捣下，好好的两口子突然闹腾了起来，夫人在孩子的额头上涂了些锅底灰便抱着孩子走了。过了好一阵子，挑唆矛盾的鬼等得不耐烦了，就回去找另一个鬼，没想到那个鬼还站在路旁，他就问道："我说你，怎么到现在还两手空空，像个钉子一样直直地站在那儿？抱着孩子的女人没过来吗？"另一个鬼说道："人在哪儿？不久前，只有一个头上扣着锅的仙子和一个瘸腿圣母从这里经过。"听了这话，那鬼后悔道："啊呀！就是他们，现在早都没影了。"

原来，妇人在小孩儿的额头上抹了锅底灰，嘴里念诵《白圣母》藏经赶路，所以在鬼的眼里看到的是头上扣锅的仙子和瘸着腿的圣母。阿拉善蒙古人在昏黑的夜晚带孩子出门的时候在孩子额头正中涂抹锅灰的习惯由此而来。

(1988年2月24日母亲苏布德讲述)

59. 消灭黑爪怪

从前,有一个好事的人。一天,他来到一处寺庙旁,发现寺庙里的多数喇嘛都已经病死。他听说有一个鬼怪来到这里栖身后,寺庙就开始衰败了,但没有人知道真正的原因是什么。好事的人看到寺庙的大门已经倒塌,只有从一处缺了口的墙上才能进出,于是正要从缺口处进去,突然看到有个人来到破墙边呕了起来,好像是见到了什么恶心的东西一样一直往后退。好事者留了个心眼,只是在墙边静静地看着。那人问道:"您也是相士吗? 这墙上有什么呀?"好事者装模作样地说道:"以前看相还可以,后来眼睛被脏东西粘上了就看不太清楚了。"原来那个人是一个相士。只见他拿出一块儿手帕说道:"您用这个擦擦眼睛再看看。"好事者用手帕擦了擦眼睛后,看到有一只长长的像乌鸦的爪子一样的手从墙头上耷拉下来,那长着参差不齐的长指甲的爪子摸着进进出出的僧人们的头,被碰到头的人立刻上吐下泻,没几天就一命呜呼了。

好事的人虽然害怕,却也壮着胆子说道:"怎么才能把这黑爪弄没了?"相士说:"话说一个人智穷,两个人智多,我们一起来想个办法,一个人实在是力不从心啊。"接着相士立刻斩断了那只黑爪,用大火烧化了那只黑爪后把灰烬埋到了很远的地方,此后这座寺庙就太平了。

人有胆色路越走越宽,驼有鬣毛春天不怕寒。

(1989 年 2 月 11 日母亲苏布德讲述)

60. 胆大的人戏鬼怪

  曾经有一个人,经常想碰见鬼。他从别人嘴里听到,傍晚时分一丝不挂地站在三岔路口就能遇到鬼了。于是有一天晚上,他脱光了身上所有的衣服站在三岔路口等鬼。就在这时,听到有人在说话,并来到他的眼前,对他说:"我们一起去偷人家孩子的魂魄吧。"他已经猜到这是鬼了,于是壮了胆子决定跟着过去。

  到了一户人家,一个鬼上了炕,一个鬼站在了炕边,另一个鬼则站在了门口。活人看到这家人在屋里来回走动,看来丝毫也没有看到他们。炕上的鬼摸了一下正在睡觉的小孩儿,小孩儿好像被针扎了似的颤抖了一下。炕上的鬼非常小心地递给炕边站着的鬼一个什么东西,炕边的鬼小心翼翼的接过来又转给门口站着的鬼,说道:"现在我们的事已经办成了,快逃。"活人也跟着那几个鬼出来了。走了一会儿只听见一个鬼说道:"因为我们没有躯体,所以拿着这个东西有点吃力,还是你带着这魂魄走吧。"活人接过来一看是一个小瓶子,就问道:"你们用这个做什么呀?没有了魂魄的小孩儿还能活吗?"鬼们一听起哄地说道:"哈哈!你怎么尽说些小孩子玩游戏一样的话,没有魂魄还能活吗?没道理嘛,最多只能挺七天!你问这些干吗?对我们来说这魂魄可是比人参还要贵重,有了它就会拥有法术。"活人听了这话,感到非常懊恼和难过。

  第二天,他好不容易才骗开三个鬼,自己又来到那户人家,今天人们都能看得见他。他看到那小孩儿不停地哭,就说道:"让我看看,你的孩子一直很爱哭吗?"伤心难过的母亲回道:"不会啊,只是从前天夜里开始连奶也不吃了。"那人接过孩子,从怀里掏出装有魂魄的瓶子后孩子立刻就安静了下来,这家人说道:"师父您那是什么稀奇的仙丹啊?一拿出来我家的孩子就安静了。"那人说道:"这是昨夜有三个鬼取走了你家孩子的魂魄,现在快快请喇嘛来做法事。我骗了几个鬼,趁现在他们还没追来找麻烦之前,我们要先发制人才行。"家里人急忙骑着骆驼请来了喇嘛。三个鬼等得不耐烦了,说道:"我们好像是被骗了,现在立刻追过去可能还来得及拿回魂魄。"于是三个鬼追到了那户人家,看到满屋子的喇嘛在念经,那些孤魂野鬼们想跑却被经文的力量吸住动弹不得,最后被吸引着掉进了滚烫的油勺里烫死了。

(姐夫辉特·哈斯巴特尔于1988年2月3日
在锡林高勒苏木扎哈布鲁格嘎查讲述)

61. 消除瘟神

寺里的高僧准确地推算出今年大年三十晚上瘟神要从东边降临,所以寺庙下达法令:不管老少,不得在除夕夜走出寺庙半步。

一个淘气的小沙弥越想越坐不住,心想为什么不能逃出寺庙呢？今晚我一定要出去看看。于是等到庙里的大喇嘛们熄灭烛火的时候,小沙弥提着靴子,穿着软底靴出了门径直往后道跑去。他走在路上,听到远处传来"哦、啊"的喊叫声,登时唤起好奇心,朝着叫喊的方向走了过去。小沙弥来到湖边,遇到了一只牛头人身的怪物,手里还拿着一把木钝刀。淘气的小沙弥问道:"您是什么人？是在叫我吗？"牛头说道:"我是瘟神,今夜渡湖到对面有事！"淘气的沙弥又问道:"您渡湖去做什么呀？"瘟神说:"我对寺庙里的三百个喇嘛心仪已久,你呢？"他反问道。淘气的沙弥却说道:"我也有和你一样的想法,只是愁自己的水性不好。"瘟神道:"没关系,我可以让你渡湖,那样你也可以给我做个伴儿,不是吗？"淘气的沙弥知道喇嘛们要遭殃了,就应付着说道:"您有什么法子渡水？"瘟神说:"我用木钝刀点一下水,水就会分开,然后就能过去了。"淘气的沙弥说:"行,您把木钝刀先给我,让我渡湖。"瘟神说:"我可以给你,可是我这个木钝刀点一下活人马上会得瘟疫,点一下死人会显出原形不得超生,所以你渡了湖千万不要点我。"淘气的沙弥用木钝刀点了一下,果然湖水分成两半,他过了湖心想:现在这东西到了我的手里,要快一点消灭祸害才行。于是淘气的沙弥对准瘟神一点,只听"哎呀"一声惨叫,掉下来一只苍白风化的颌骨。淘气的沙弥拿起半个颌骨和木钝刀揣在怀里从后门悄悄溜入房间睡下了。

第二天一大早,寺里的大喇嘛起来后挨个儿查看众沙弥身上有没有特别的记号或是寺庙殿堂里有没有异样的东西,发现了还在睡懒觉的淘气沙弥,"呼"的一下扯开他的被子说道:"起来！这么懒散的沙弥,想睡到中午,听着奶牛的叫声才醒过来吗？"淘气的沙弥揉着眼睛说道:"我还没睡够呢。"大喇嘛又说道:"呸！睡了整晚还说没睡饱,是什么睡不够的烂觉,屁股都肿了吧。"这时,有一个小沙弥告状道:"师父啊！他昨夜出去很晚才回来睡的觉。"于是大喇嘛叫喊道:"过分的沙弥！该死的沙弥！大师父不是叫你们哪儿都不能去,你们忘了吗？你这个不听话的沙弥,说不定就把瘟神带过来了。快快重打五十大板！"淘气的沙弥忙说:"等等,我说实话。"

淘气的沙弥从枕头下拿出半边颌骨和木钝刀说道:"这是什么？"领诵喇嘛生气地说道:"这种垃圾能做什么？找什么借口啊？立刻打板子！"沙弥说起了昨夜的事,可是大伙儿不相信,于是他用木钝刀点了一条狗一下,结果那条狗立刻流着口水死了,大家这才明白了真相。就这样,全寺喇嘛的性命被淘气的沙弥所救,再也不受瘟神的祸害了。

　　这正是:"遇到胆儿大的,鬼都犯愁啊!"

(1987年2月3日母亲苏布德讲述)

62. 能看见鬼的人

有一个能看见鬼的人来到一个人家，看到一个老头儿的灵魂进进出出非常纠结。因为老头儿灵魂本没有躯体，谁也看不到，所以他还要躲避被人踩到的危险。老头儿的灵魂又饿又渴，向谁要吃的都没有人理会他，无奈的他灰心地从放在屋子角落里的茶壶里拿走了一样东西，原来这是刚刚去世不久的主人的魂魄。第二天早晨，这户人家的一个女儿病倒了。能看见鬼的人就说出了昨晚所看到的一切，这下吓坏了一家人，于是连忙请来一个喇嘛做法事。喇嘛的灵魂附在一只乌鸦身上，坐在了佛龛上。那个鬼来到乌鸦旁边，前前后后看了一阵，说道："这死乌鸦能受得了我的一扎吗？"说着拿出一根针朝乌鸦喙上一扎，只见正在喝茶的喇嘛突然丢下茶碗捂住鼻子说道："嘉嘉，还没解决你们的事，我的鼻子就被扎的快要痛死了，现在不回去是不行了。"人们不知道该如何是好，就商量着又请来了一个喇嘛师父。

这位师父的灵魂寄在一只鹰的身上，坐在了佛龛的前面。鬼这次费了很大力气才靠近他，说道："就看他这样子，也不能把我咋样。"于是用针扎向鹰的右眼，只听喇嘛叫道："啊呀！我的眼睛，眼睛啊！我本想着做大师，这下却弄坏了眼睛。我得赶快回去了。"人们说道："这也太离谱了吧。再请一个大师父不知道能不能胜任？"大师父乃是有着大鹏护身符的喇嘛。只见大鹏蹲在了佛龛上，扇动着两只大翅膀，不让老鬼有机可乘，还伸出铁钩一样的爪子要抓老鬼，老鬼没办法靠近，只好蜷缩在原地。大师父开始念诵经文，在勺子里放了最好吃的（用来祈福的食物）叫着老鬼，老鬼一点一点挪了过来，哭泣着靠近勺子，被装进一只像牛角一样的圆锥形罐子里。

从此以后，蒙古人便开始有了为死者祈福的习俗了。

（1988年1月27日母亲苏布德讲述）

63. 恶毒的妖母

　　从前,老两口和一个女儿养着几头牲畜生活在一起。突然有一天,老婆婆去世了,丢下了父女俩。一天,他们家来了一个非常美的女人,问老汉:"你们家有几口人啊?"老汉回答说:"只有两个人。老伴突然去世了。"老汉也反问她的情况,她说:"我和母亲两个人过。因为母亲上了年纪,所以经常唠叨说'你应该早些成个家,找一个伴不好吗?已经老大不小的了'。"听了这话,老汉又问道:"哦,是吗?那你是已经找到伴了?"女人说:"唉!说什么好呢?骑马的看不上我,干粗活的我又看不上,到现在还是孤身一人,就我这样子可能这辈子也找不到温暖的肩膀当依靠了。"说着显出一副很悲伤的表情。老汉是个既温和又善良的人,既可怜她又被她的美貌所打动,便说道:"你如果不嫌弃,就和你的老母亲一起搬到我这里住吧。"女人说:"这可是我前世修来的福呀,我只看人品好坏,不会在乎年龄大小。"于是女人就搬了过来和老汉住在一起。

　　女儿长到十八岁,长的是清纯可人。后母看到姑娘这副美丽的小模样,想着她以后会嫁给富人做媳妇,心里盘算道:"如果不早些处理掉这小婊子,日后一定过得比我好,我决不能丢这个脸。"于是她想了一个办法,第二天开始装起病来。老汉非常在意年轻的老婆,怕她丢下自己走了,所以紧张地问道:"你的脸色很不好,不知道得的是什么病?"女人说:"唉!是我的命苦福薄。本想遇到了你这样的好人有靠头了,却又得了这恶疾。对你说了又能怎样?只是徒增烦恼罢了,倒不如早点死了算了。"说着放声哭了起来。老汉没辙了,说道:"你说的这是什么话呀?你对我藏着掖着做什么?都是一家人,还有什么话不能说的?对你我可是什么都不会心疼的。"听到这话,女人便说道:"如果早知道犯病,我就待在家乡,旧病再犯的时候吃上一个人的五脏便会痊愈了。在这荒凉的地方从哪里弄人的五脏呢?也不知道我上辈子做了什么孽,这辈子中途就要离开伴侣?"老汉犯愁地说道:"我从哪里找那个东西啊?"妇人说道:"你就先说说你爱我还是爱你的女儿吧?"老汉越发着急地说道:"不,这怎么能相比呢?"妇人又道:"如果你对我是真心的,就把你女儿的五脏给我吃,我们照样可以快乐地生活在一起,不是吗?"老汉一听此话,只有唉声叹气。女儿看到父亲这副可怜的模样,说道:"爹您这是怎么了?出什么事了吗?我能帮到什么?说说看。"父亲听女儿这样说,更加痛苦地说道:"对你说什么好呢?你后母刚来我们家的时候是何等漂亮,现在被病魔折磨得生命垂危。她在家乡犯病的时候是用人的五脏来医治的,现在我去哪儿给她找那东西啊?"聪明的女儿明白了后母的心思,便说道:"给我做一个小皮袋子,和我一起去放羊,我就给您五脏。"

　　父女俩一起来到野外放羊,女儿说:"您把我的两只手剁下来和狗的五脏一起拿去给后母,她立马会好起来的。"父亲哭着说道:"可怜的孩子!我怎么可以让自己心爱的女儿受这种苦呢?"女儿说:"如果想让我活着,就只有这个办法。不然后母她不会相信的。"老汉没有办法只好把女儿的两只手砍下来。女儿说:"您把小皮袋子给我放到背上,从今天开始我要过乞讨的生活了。人活着就有希望不是吗?会有办法的,您不要为我伤心难过。"父亲痛苦地说道:"可怜的孩子,没有两只手可怎么活呀?"然后就拿着女儿的双手和狗的五脏回去。恶毒的妇人见他拿来了女儿双手和五脏,就信以为真,烧着吃了五脏后病就好了。

老汉的女儿天黑的时候来到一大片果树旁,又饿又渴,饱饱地吃了一顿水果就听到有人喊:"抓贼了,抓贼了!"慌乱中姑娘想逃,不想却掉进泥坑里被逮住了。人们看到这位姑娘,说:"你怎么没有手啊?"姑娘回道:"我是个孤儿,东西在路上都被劫了。"听到姑娘的话,仆人跑去告诉自家公子,说:"我们抓到一个偷果子的贼,可她没有双手,只用嘴巴捡着吃,怎么处置她?"公子叫人把她带过来,看她长的简直和仙女一样可爱漂亮,顿时心生爱怜,想留在家里,又怕父母不让留下这么一个双手残疾的姑娘,就把姑娘偷偷藏在家中,并对仆人叮嘱不能走漏风声。姑娘被藏在掏了几个漏气孔的大木箱里,只有在吃饭喝水的时候才能出来。公子就这样和姑娘过了三年。在这期间,有很多人来说媒,他一个都没理会。公子的父亲年岁已高,想传位给儿子,可是儿子没有成家的打算,也没有传宗接代的想法,这让官老爷灰心极了。

一天,夫人问一名仆人道:"我的儿子都这么大了还不想成家,也不知道他在想什么?"仆人听了这话笑了起来。夫人说:"我对你说我儿子的事,你不帮着想办法还嘲笑是什么意思?"仆人说:"我家公子早已找到意中人了,怎么还会去看其他人呢?只怕老爷夫人不同意,所以一直没让你们知道而已。"夫人说:"是吗?我们还怕他不成家,他却怕我们不同意?"仆人又说道:"不是这样的,这其中有些蹊跷。公子不让我们说,都三年了,我想已经到了该说的时候了。"他的话音刚落,夫人便说道:"那就快说。那姑娘现在人在哪儿啊?"仆人说:"公子把一个双手残疾的姑娘藏在衣箱里。"于是夫人就思忖,如何才能看到那姑娘呢?怎么说我儿子也是官家子弟,能娶残疾人吗?

夫人以晾晒公子衣服的名义拿到箱子的钥匙,打开箱子看到从箱子里走出来的姑娘,便问:"她是什么人?"公子只好实话实说。夫人说:"你喜欢她?可以后怎么过日子呢?"公子说:"我已经铁了心了,除了她我不会娶别人。"夫人只好去跟官老爷说:"我们家发生了奇怪的事。"官老爷问是什么事,夫人说道:"我们儿子什么样的女孩儿都看不上是有原因的。"

"是有人了吗?"官老爷高兴地问道。

"人是有了,可是少了两只手,背着我们藏在箱子里养了三年,说除了她不娶别人。"

"他自己喜欢就让他娶吧。"

"只是婚礼当天不太好办吧?"

"那没事,做个假手不就行了。"

两人商量好后,在找来很多铁匠给姑娘做假手的同时准备婚礼。婚宴大办了七天,继而又操办了儿子的继位宴,此庆典持续了好几个月之久。

新官上任不久,便接到了皇上的命令,要远征打仗。在他出征前对父母说:"父亲母亲,我要远征了,照顾好我的内人,不管是生男或生女都给报个喜讯。"说完留下妊娠中的老婆上路了。没过多久他的妻子生了一个非常可爱的男孩,官老爷和夫人有了孙子极其高兴,给儿子带了一封家书。信使在送信的途中遇到一个放着几只羊的漂亮妇人,妇人问他是去往哪里的官差,信使说:"我家少主因公去远征,他的夫人生下可爱的儿子,所以老爷夫人派我去报喜。"妇人说:"我家就在这道梁下,去家里歇歇脚再走也不会耽误事的。"信使也觉得在马背上颠簸了几天身体着实累坏了,所以听到妇人这般说也就听从了她的话。妇人好好招待了一番陌生的信使,灌醉信使后偷看了他的信件,然后改写成:"不知是什么孽缘,你妻子竟生了一只狗崽子。"信使赶了近一个月的路程才把信交到那位公子手上。公子看完信没说什么,只写了回信。信使在返回的途中又遇到那位妇人,被招待了一番醉得不省人事,信又被调换了。

信使回来后官老爷问道:"嘉,来回路上走的还好吧?少爷说什么了吗?"信使说:"少爷看了信什么也没说只是回了一封信。"说着拿出少爷的信给了他的父亲。官老爷看完信说:"这是怎么一回事啊?少爷怎么在信里说'悄悄杀掉'这种话啊?虽然官命不可违,我们也不能滥杀无辜吧?可是儿媳妇也不能留在这里了,吃的喝的多给她准备一些,带上她的儿子做个伴吧。"公公婆婆哭着送走了儿媳。

女人背着儿子信步来到了一户老两口的家里,老两口问道:"你怎么在受这样的罪啊?"女人没有说出实话,只说了句:"遇到强盗了。"老婆婆又问:"现在这是要去哪儿啊?"女人说:"像我这样的人还有什么地方可去,走到哪里就在哪儿讨口饭吃吧。"老头子说:"我们家也只是个有三五只羊的穷人家,不嫌弃的话就留下来做我们的孩子吧,放放羊也是对我们的帮助啊。我们没有亲戚儿女,所以互相帮助一起过日子你看怎么样,孩子?"听到这话,女人心里感到无比的温暖,立刻跪下磕头道:"你们就是恩同再造的父亲母亲!"就这样女人和老两口生活在一起。女人每天去放羊的地方是一座古城的旧址。一天她心想,如果我有手那该多好啊,可以把这座古城修补翻新。从那天开始,她断手的地方就开始发痒。她的儿子很调皮,再高的岩石都能轻松地爬上爬下。有一天,儿子在攀岩的时候捡到一块方方正正的石头带回来给了母亲,她觉得是孩子捡回来的玩具,也没有扔掉,放在了枕头边。每到夜晚的时候,她断手的地方就会奇痒难受,于是她就用儿子捡来的方石头来回摩擦,伤口就不痒了,她也能安稳地睡觉了。有一天早晨醒来的时候,她竟然长出一双手来,一家人都高兴极了。原来这方方的石头是恶毒的妖母剁了她的手丢掉后，因血肉的营养而变成的石头。有了双手，女人就开始缝纫、绣花，做各色鼻烟壶袋子之类的物品变卖挣钱，还召集工匠修补翻新了古城旧址，过上了富裕的生活，儿子也长到了八岁。

一天，小儿在山边玩耍，看到一个官人领着很多兵，就迎了上去问道："官老爷您的帽子真好看，能拿下来看一看吗？"官人爱怜地说道："你是谁家的孩子？好可爱啊！"就把帽子给了他。调皮的孩子拿了帽子就跑。官兵们准备追过去，官人阻止道："真是个聪明的孩子，不要吓着孩子了，以后一定会成为有勇有谋的英雄。"官人随着孩子跑去的方向慢慢走过去。老两口非常紧张，就连孩子的母亲也躲在了门后。官人对官兵们说："你们暂且在外面等着，我进这家喝碗茶再走。"年轻的官人一进门，老两口便跪下来磕头，说道："我们的女儿只生了这么一个宝贝孙子，过于疼爱而不知礼数，拿走了您的帽子，还请不要责怪他，原谅他吧。"官人以欣赏的口气说道："不要紧的，孩子嘛都爱调皮，这样将来才会成为人才。"老两口一听非常高兴，给官人敬茶。官人问他们家里有几口人，老汉刚说有四口人，官人便指着躲在门后的女人说："她是什么人？"于是孩子的妈没办法从门后走出来，官人一脸惊愕地想：这女人只是多了一双手而已，不然还以为是我的夫人呢，世上怎么会有这么像的人。想到这里问道："老爹！这是您的亲生女儿吗？"老汉把关于这女人的一切全部告诉了官人，于是官人和妻子相认，皆大欢喜。官人有些好奇地问妻子道："夫人怎么在这里啊？"妻子诉苦道："你在信上下了命令要杀我，公公婆婆可怜我把我放走，我一路乞讨来到这里，托这家父母的福才活到了现在。"官人说："天哪！家里来的信上说夫人你生了一只狗崽子，我回信说不管生了什么等我回去再说，这真是太奇怪了！"两人把所发生的事情捋清后夫人要跟随着官人回去了，临行前她对老两口说道："恩重的父母，你们保重，我很快就来请你们回去。"

听到儿子回来的消息，老官员夫妇出门迎接，看到媳妇安好而且有了两只手真是高兴极了。说到两封信被调换的事情，拿出信才发现都不是原件，便叫来送信的信使严厉地盘问后，才知道信使在半路上被放着几只羊的妇人请去招待的事，而放羊的妇人正是恶毒的后母。

找到那户人家才知道，原来那个恶毒的后母早已弄死了老汉，知道姑娘还活在世上，所以用离间计想谋害姑娘的性命。只是妖母早已不知去向，屋子里就连住过人的痕迹都没有了。官人严惩了糊涂信使，接回了帮助夫人的老两口，过上了安逸美好的生活。

(1990年12月7日朝格图呼热苏木乌兰
呼都格嘎查牧民索纳木拉玛加讲述)

64. 嘎顺巴盖你在吗

从前,有一个好惹事、不听劝又倔强的人。当他去寻找丢失的牲畜时也不曾留心去寻找,只是给自己找着各种理由,闲来无事游荡在人群中。他听说不远处有鬼怪出没的八卦消息,就想去看看。人们怎么劝说他都听不进去,在太阳快要落山的时候就去了一处墓地。

他来到墓地,果真看到了很大的一颗风化腐朽的白头骨。倔强的他下了坐骑问道:"您好?"对面传来一声回话:"好,你好。"听到白骨说话,他觉得有点不舒服,可也没太在意,就地盘腿坐下,拿出烟斗抽了几斗烟,说道:"嘉,你要抽烟吗?"听到对方回答可以,他便用烟签子把烟灰掏出来塞进腐朽的白头骨所有坑坑洞洞里,又过去把秋天的苦沙葱揪了些塞在里头,还在上面撒了一泡尿。临走时他说:"苦吗?"对方回答道:"苦。"

此人骑着骆驼一路小跑,突然想起那颗头颅,便问道:"嘎顺巴盖你在吗?"只听得对方回答道:"在啊。"他这才后悔招惹了不该招惹的东西。又跑了一会儿问:"嘎顺巴盖你在吗?"对方照样回答道:"当然在啊。"好事的人这才为自己没听别人的劝告而后悔莫及,但事已至此又有什么办法呢?只觉得头皮上的头发都竖起来了,被吓得不轻。身心疲惫的他任由骆驼拼命地奔跑着,终于到了一户人家门前,这家的四眼狗却拼了命地吼着阻拦他进门。四眼狗有能看到鬼的本事,因为狗看到了跟着他来的鬼才这样发狂。这家人好不容易拦住狗,把他请到屋里参加嫁女儿的宴席。他在喝茶间悄声问道:"嘎顺巴盖你在吗?"只听见一声:"在呢!"他想把这鬼东西甩掉,便想了个办法,在蒙古包哈那格子上推出不太明显的凹痕后说道:"嘎顺巴盖在这儿坐着等我,我出去方便一下,一会儿一起做伴走行吗?"只听鬼魂说:"行。"

他一出门就跑到拴驼桩上解下骆驼骑上,用鞭子抽打着骆驼风也似的逃跑了。走了一会儿他往后看着说:"嘎顺巴盖你在吗?"这回没听到什么声音,知道终于把鬼东西丢在了那户人家,喘了一口气。几天后,嫁女儿的那户人家两个女儿中的一个突然死去。

这都是那个不听别人劝告的好事者惹的祸。

(1987年1月7日祖母其其格讲述)

65. 山中的姑娘

　　为了维持一家三口的生计，家中的儿子每天上山砍柴。一天，小伙子的歌声响彻整个山谷时，从另一边传来从没有听过的美妙歌声，不一会儿便走来一个身穿绿袍的可爱姑娘。小伙子长这么大还没有和姑娘说过话，所以害羞地背起柴火回家了。从这天开始，那姑娘每天定时来到小伙子旁边捡柴火。

　　一天，小伙子来到拾柴火的地方，不理会前方已堆好的两三堆柴火，自己径自拾起柴火来。姑娘走过来，对他说道："哥！我看你是个孝顺父母的老实忠厚的人。我家就在附近，父母最近过世后我变成孤儿失去了依靠，拾点柴火糊口。所以想去你家住些日子，行吗？"她说着两眼直流泪，小伙子怜悯她就把她领回了家。

　　在姑娘出门后母亲对儿子说："你啊，从山里随随便便领回一个身份不明的姑娘，不会是狐狸精吧？"儿子说："母亲您也太疑心了吧？她的父母刚去世，无依无靠，哪来的那么多妖魔鬼怪呢？"话音刚落，只见姑娘进来说道："您都一大把年纪了，说出的话却杀人不见血。你们觉得我不是人，那我立刻自杀消失在这个世界。"说完拿起捆柴绳朝树边跑去。母子俩惊惶失措，儿子飞也似的追了上去道："你不嫌弃我们被烟熏黑的家就跟我回去吧！母亲是个可怜的老人，她也后悔自己说了一些不该说的话。"姑娘听小伙子这么说，立刻高兴地跟着他回来了。

　　姑娘当初说只住三天，可是过了三十天也没有离去的打算。小伙子和姑娘总在一起形影不离，母亲看着也高兴，心想儿子已经长大，到成家的时候了。母亲为他们举办了简单的婚礼。然而，自从媳妇进了门，所有的事情总是不顺，儿子也一病不起，只一年的工夫就成了皮包骨头。一天夜里，母亲梦见一位神仙对她说："你的儿子没听你的话和狐狸精勾搭上才会恶疾缠身。如果想救你儿子，明天用这手帕在你媳妇睡觉的时候将你儿子的眼睛擦一擦，就什么都明白了。"母亲醒来后看到有一条手帕在枕头边，就决定依照梦里的指示来做。

　　第二天中午，在媳妇睡午觉的时候母亲叫来儿子说："给，儿子！用这个擦擦眼睛看看。"儿子很好奇地擦了擦眼睛一看，他的妻子哪里是什么美人，而是一只火红的大狐狸。

　　这不正是应验了"不听老人言，吃亏在眼前"的那句真言吗！

（父亲乔德格敦子尔于1983年在朝格图呼热苏木讲述）

66. 要是我的齐达日巴拉在的话

一个喇嘛的众多徒弟中有一个叫齐达日巴拉的徒弟,他要比其他的徒弟淘气得多。他有个非常厉害的铃鼓,只要摇一摇,不管什么人或者是动物、妖魔鬼怪,立刻就会变成灰烬。他的师父总是很厌恶地骂他不闲着,总是惹是生非。

师父经常对齐达日巴拉说:"喇嘛是佛祖的徒弟,以慈悲为怀,走路要注意踩到蚂蚁,最忌讳杀戮。可是你整天打打杀杀,这是在作孽。"每每师父这样说,他只说个"是"字,可依旧摇着铃鼓跑。一天,师父很生气地说:"我收你这种忤逆师父、不听教诲的徒弟会下地狱的。从今以后,你爱去哪儿便去哪儿!"齐达日巴拉说:"师父!我经常消灭一些脏东西,所以不会对您有影响的。"师父说:"有一句话说得好,学习经文前先学习做人。可你不仅学会顶嘴,还爬到我的头上了。"说完断了师徒情分,把他赶出了寺庙。

到了晚上,师父看见庙北的方向燃起大片灯烛,响起铮铮号角声,有可怕的东西正朝他们走来。师父说:"达木津确吉你去看看,朝咱们走来的是什么东西?"徒弟走过去还没弄清楚是怎么一回事,便受到惊吓,喊了一声"老天"就晕了过去。师父左等右等不见徒弟回来,觉得事情不妙,自己想过去看吧还有点害怕,不由地后悔道:"哎!要是我的齐达日巴拉在的话立刻就会知道了。"话音刚落,从床底下传来一声:"师父,我在这里噢,您还用得着我吗?"只见齐达日巴拉从床底下爬出来,师父高兴得不得了,说:"嘉,那你就去看看后面来的是什么。"没过多久,齐达日巴拉回来说:"师父!那是鬼怪而已,我已经把它们全部消灭了。"师父说:"嘉,还是后生可畏啊。"原来,他被师父赶走后趁师父不注意,又返回来躲在了床底下。从此,他的师父再也不冤枉徒弟了。

"狼也可怜,羊也可怜",这就是喇嘛的思想吧。

(父亲乔德格敖子尔于1983年1月27日在朝格图呼热苏木讲述)

第三部 民间小故事

(二)莽古斯故事

67. 珠特乃莫日根罕

　　从前有一个长着一尺高的身材,骑着兔子大的马儿的珠特乃莫日根罕。一天,珠特乃莫日根罕登上一座山头悠闲地散步,突然以他能先知先觉的聪明头脑察觉到遥远的祁连雪山脚下的查斯图莫日根罕正在给自己的女儿选女婿,便朝着雪山方向驰马而去。路上碰见一个赶着一千头灰青色绵羊的老翁,老汉问他要上哪儿去,他说:"我想当查斯图莫日根罕的女婿,正要前去碰碰运气呢。"老翁说道:"那雪山在遥远的北方,没有胆魄的人是走不到那儿的。你有这样的胆子吗?"他说:"男人若达不到目的会肝脏枯竭而死,我什么也不怕,三年的路途走三个月,三个月的路途走三天,三天的路程走三个时辰,我就不信我走不到。"老翁说:"嗯,还算是一条汉子,我佩服你的勇气。要到达雪山有三大艰险要闯过,马莲海、火海和黑狗岭。你把身上的火镰刀留下,我用它可以看出你的行程凶险,帮你一把。嘉,小伙子,就看你的啦,祝你一路平安!"珠特乃莫日根罕把身上的火镰刀留给老翁,继续向前赶路。

　　正走着,碰见骑着高大黑马的两个壮汉。对方问道:"长着指环大的身子,骑着粪蛋大的马儿,你要去哪儿啊?""我要去当查斯图莫日根罕的女婿。"壮汉笑道:"瞧,说得多好听啊,这么个小不点儿居然和我们争高低,你能够活着穿越雪山吗?你能够夺得三项大赛的冠军吗?乳臭未干的小毛孩够不着屁股的手要伸到天上去了,真是不自量力!"珠特乃莫日根罕也不示弱,说道:"大河不可用草绳阻断,聪明人不会被两句话噎死,海水不可斗量,人不可貌相,你们走着瞧吧!"

　　离开那两个壮汉后,珠特乃莫日根罕来到了马莲海边。马莲海是个又长又宽的热海,海水喷向高空回落下来时能把人和动物烫成烂肉。珠特乃莫日根罕正想着如何渡过,只听见马儿说道:"请您像雕塑一样坐牢,我要像雄鹰一样飞过去。"说着一口气奔到海边腾空穿越,眨眼之间飞过了马莲海。珠特乃莫日根罕对马儿说道:"嘉,你去好好休养,吃饱喝足后再回来。我要在这儿睡上七天七夜。"

　　第八天,马儿回来叫醒了主人,说道:"主人,你从我前腿割二十八条皮,从后腿割下三十三条皮,然后编成马鞍肚带拉紧,普通的肚带是禁不住的。我要使出吃奶的劲向前狂奔,穿越那令人谈虎变色的火海。"珠特乃莫日根罕从马儿的身上割了皮条编结马鞍肚带,把随身带的隔夜间能医百伤的神奇药粉撒在马的伤口上,等伤口愈合之后继续赶路,不一会儿来到火海边上。只见那火海像一根冲

・97・

天的火柱靠近不得,马儿一蹬腿横空飞越火海。在穿越火海时珠特乃莫日根罕的左右两腋里各夹了一根金柱,而马的左后腿也被烧得露出了骨头。珠特乃莫日根罕用神奇的药粉治好马儿的伤后继续奔向雪山。

走着走着,在一片荒野里,珠特乃莫日根罕饿得没力气了,加上又患伤寒,竟昏死过去了。那个拥有一千头灰青色绵羊的老翁在千里之外从珠特乃莫日根罕的火镰刀上看出了端倪。老翁看到以往都好好的火镰刀今天刀链子已经快磨断了,就知道火镰刀的主人出了事。老翁千里迢迢地追赶,终于找到了已经没了气息的珠特乃莫日根罕,老翁把一颗救命神丸送进他的口里,把珠特乃莫日根罕救活了。他醒过来后长长地伸了一个懒腰,说道:"啊呀,睡得好香啊!"老翁说道:"你都死了一回了,若不是我及时赶回来,你早就没命了。"他这才想起自己经历的一切,连忙感谢老人救命之恩。老人说道:"你快赶路吧,前面就是黑狗岭,你会平安地穿过去的。"

珠特乃莫日根罕和他的神马顺利地穿过黑狗岭,来到查斯图莫日根罕的门前。看门的报告:"我家门前来了一个长着一尺高的身子,骑着兔子大的马儿的人要闯进来!"查斯图莫日根罕叫仆人们将他赶出去,可是他毫不理会,说道:"我是珠特乃莫日根罕,前来参加比试,我要娶查斯图莫日根罕的女儿!"查斯图莫日根罕听了仆人的报告,只好同意让他试一试。

选婿比赛的第一项是赛马,要从距离终点九十九天的路程处起跑。珠特乃莫日根罕的马在两腋里长着两条翅膀,不管多远的地方只要跑七十二步就能到达。有这么好本事的马,他什么也不怕。等比赛的人们跑出三天之后他才跨上马儿,飞一样地超过了最前头的马,然后下马休息了七天七夜。七天之后重新上马,没多久就超过了所有人。等候在终点线上的人们见珠特乃莫日根罕的马风驰电掣地跑过来,纷纷惊奇地议论这是什么人,骑的是什么马,就像是在飞一样。在马儿跑到终点时,他们在马的尾巴上拴了三块巨大的卧牛石,又用九层铁钩钩住,那匹神马竟然生生地挣断九层铁钩后才停下来。毫无疑问,这回珠特乃莫日根罕获得了冠军。

第二项比赛是用一枝箭射平雪山顶。众人争着要先射,可是没一个人能射中。倒是珠特乃莫日根罕在路上遇见的那两个骑黑马的壮汉有两下子,射出去的箭穿到雪山的一半后停下,而其余人的箭碰到雪山便被折飞了。这回轮到珠特乃莫日根罕出手了。只见他运了七天七夜的真气,拉满弓弦,一箭就射平了雪山之顶,又成为第二回合的赢家。

第三个回合是摔跤比赛。上场的选手们没有一个是珠特乃莫日罕的对手,只有那两个壮汉勉强和他摔了一跤。珠特乃莫日根罕只几下就把两个壮汉摔在地上爬不起来了,地下竟然弄出了井一样的大坑。珠特乃莫日根罕连赢三场比赛,查斯图莫日根罕虽然不愿把女儿嫁给这个不起眼的小男人,但已经说出了口不好收回,只好答应将女儿嫁给他。

第三部 民间小故事

就在这时候奇迹发生了。只见身材矮小的珠特乃莫日根罕突然间变成了一个英俊高大的小伙子,他的马儿也变成了高大健美的骏马。恢复了本来面目的珠特乃莫日根罕高高兴兴地娶了查斯图莫日根罕的女儿为妻子,一家人过上了欢欢乐乐的好日子。

好运之人越走越顺,善跑之马越跑越快,就是这个道理。

(1999年5月3日布固图苏木布固图嘎查牧民辉特·都岱讲述)

68. 雅嘎勒岱

有一对夫妻年过半百了都没有生孩子,非常担忧。可是有一天妻子突然怀了孕,把老两口高兴坏了。就在等着孩子降生的时候老头子却得了不治之症,怎么治也治不好。于是把妻子叫到床前说:"看来我不能再陪伴你了,遗憾的是没能看到孩子的出生。如果是男孩子,就叫雅嘎勒岱,在他七岁之前让他学会用我的黑弓射箭。如果是女儿,你就看着给起个名儿吧。"说完老头子就去世了。

大娘生了个儿子,就按老头子的遗嘱给孩子起了个名字叫雅嘎勒岱。大娘每天给别人家干一些缝缝补补、洗洗涮涮的活儿,勉强和儿子维持生活。就这样忙忙碌碌地过了七年还没来得及让儿子学习弓箭。

有一天早晨,雅嘎勒岱在门前的小山头上正在玩耍,突然从东南方飞快地奔来一匹金色的骏马,在他跟前打了几个滚儿,又叫了两声:"雅嘎勒岱小儿懒在家里,黑色的弯弓懒在墙上!"然后又翻起来一溜烟地跑了。那匹马连着两天来到他跟前挖苦他,雅嘎勒岱起了疑心,莫非他讥笑我拉不开挂在墙上的那个黑弓?于是他在第三天早晨把那个弯弓持在手里搭好了箭,等待那匹马的到来。果然那匹马又来了,雅嘎勒岱拉满弓一箭射了出去,只见那匹金马突然不见了,掉下来一件金衣。他把金衣拿给母亲看,母亲也不知道它的来历。

后来他家来了一个老头子,母子俩就把那件金衣拿出来让老头子看。老头子却没怎么稀罕,说道:"哟,这不是皇上丢失了三年没找见的那件金盔甲吗?"说完老头子就把金盔甲带回去送给皇上了,原来老头子是皇上的老臣。皇上穿了那件金盔甲登上楼台,问老臣:"嗨,你说,我穿上它威风不威风?"老臣回答:"好看是好看,但是如果把十五只脑袋的黑脸女魔怪的狐皮黑帽戴在头上的话,一定会锦上添花,那时候行人驻足,万人仰慕,该多威风啊!"皇上问道:"那个好东西我从哪里才能找得到呢?"老臣说:"那有什么难的!有雅嘎勒岱在,什么事都能办成。"皇上的脸色舒展开来,连忙下旨:"你快叫雅嘎勒岱给我找那顶狐皮黑帽去!"老臣又找到雅嘎勒岱,说道:"皇上叫你去把女魔怪的狐皮黑帽抢回来,快去皇上的马群里挑选最好的骑乘吧!"

雅嘎勒岱不知如何是好,正为难,母亲说:"在皇上的马群里好马多的是,但是你一个也不要理。在马群的最后面有一匹如吃了醉马草般摇摇晃晃走路不稳的最不起眼的小黑马,那可是八条腿的小金马呢!孩子,你就选它,定会实现你的愿望的。"

雅嘎勒岱从皇上的千万匹骏马中选中了那匹走在最后面的杂毛小黑马,皇上以为这小子是个傻瓜,也没理会。雅嘎勒岱自己也在心里直犯嘀咕,心想,骑上这么一匹像骨头架子一样的瘦马怎能去夺回女魔怪的狐皮黑帽呢?这时候马

第三部 民间小故事

儿说话了:"主人,别担心,您在这座山顶上好好睡上三天三夜,我也要在这里吃最鲜美的草,喝最纯净的水,三天后再见吧!"说着一拐一拐地走了。

第四天早晨,那匹不起眼的小黑马变成长着八条腿和两只翅膀的小金马,回到了主人身边。雅嘎勒岱高兴极了,按照母亲的话给马儿取名"八条腿的小金马",煨桑祈福,祈求阿拉善神保佑,然后驰向魔怪的居住地。走着走着来到一座大山跟前,马儿说:"这座山名叫阿茨图山,魔怪住在里面。明天早晨魔怪的女人来河边打水,在她低头的时候你赶紧抢过来她的帽子,然后我们就跑。"第二天早晨,他们走到小河边时魔怪的女人正好来打水,雅嘎勒岱在女人低头舀水之际一把抢过女人的狐皮黑帽后就跑。在小金马的帮助下,雅嘎勒岱冒着生命危险终于把那顶珍贵的狐皮黑帽抢回来了,令皇上非常满意。

皇上披上金甲,戴上狐皮黑帽站在楼台上问老臣:"嗨,你看,我威风不威风?"老臣说:"威风是威风,可是还缺一样东西。您要是能把莽古斯魔怪的女儿娶回来,那才叫威风呢!"皇上问:"那么,谁能把她弄回来呢?"老臣答道:"还是那个雅嘎勒岱呀。"皇命难违,雅嘎勒岱只好再一次骑上心爱的骏马驰向魔怪的老巢。走到阿茨图山,休息了三天后来到魔怪的居住地。马儿说道:"到莽古斯的家门前时,我会弄起一阵风把毡包天窗幪毡封住,等魔怪的女儿出来拉天窗幪毡时我赶紧下蹲,你捂住姑娘的嘴抱起来我们就跑。"

雅嘎勒岱快走到魔怪毡包跟前时,小金马施展法术卷起一阵风使毡包幪毡盖住了天窗,只见从屋里走出来一个美丽的姑娘要拉幪毡,这时候雅嘎勒岱一把抓住姑娘就跑。姑娘慌忙叫了一声:"阿爸!"这时候魔怪听到女儿的喊叫声从屋里追了出来,将一把镰刀扔过来砍掉了小金马的四条腿。只剩四条腿的小金马拼命奔跑,好不容易从魔口逃了出来。

皇上穿着打扮一新,带着新娶的夫人登上楼台,问老臣:"现在我总该没什么可缺的了吧?"老臣答道:"嘿,您现在什么也不缺,唯独缺一样东西,如果您把莽古斯魔怪的长着十五只脑袋的疯儿驼降服,让儿驼威风凛凛地守住城门,那该是何等的威风啊!那您就是天下最牛的皇帝啦!"皇上听了心血来潮,问道:"那么谁能替我把那头疯儿驼弄回来呢?还是雅嘎勒岱吗?"老臣说道:"除了他还能有谁呢!"于是这个艰巨的差事又落到了雅嘎勒岱的头上。

不过雅嘎勒岱现在已经什么也不怕了。马儿对他说道:"莽古斯的疯儿驼是个长着很多脑袋的庞然大物,它会大声呼叫着、嘴里喷着草沫子,谁也不能靠近半步,您去了大声呵斥一声镇住它的威风,然后抓住缰绳一拽它就老实了。解缰绳的时候先从中间的头上开始解。"雅嘎勒岱循着雷鸣般的儿驼声在一处茂密的梭梭林中找到了那峰可怕的疯儿驼。他要去解绳子,疯儿驼喷着草沫子大呼大叫着不让靠近。他大声呵斥道:"连主子也不认识了,找死啊你!"说着抓住缰绳使劲一拽,疯儿驼就乖下来了。雅嘎勒岱从中间的头部开始解绳子,把其余十四个头上的缰绳都解开,牵着疯儿驼回来了。当他牵着疯儿驼走进城门时,那个嫉

101

妒雅嘎勒岱的本事并一心想害死他的黑心老臣看到那峰可怕的疯儿驼,吓得没命地跑,最后跑到荒无人烟的沙漠里迷了路,活活地渴死了。那个爱出风头的皇上,看到口吐白沫疯疯癫癫的醉儿驼,吓得肝胆俱裂,竟然活活地被吓死了。少年英雄雅嘎勒岱名震四方,众人拥举他当了皇上。雅嘎勒岱和莽古斯的女儿成了亲,把自己的母亲也接了回来,一家人过上了幸福安宁的生活。

好汉不怕艰险,好马不怕路远。

(1985年6月26日朝格图呼热苏木额门高勒嘎查牧民毛里努特·格日勒讲述)

69. 希热图莫日根罕

在重峦叠嶂的山口,在深渊旷海的源头,在连绵的群山后面,在重叠的丘陵阳面,有一座在父亲的时代盖的楼阁,有一座在母亲的年代建的寺庙,神采奕奕的希热图莫日根罕就住在这里。在远处的人们还没有起床的时候,在领口的扣子还没有扣上的时候,希热图莫尔根罕已经站到西边丘梁上眺望着远处的动静,叫着他的云青马,备好多面反曲弓,拿起千两重的马嚼子,鞴起万两重的马鞍子。这时,云青马从塔奔哈拉山后面抖动着前鬃,甩着后尾,四蹄踩着五色彩虹,腾云驾雾来到了他的跟前停了下来。

希热图莫尔根罕给云青马鞴好鞍辔,对夫人说:"嘉,我去很远的地方狩猎,你要多保重。"他留下话便走了。走了八天连个老鼠的影子都没见着,云青马说话了:"主人!您这八天没日没夜地奔走却一点收获也没有,也没什么意义了吧?不如掉头回去的好。"希热图莫尔根罕觉得也是,正要回去时,从夕阳西下的方向走来一位满面红光、眼睛炯炯有神的小伙子。两人见了面相互问候了一声后小伙子说道:"我是皇帝的儿子陶古勒莫尔根罕。您叫什么名字?家在何处?""我是恩克莫尔根罕的儿子希热图莫尔根罕。"陶古勒莫尔根罕说:"在这美丽宽广的地方,我们来个男儿三艺中的摔跤比赛,交流交流技艺怎么样?"希热图莫尔根罕说:"好,就这么办。"说着两个小伙子便摔起跤来。摔了很久两人旗鼓相当,谁也赢不了谁,看累了的云青马长嘶着提醒道:"两位主人!好了吧。你们已经打平手很久了,各回各的家怎么样啊?"两个小伙子这才停了手。陶古勒莫尔根罕邀请希热图莫尔根罕:"我的家有向上开的天窗,向前开的大门,不嫌弃烟尘大、空间小、门槛窄就路过坐坐吧?"希热图莫尔根罕应着一起走时,云青马说:"您坐稳了,我要飞了。"说着腾云驾雾飞到了皇帝帐前。皇帝查明希热图莫尔根罕的底细后下令道:"现在你们两个比赛玩一玩男人之间的游戏吧。"希热图莫尔根罕赢了棋赛,夺了三十里地射箭比赛冠军和三百里地的赛马比赛之冠,酒量也大得惊人。一天,云青马说:"嗨,主人!您想怎样啊?这九十九年都在外面贪玩了,忘了还有父母、老婆了吗?"希热图莫尔根罕说:"现在回家吧。"等他回到家时,宅子已经荒了。他哭着说:"所有的一切都到哪里去了?"云青马说:"在东北方向有一个骑着毛色极差的枣红马,长着十五只头的干瘪黑莽古斯,从很早以前就对您的财产、老婆垂涎已久,在您出门不在家的这段时间他乘机强占了你的家产和妻子。"希热图莫尔根罕怒火中烧,说:"我若不把这可恶的莽古斯的骨头卸下来,就不是好汉。"

希热图莫尔根罕将云青马变作不起眼的小马驹,自己也扮成流着鼻涕的叫花子,勉强支撑着身体摇摇晃晃地走着。走着走着遇到给莽古斯担水砍柴的奴隶,不曾想到却是自己最亲爱的父母。三人抱头痛哭了一番,父母熟悉莽古斯的情况,便说:"他来时带着一股瑟瑟的风、沥沥的雨。"不到吸一杆烟的时候,西北方向尘土飞扬,莽古斯掀起顶到天的龙卷风呼啸而来。希热图莫尔根罕把马藏在草丛中,自己躲在马的干粪蛋下面。莽古斯的马到了院门口却怎么也不进门,还要往后退,于是莽古斯非常生气地骂道:"不成体统的畜生在装什么样子,该死的!"骂着拔出剑砍死了自己的马。莽古斯进了屋,问希热图莫尔根罕的夫人:"嗨,夫人!怎么有股很大的生人肉的气味啊?"夫人说:"啊,不知道,我什么也没闻到。"这时希热图莫尔根罕从干粪蛋下离开,躲在夫人的酿酒罩子下面的水锅里,咬着铜管换气。

莽古斯准备睡觉,刚躺下,夫人便问:"您头上的五团红色火焰有什么用处啊?"莽古斯说:"中间那个大的是正魂,旁边的四个是小魂。"夫人又问:"您头顶上转来转去的两个黄色土蜂总是'睡了睡了、醒了醒了'的叫是什么意思啊?"回道:"那是侦察附近情况的亲信魂魄。叫'睡了睡了'我就醒着,叫'醒了醒了'我就可以睡了。"说完莽古斯好奇地问道:"你今天是怎么了?到我这儿也有一段时间了,你从来也没询问过这些啊?"夫人说:"怎么了?一家人还不能问一下这个吗?"莽古斯不吱声了。

这一切被希热图莫尔根罕一五一十地听到,没过一会儿两只土蜂叫道:"醒了醒了。"他知道莽古斯睡熟了,就出来射下中间的火焰,没想到射下火焰时发出"当"的一声巨响。莽古斯跳了起来问:"刚才是什么声音?"夫人回答说:"没什么?是我的手不太灵活把剪子弄到地上了。"莽古斯听了夫人的话放心地睡下了。接连被射下三只火焰时莽古斯非常生疑道:"今天这是怎么了,感觉特别不好,一躺下就梦到头上的火焰被射下来。你去看看我的火焰还都在吗?"夫人说:"不在能去哪儿?不是说看了会使父亲的鼻子歪掉吗?一定在的,好好睡觉休息吧。"莽古斯又躺下了。希热图莫尔根罕又射下一团火焰,莽古斯说:"家里一定有问题了,怎么一点儿也不像从前一样踏实?我的身体很难受。"他起身找来用肩胛骨占卜的名占卜师说:"你好好卜一卦!有什么脏东西来了?"占卜师焚了只肩胛骨看了看说:"有一个铁后脑勺、水脑子、赤铜嘴的野心勃勃的人来到这里,用土做垫,用天做被藏了起来。"莽古斯一听肺都快气炸了,骂道:"留给你爹妈当名占卜师吧!看你说的吧,这世上有那样嘴脸的东西吗?留着你只会浪费我的粮食!"骂完挥剑砍死了占卜师。

夫人说:"你怎么疑神疑鬼的?疑心重了会生病,想那么多做什么?睡吧!"莽古斯还是很疑惑,勉强躺下来。以前头一挨枕头便打呼噜的他现在却躺了很久才睡着。最后的一团火焰也被射灭时莽古斯叫道:"嘉,坏事的希热图莫尔根罕好像来了。"说着挣扎着站起来时希热图莫尔根罕已来到他面前,并说:"我已经来了!"说着便跳出来大战莽古斯。一开始他们两个旗鼓相当,到后来莽古斯有点手脚发软快被打败了,这时候希热图莫尔根罕对夫人说:"嘉,你在亲爱的丈夫下面撒把面粉,在憎恨的男人脚下面撒把豆子。"夫人在希热图莫尔根罕的脚下撒了面粉,在莽古斯脚下撒下豆子。莽古斯被脚下的豆子滑倒,希热图莫尔根罕将十五个头的恶魔脑浆都给打出来后埋掉了。消灭了仇敌,希热图莫尔根罕携着父母和妻子,骑着云青马回家了,马儿说:"嘉,大家坐稳了,我要像鸟儿一样飞了。"不多时飞到了故乡。希热图莫尔根罕旺了香火、增了牲畜,过上了太平幸福的日子。

这正是:"清澈的湖水养鸭鹅,平安的故土人安康。"

(1987年1月12日祖母其其格讲述)

（三）生活故事

70. 娜仁皇后与萨仁大臣

从前，有一个国王偏听偏信四个奸臣的话，分不清好坏，诬陷忠良，弄得一团糟。皇上的夫人娜仁皇后和大臣中的萨仁大臣为此非常焦虑，心想如何才能让皇上回心转意辨明是非，但是皇后和大臣不准私下见面，只好等待时机。

一天，娜仁皇后乘坐着轿子出门，路上遇见萨仁大臣，便向大臣伸了三根手指，意思是夜里三更时分在后边的大树下见面。萨仁大臣明白了夫人的暗号，便等到夜深人静的三更时分，来到大树下等候。在等候的时候因为很困，打了一会儿盹。就在他打盹的时候娜仁皇后来到跟前，在他的怀里放了一块盐坨子，意思是让他用盐坨子擦眼就不瞌睡了。萨仁大臣用盐坨子擦了眼，果然不瞌睡了。这时候，娜仁皇后第二次来到大树下，和萨仁大臣商量如何铲除四个奸臣的危害，让皇上醒悟过来，但是想来想去也没想出什么好办法，只好各自回去。

但是他俩在夜里相会的事不知被什么人知道了，不久皇宫上下都传出娜仁皇后和萨仁大臣在深更半夜私下相会，很快就传到了皇上的耳朵里。俗话说，坏人糟蹋好人的名声，鸟儿糟蹋寺庙的顶子，皇上听了四个奸臣无中生有的诬陷，以私通乱伦的罪名软禁了皇后，把萨仁大臣打入了死牢。

娜仁皇后暗自着急，不知道如何才能解救萨仁大臣。萨仁大臣的妻子是个聪明人，她悄悄地找到皇后，说道："要想救萨仁大臣，使得国泰民安，必须得劳驾皇后做一件事。"皇后说："为了江山社稷，我愿意挺身而出。"那女人说道："在皇上审问萨仁大臣的那天，四个奸臣会拿一只蛤蟆说事，那天您装扮成一个乞丐离开皇宫，那只蛤蟆到时候会晕头转向，四个奸臣的诡计也会在皇上面前露馅的。"

娜仁皇后按照那女人的吩咐，找个机会偷偷地来到大牢里见了萨仁大臣给他口授计谋，然后离开。审问萨仁大臣的那天，四个奸臣给皇上献上一只蛤蟆，说道："皇上，这只蛤蟆是个神奇的动物，谁如果撒了谎，它就会把他的肚皮撑大，让他活活地胀死。"娜仁皇后和萨仁大臣虽然没有做见不得人的事，但在大树底下相会是真的，所以那四个奸臣想以此为由诬陷他们通奸，置萨仁大臣于死地。

就在审问的那天，皇后打扮成一个要饭的乞丐离开了皇宫。四个奸臣等着蛤蟆用神力把萨仁大臣胀死。当皇上严厉地质问萨仁大臣为何与皇后半夜约会时，萨仁大臣却不慌不忙地答道："那天夜里我只见到一个女乞丐，并没有见过皇后呀。"那只蛤蟆一算，明明是皇后怎么又变成了一个乞丐，想来想去就糊涂了。这下那四个奸臣反而成了撒谎的人，肚子都胀起来了，而萨仁大臣却安然无恙。

四个奸臣眼看着肚子撑得快胀死了,犹如热锅上的蚂蚁惊慌失措,连忙跪到皇上面前说:"皇上饶命,这个该死的蛤蟆好歹不分,我们可是无罪的啊!"皇上这才明白谁是扰乱朝纲的罪魁祸首,严厉地惩治了那四个奸臣,当庭释放了萨仁大臣。从此天下太平了。

(2002年10月3日阿拉善左旗超格图呼热苏木
额门高勒嘎查牧民厄鲁特·巴图朝鲁讲述)

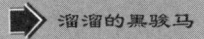

71. 长着八十二只脑袋的黑拉布金巴

有个长着八十二只脑袋的英雄好汉,名叫兰祝哈日拉布金巴,人称黑拉布金巴。有一天,他身穿盔甲出门打猎,来到东西方向的岔路口,不知该走哪一条路,最后选择了西面的路。走着走着突然听到地动山摇般的声音,仔细一看有许多兵马驰来。黑拉布金巴迎上前去,见有七辆勒勒车人马。跑在最前头的辕马见了他吓得直打哆嗦,车上的人也吓得晕过去了。他径直走过去,后面几辆车上的马也见了他,被他的怪模怪样吓得呆若木鸡、动弹不得,于是他从车上搜出了几笼子酒,喝了个底朝天,竟喝得有些醉意了。后面一辆车上坐着一个诺颜长官,大声呵斥道:"哪里来的野人在此撒野?"拉布金巴说道:"谁能打得过老子?有种你放马过来!"那个诺颜也不是一般的人,跳下来就和他较量气力。拉布金巴已经喝得醉醺醺的,面红耳赤,看什么都是重叠的,最后竟败给了那个诺颜长官。诺颜挖苦道:"我以为你有多厉害呢,原来是一个经不起一捏的苍蝇、嗡嗡瞎叫的蜜蜂,没什么本事还爱戴个高帽子,小心帽带子弄断了。"拉布金巴虽不服气,但也没法子,只好将酒笼子倒扣在头上呼呼大睡。

不知睡了多少天,突然听见马儿用蹄子敲地,睁眼一看黑咕隆咚的一片,什么也看不见,这才发觉脑袋上扣着一个酒笼子。他挣脱了半天才把笼盖子打开,回去召集了兄弟们说道:"小腿上的虱子要上后颈了,该死的阿拉坦汗欺人太甚,手下的人都骑到我的脖子上来了。我要不去把他们赶尽杀绝、占领他们的土地,誓不为人。"于是他派了一名长得最英俊,能说会道的赛汗将军前去打探情况,等摸清对方的位置后准备一举进攻。

赛汗将军路过一个由两位丫环伺候的商人门口,商人心想这是何方小子竟敢路过我的门不下骑乘,于是派人把他叫到跟前,见是一个英俊的小伙子,问道:"帅气的小伙子要去何方?"对方答:"我是赶路人,要去的路还远着呢。"商人看上了他的骏马、盔甲和弓箭,想弄到手,便设宴招待赛汗将军。商人见他狼吞虎咽、胡吃海塞的样子,越发羡慕对方的威猛豪爽,便说道:"我们做个交易吧,你可不可以将你的一身行头和骏马、弓箭卖给我?"将军说道:"行啊,不过每一样东西要价五百两银子,你出得起吗?"商人没这个能耐,没能买下来。第二天,将军路过一个由四名丫环伺候的富人家,富人照样看上了他的盔甲、弓箭和马,但还是没有能耐买下来。第三天,又遇到一个由六个丫环伺候的汉人富翁,但还是没能买下他的行头和骑乘。第四天遇到一个由八名丫环伺候的汉人大富豪,富豪也看上了他的骑乘和行头,便设宴招待,并按将军的出价买下了他的盔甲、弓箭和骏马。将军也很满意,对富豪说:"请你给我准备一个褡裢,再用这些银两的价格替我打造金银戒指、头饰,再准备一些丝绸线。"富豪就按照他的要求把这一切都做好了。

将军将装满金银戒指、头饰和丝绸线的褡裢挎在肩上,来到阿拉坦汗的城门前。门卫不让他进去,他就给了门卫一个金戒指,门卫见财眼红,高兴地让他进去了。进了城,赛汗将军找了个铺位将带来的东西展出来卖,有的人前来买东西,有的人专门来看长得英俊的小伙子,每天有一大堆人拥在他的展铺前。阿拉坦汗有一天由八名丫环伺候着在城楼上乘凉,突然发觉那里围着一群人,于是派了两个丫环去看看那里发生了什么事,为何天天有人在那里簇拥?两名丫环看到将军英俊的美貌,禁不住叹道:"天哪,世上难道还有这么美的人吗?"于是她们再也无心回到宫里了。阿拉坦汗等得急了,又派了两名丫环,说:"你们俩去把她们找回来,弄清那里到底发生了什么事。"两名丫环见了赛汗将军,被他的美貌迷得痴痴呆呆的,把主人的吩咐忘得一干二净。大汗又派了两名丫环,也像先前的四个丫环一样,被赛汗将军迷住了。大汗派去最后两名丫环,让她俩把先前的六名丫环抓回来,弄清发生了什么事。那两个丫环找到了先前的六个丫环,同样也被赛汗将军的美貌迷住了。大汗左等右等不见丫环回来,气得暴跳如雷,派了几名侍卫,让他们把丫环们抓回来问罪。侍卫带着士兵来到赛汗将军的摊铺前,把所有的东西都扔在地上,并抓住赛汗将军,吊在城墙脚下的一棵大树上。就在这时候,大汗的王子神神秘秘地失踪了,汗宫上下乱成了一锅粥。

第二天早晨起来一看,树上吊着的将军却变成了大汗的王子,大汗和夫人闻讯慌忙过来一看,果真是自己的儿子。大汗说:"这事很蹊跷,我们还是谨慎一些为好,等查清楚了再说吧。"可是夫人不依不饶,让大汗赶紧把王子放下来。大汗正不知所措的时候,只听见那个吊在树上的人喊道:"我就是大汗的王子某某某,我的父母叫某某某,快把我放下来吧!"大汗问道:"那你是怎么吊到树上去的?"对方回答:"我也不知道是怎么回事,突然一阵风把我吹晕了,等我一醒来就发现吊在树上。"大家听了都很惊奇,按照夫人的吩咐把他从树上解下来,带回汗宫。只见他不仅懂得宫里的礼节,还径直找到了王子的寝宫。大汗为了再试探他一次,问他公主姐姐的寝宫在什么地方?他照样很顺利地找到了公主的寝宫,众人不再怀疑他了。于是赛汗将军以大汗王子的身份留在了宫里。

阿拉坦汗的大将军有一个智勇双全、貌美如花的姑娘,大汗为了巩固自己的权势,和大将军结为亲家,为姑娘和王子操办了隆重盛大的结婚喜宴。

有一天,王子对新婚夫人说:"我想上山打猎散心。"妻子很不情愿地答应了他,让他穿上八十两重的大盔甲即刻起程。将军快马加鞭找到了山中的兄弟们,把探听到的情报告诉了他们。原来,阿拉坦汗的致命处是一只大黄蜂,平时那只黄蜂蹲在大汗的左肩上,还从右鼻孔飞进飞出,然后再落到右肩上,就这样来回移动。兄弟们商议,让神箭手躲藏在城墙上,等待时射死那只黄蜂。兄弟们商量好发动进攻的时间,然后将军又返回家里。妻子为他准备了丰盛的酒宴,将军一高兴,多喝了几杯,夜里在醉梦中将白天的秘密都说了出来,被夫人听见了。

夫人生气地把他弄醒,责问道:"你是什么人,竟敢冒充王子将我骗到手?"将军知道自己醉酒后在睡梦中说漏了嘴,于是对心爱的妻子说了真话。夫人心疼自己的丈夫,加上她平日也看不惯阿拉坦汗的所作所为,便答应帮助夫君一同对付大汗。约定的时间到来之时,夫妻二人全副武装开始动身,悄悄打开城门,让神射手藏在城墙上,等阿拉坦汗出来时一箭射中了那只大黄蜂。黄蜂一死,大汗也跟着一命呜呼了。

　　八十二只脑袋的黑拉布金巴率领众将士一举消灭了敌人,占领了阿拉坦汗的土地。俗话说"明智的将军是朝廷的帮手,坚利的武器是好汉的帮手",说的就是这个道理。

(1993年1月6日阿拉善左旗木仁高勒苏木素木图嘎查牧民辉特·图门乌力吉讲述,男,63岁)

72. 羽衣青年

从前有一个非常吝啬和好色的皇上。他好色到什么程度？一见了人家美貌的姑娘、媳妇就想立即占有。

就在这个皇上的管辖区，有一个年轻人，娶了一个远近闻名的美貌妻子。这个小媳妇不仅长得好看，而且心灵手巧、勤劳朴实。小伙子经常把妻子的照片揣在怀里，一边放羊一边看妻子的玉照。

有一天，那个贪婪的皇上出外打猎，碰到了这个小伙子。他看见小伙子在看照片，便好奇地说道："你看什么呢？让我也看一看吧。"皇上看到照片，连忙说道："啊呀！我还从来没见过如此貌美的女人，她是谁呀？"小伙子说："这是我的妻子。"皇上说道："是吗？依我看，如此美丽的女人怎么能嫁给你这样貌不惊人、穿着破烂、住在毡房的穷小子呢，这不合适。她应该待在皇上的身边伺候主人，你明天就把她送到皇宫里去吧！"

沮丧的小伙子回到家将此事告诉了妻子，商量怎么办。妻子安慰道："不用怕，我有办法治那个好色的皇上。"

美貌的女人整晚没睡觉，连夜赶制了一件麻雀羽衣，交给丈夫，说："我走了之后你别担心，正月初一早晨祭拜了天地之后你穿着这件羽衣去皇宫找我，到时候会有办法的。"然后就叫丈夫把自己送到了皇宫。

女人来到皇宫后，整天一副无精打采、愁眉苦脸的样子，皇上虽心疼她，也没有办法让她高兴起来。

转眼间到了新年。正月初一早晨，皇上和皇后早早起来正在祭拜天地神灵，突然听见外面有人喧哗，说来了一个穿着奇怪的人。美貌的女人知道是丈夫来了，便对皇上说："外面发生了什么事？快把那个怪人叫过来让我看一看。"皇上见她终于开口说话了，高兴得连忙出去看究竟。只见门外站着一个身着羽毛鸟衣的人，人不像人鸟不像鸟，便把他带进宫里。女人见状，装作特别欢喜的样子说道："哈！多好看的衣服啊，我从来没见过这么漂亮的羽衣，如果皇上也有这么一件衣服该多好啊！"说着突然发出了笑声。

皇上看到女人笑了，非常高兴，忙说道："只要夫人高兴，我就能把那件羽衣抢过来。"于是皇上叫那个小伙子把羽衣脱下来，说道："喂，我的小夫人看上你的羽衣了，让我俩交换衣服吧！"小伙子故意说道："不行啊，这可是宝贝羽衣呀！"皇上很生气，破口大骂道："你这个奴才，连皇上的话也不听了，快把羽衣拿来！"

于是小伙子就和皇上交换了衣服。皇上穿上了那件麻雀羽衣，为了取悦夫人正在那里炫耀呢，女人悄悄对自己的丈夫使了个眼色，让他赶紧趁机制伏皇上。身着皇上衣服的小伙子坐到皇上的席位上，大声下令道："来人呐，快把这个人不像人鸟不像鸟的家伙拉出去给我斩了!"

好色的皇上就这样稀里糊涂地送了命。这正是：不爱江山爱美人，色字头上一把刀。

(1994年10月3日朝格图呼热苏木额门高勒嘎查牧民厄鲁特·巴图朝鲁讲，述男，43岁)

73. 阿日嘎其

　　从前有一个小气鬼,小气到什么程度?坐在地上要抓一把土,摔个跟头也要看一看地上有没有钱财。可是这个小气鬼却有一个聪明伶俐、足智多谋的弟弟,名叫阿日嘎其(阿日嘎其蒙古语意为聪明的、有办法的人)。小气的哥哥虽有五百匹马、一千头绵羊,但在弟弟结婚成家的时候连一只羊羔蹄子也没给他,独自霸占了父辈留下来的家产。

　　被哥哥轰出家门的弟弟整天以打猎为生,年轻漂亮的妻子独自一人留下来看家。皇上的王子看上了阿日嘎其的妻子,趁他打猎在外的时候来到他家,用各种好吃的好穿的和金银首饰勾引小媳妇。小媳妇耐不住寂寞,便和王子勾勾搭搭的,经常在暗中幽会。

　　一天夜里,阿日嘎其打猎归来,看见王子睡在家里,便在王子的鼻孔里倒了一撮毒药,然后悄悄离去。第二天早晨他装作刚从外面回来的样子,对妻子说道:"咦?家里来了什么客人?快把他叫醒喝早茶吧。"妻子慌忙去推沉睡的王子,却怎么叫也叫不醒,说道:"这真是怪了,昨晚还好好的一个人,怎么一夜之间就没了气息了呢?"阿日嘎其说道:"嘉,你现在弄死了一条人命,这可是死罪呀!"妻子吓坏了,哭丧着脸说道:"都怪我禁不住财物的诱惑,上了王子的当。我再也不干这种蠢事了,你快想个办法救我一命吧。"阿日嘎其说道:"那你就按我说的去做吧。等今天晚上夜深人静的时候,你把王子的尸体装在毛口袋里背到没有人的地方扔了。但是如果前面有东西叫唤,你千万不能在那里抛尸,要不然你会被人抓住的。"妻子把王子的尸首装在毛口袋里,等到天黑以后就背着出去。走了很远一截路,刚要把尸体扔下,只听见前面有"嘿、嘿"的声音,吓得她赶紧又背着沉重的尸体快跑。又走了很长时间,心想这下可以把死人扔下了,没想到前面又有"嗨、嗨"的声音,于是又背上尸体继续找地方。就这样来回奔波,跑了一整夜也没有找到藏尸的地方,看到天也快亮了,只好气喘吁吁地把尸体背回了家。其实这都是阿日嘎其捣的鬼,他为了好好惩治一下这个水性杨花的女人,一路跑在她的前头,故意弄出"嘿嘿嗨嗨"的怪音,把妻子折腾了一夜,然后在天亮之前赶在妻子前头回到屋里,装作什么事也没发生似的。

　　走投无路的女人把死尸背回家里,乞求丈夫想办法把死人弄走。阿日嘎其说道:"那只好我亲自去把他扔了。"说着背起死尸就走。在路上他想着如何惩治一下小气鬼哥哥,于是背着死尸来到哥哥家羊圈跟前。这时候天色已晚,月亮还没有出来,正好方便了阿日嘎其。他从羊群里逮了一只绵羊,把羊杀死后让王子的死尸端坐在羊的旁边,还在死尸手里塞了一把刀,远远看上去就像是在偷着宰羊。做完这一切后他跑到羊群里把羊群惊跑,趁着夜色溜走。屋里的人听见羊

113

群有动静,忙跑出来看,只见有一个人坐在羊圈外面持刀宰羊呢,于是每人拿了一件棍器,冲上去就劈头盖脸地打了一通。等到那人倒了下去,仔细一看原来是王子。小气鬼以为是他们把王子活活打死了,吓得六神无主,浑身发抖,不知怎么办好。

小气鬼哥哥想不出什么好办法,只好把死尸驮在马背上前来找弟弟阿日嘎其,说:"只要你能让我平安无事地躲过这一劫,我会拿出我的牲畜和财宝重重地奖赏你。"阿日嘎其装作很不情愿的样子答应了兄长,说:"那我就试试看吧。"他把王子的尸体绑在黑驴背上直奔王宫。他知道王子由于风流成性而与夫人不和,于是径直走到夫人的门口说道:"夫人,我回来了。"夫人没好气地骂道:"你休想进我的门,愿意到哪里风流就到哪儿去!"阿日嘎其又来到皇后的门口,说道:"母亲,我回来了,开门哪!"皇后听了,以为王子又在什么地方喝醉了酒,便责骂道:"深更半夜不叫人好好睡觉,快给我滚开!"阿日嘎其将计就计,把王子的尸首吊在皇上的马棚里,看起来就像是上吊身亡的样子。

第二天夫人和皇后发现王子吊死在马棚里,吓得大眼瞪小眼,相互埋怨没有给王子开门,心想王子喝醉后想不开吊死了,这下可怎么好?正在乱成一团之际,想起了阿日嘎其,便派人请他来处理王子的后事。宫里还派阿日嘎其去请一名能掐会算的神算子巫师,让他为王子做超度法事。阿日嘎其让皇上建造了一座毡包,毡包里摆放了一座真人般高大的木桶,里面盛了大半桶酸奶,然后前去请巫师。阿日嘎其在半道上跑到小气鬼兄长家里,煞有介事地说道:"嘉,皇上要请一个神算子大师来算卦,你的事就快要露馅了。"兄长吓坏了,连忙乞求弟弟想办法救他,事后再重重答谢。阿日嘎其叮嘱哥哥,在明天某时把几百匹马赶到南山丘上。

阿日嘎其把神算子女巫请回来后安置在专门为她建造的毡包里。就在神算子开始做法的时候阿日嘎其慌慌张张地跑出来,气喘吁吁地对皇上、皇后说道:"你们快看那边,好像是来了一大群敌人,这下可要遭殃了!"原来是阿日嘎其的兄长把几百匹马赶到了南山丘上,平地腾起了一片尘土。皇上等看到漫天扬起的尘土,以为有重兵来犯,吓得目瞪口呆地愣在那儿。阿日嘎其趁机溜进毡包,听神算子在说些什么。只见那个女巫正在一一破解王子的死因,把阿日嘎其如何谋害王子的过程都给推算了出来,眼看阿日嘎其的所有计谋都要被戳穿了。阿日嘎其急中生智,趁那个正在跳神的女巫不注意一把提起她的双脚,把她脑袋朝下丢进盛有酸奶的木桶里给活活淹死了。

阿日嘎其又慌慌张张地跑出来对皇上说:"哎呀,不好啦!大师像疯了一般地跳来跳去,突然一头扎进奶桶里断了气了!"皇上、皇后等更是急得六神无主,"这下倒好,南面有大敌来侵犯,屋里又死了个做法事的女巫,这真是没有一个叫人省心的,这可怎么办好哩?"皇上一家急得像热锅上的蚂蚁,把所有希望都寄托在阿日嘎其身上,请求他无论如何要想个法子解脱灾难,还许诺事成之后有重赏。

  阿日嘎其半推半就地答应了皇上的要求,将女巫从奶桶里捞出来清洗干净,把她的尸体捆在一峰性子暴烈的骆驼上,又找了一个绵羊尿脬,在里面装了一袋血准备在路上用。然后他自己骑着一峰骆驼,牵着捆绑着死尸的骆驼来到大巫师的家门口。巫师家的恶狗吠叫着扑了上来,惊了女巫的骆驼,把绑在驼背上的巫师摔在地上,阿日嘎其赶紧把尿脬里的血倒在女巫的脸上。当女巫的家人闻讯赶来时,女巫已经满脸是血地倒在地上。阿日嘎其指责道:"你们不好好看住狗,惊了骆驼把大师摔死了,这下该当何罪?我要禀报皇上,看你们如何交代?"女巫的家人吓得连忙求饶,希望大事化小,小事化了,不要告诉皇上。他们给了阿日嘎其一大笔银子,悄悄埋了女巫,此事就算过去了。

  这就是阿日嘎其的故事。聪明的人办法多,长流的河水弯曲多,就是这个道理。

(1988年1月19日吉兰泰苏木二嘎查的牧民布音其木格(吉米斯)讲述,女,38岁)

74. 会下金粪蛋的马

从前有一个非常富有的人家,但是又非常小气,人们都说他们一家"守着一堆的财富,过着乞丐一样的生活"。吝啬的老头子小气到连姑娘也不往外嫁,别人来求婚,他就说:"我上辈子没欠你的钱财,这辈子也没欠你的活人,凭什么把姑娘嫁给你呀!"人们都说这老头子说话特别臭。

有一个聪明的小伙子看上了那个姑娘,心想着如何对付那个小气的老头子。有一天小伙子骑着马去老头子家求婚,半道上马儿拉了几颗粪蛋,小伙子将几块碎金子塞在粪蛋里面包好后装在褡裢里,又在马的肛门里塞了一块金子,来到富人家。小伙子刚开口求婚,老头子就说道:"我上辈子没欠你的钱财,这辈子也没欠你的活人,凭什么把姑娘嫁给你呀!"小伙子听了,不慌不忙地说:"谁叫你有万贯家财和如此貌美的姑娘呢?你的家财我看上了,你的姑娘我也看上了,你说我不来向您家求婚难道是傻子吗?再说我又不会白白娶您家的姑娘的。"老头子一听,心想,呀嚙,别人被我一句话就顶回去了,这小子倒是能说会道,看来不是个省油的灯呢,于是问道:"像你这样的穷鬼有什么呀,守着你的马粪蛋做你的美梦去吧!"小伙子忙说:"马粪蛋啊,我有的是,而且还是金子的呢!"老头子听了很好奇:"你说什么?我老汉活了这么长,什么没见过?从来没听说过什么金粪蛋!"小伙子说道:"那你今天可就要见识一下了。您瞧我的马儿就拴在马桩上,是不是跟别的马不一样啊?"老头子说道:"我看也没什么区别呀,普普通通的一匹马嘛!"小伙子说:"我的马儿不是一般的马,拍它的肩胛能跑七十里地,鞭它的后脊能跑百里地。"老头子说:"那你让它跑给我看看。"小伙子说道:"可不能让它跑啊,它一跑,金粪蛋就会洒在野滩里的,那岂不太可惜了吗?"

老头子不信,非要亲眼看马儿下金粪蛋。这时候马儿正好屙屎,果然下了一锭金子。爱财如命的老头子见状大吃一惊,又羡慕又眼红,一个劲地缠着小伙子要把那匹马换过来,最后说道:"小伙子,我把女儿嫁给你,你就把马儿给我吧!"小伙子装作不情愿的样子答应了。

等小伙子把姑娘领走后,老头儿和老婆娘欢天喜地地忙活着用上好的草料把马儿喂得饱饱的,然后端着一个大木盘子等候着宝贝马儿下金蛋子。可是等了一天也不见马儿下什么金子,倒是下了不少粪蛋子。后来,老头子忍不住把粪蛋子也一一捅开,看里面有没有金子,看来看去还是一堆臭马粪。老头子这下知道自己上了当,气得眼珠子都快蹦出来了,大声骂道:"什么狗屁马,全是骗人的货!快把那小子给我抓来,我要剥了他的皮,抽了他的筋,看他还敢不敢再糊弄本大爷!"

话说小气鬼老头儿的姑娘是个聪明的人,知道父亲知道了真相后肯定会派人来找小伙子算账,于是在回来的路上把小伙子舒展四肢捆绑在一棵大树上,并教丈夫如何如何说。老头儿派去的人在半道上看见小伙子四肢叉开吊在树上,便好奇地问道:"你这是干什么?"小伙子说:"是这样,我的肩膀和颈椎痛得要命,这样吊在树上舒服多了,这可是包治百病的绝妙秘方呢!"来人一听,觉得这倒是个好办法,于是说道:"嘿,我的颈椎和肩膀子也老是酸疼酸疼的,怎么治也治不好,你快下来,让我也舒坦舒坦吧!"小伙子说:"那怎么行呢?我也好不容易叫人绑在这儿,刚舒坦一会儿,你就来了。"来人越发动心,不住地恳求道:"好人!你就把我吊上一会儿吧,我不会在上面待多长时间的。"小伙子说:"既然这样我就成全你吧,我看你也是好人,才让给你的。"说着让来人把自己放下来,然后把对方结结实实地绑在树上后扬长而去。

派出去的仆人三天不见回来,老头儿很恼火,又派了两名骑着长耳灰驴,手持长把猎枪的汉子前去寻找那个小伙子。聪明的女子知道还会有人来找麻烦,于是让小伙子蹲在一个没有水的深井里,等有人来时让他用石头敲打井壁,说井里有大块大块的金子。那两个人骑着大灰驴,背着长把枪,正忙着赶路,突然听见从路旁的井里传来敲打的声音,于是好奇地走过去想看个究竟,只见在一口干涸的井里坐着一个人,便问道:"哎,你是何人,为什么坐在枯井下?"小伙子答道:"嘿,这井底下有好多大块大块的金子呢,我正在用石头敲打,想挖上几块抱回家。"那两个人听了,不由得动了心,说道:"那我们也进去挖一些吧。"于是他们把小伙子拉出来,自己下到井底下寻找金子。可是他们什么也没找到,反倒在枯井底下活活地渴死了。

吝啬的老头子和他的婆娘左等右等不见仆人们回来,又气又急,最后竟然活活地被气死了。小伙子和姑娘过上了安稳的小日子。

这正是:"浓雾遮不住太阳,贪婪斗不过智慧。"

(1996年10月1日朝格图呼热苏木额门高勒嘎查的牧民额日登毕力格讲述)

75. 布袋老汉

有一个足智多谋的老头子,人称布袋老汉。布袋老汉有一头母绵羊,每年生一头金胸脯银屁股的漂亮小羔羊。每当小羊羔出生时,老汉就要祈拜上苍,敬供天地诸神。可是每当他祭拜天地之时总会有一只可恶的乌鸦乘他不在把小羔羊叼走。老汉连续三年被乌鸦偷走了羔羊,很不甘心,于是寸步不离地跟着快下羔子的母羊,看谁还敢偷他的宝贝羊羔。原来那一年乌鸦碰到布袋老汉的绵羊正生羔子,便随口叼了去献给玉皇大帝。玉皇大帝也不问羔羊的来历,命乌鸦每年给送来一只羔羊。

这一年乌鸦像往常一样在母羊下羔时飞下来叼羊羔,不想布袋老汉早有准备,羊羔刚落地就装进了毡口袋里。乌鸦落了空,恼羞成怒地对老汉说道:"你把玉皇大帝的宝贝羊羔藏到什么地方啦?快给我!"布袋老汉毫不理会乌鸦,趁乌鸦不注意时一把逮住了它,把乌鸦的皮剥得一直顶到喙上,然后放了回去。

玉皇大帝看到乌鸦狼狈不堪地空着手跑回来了,气得暴跳如雷,对雷公说道:"你快去把那个不知好歹的布袋老汉给我劈死,烧成灰烬!竟敢把我的乌鸦给剥了皮,活得不耐烦了!"雷公来到布袋老汉的屋顶上,看见布袋老汉站在门口,正要放雷电劈死老汉,谁知突然飞来一颗子弹把雷公的一只眼睛打瞎了。雷公疼得受不了,大呼大叫着跑回了天庭。原来,布袋老汉知道天兵会来侵犯,于是在自家门口立了一个跟人一般大小的石头,把衣服披在石头上,然后自己躲在石头后面一枪射瞎了雷公的眼睛。

布袋老汉的两次出手,把玉皇大帝气坏了。玉皇大帝亲自来到布袋老汉家兴师问罪,质问道:"你这个老不死的!为什么把我的乌鸦的皮给剥了?"老汉回答道:"哼!你还有脸来问我?我倒要问你,我欠了你什么债非要连续三年把宝贝羊羔送给你?你的乌鸦偷了我的羊羔,剥了皮算是轻的。要说真正的罪魁祸首,是幕后指使手下做贼的你,那么你又该当何罪呢?"玉皇大帝被说得哑口无言,过了好一阵才说道:"那,这事儿就这么算了。我再问你,你为什么射瞎了我的雷公眼睛?"布袋老汉说:"雷公违背了你的旨意,所以我惩罚了他。"玉皇大帝说:"胡说!雷公什么时候违背过我的旨意?"布袋老汉答:"你叫他雷劈布袋老汉,而他却有眼无珠,分不清门前的石头和人,你说我该不该教训他一下?"玉皇大帝听了,一句话也说不出来,只好灰溜溜地回去了。

不要和巧手人比针线,不要和聪明人比口才。

(母亲苏布德于1988年2月20日讲述)

76. 机智的老翁

有一个牧羊老汉,足智多谋,别人都称其为"机智的老翁"。有个自以为是的富人对此很不以为然,心想一个放羊的老头子有什么了不起的,我就不信他能斗得过我,于是想去和老翁比试比试看谁更聪明。富人赶着骡子车,找到在井口饮羊群的老翁,说道:"听说你很聪明,那么我来考你一下。你的羊群从家门口到这里,路上一共卧倒多少次,起步多少次?"富人以为这下子可把老汉问住了,没想到老头子微笑着说道:"那我也要问你,你的车辖辘从你们家到这里,路上滚动了多少圈?你的骡子一路上走了多少步?"富人答不上来,说道:"今天你回去后数一数羊圈里的羊粪蛋,明天我再来问你。"

第二天,富人来到老汉家,问道:"你的羊群里有多少只羊?每头羊又下了多少个粪蛋子?"老汉答:"这个答案我现在不能告诉你,等你的骡子生了驹子我再说给你。"因骡子从不生育,所以民间有"没有后的骡子,没有根的萝卜"一说。这下富人又无话可说了,于是气冲冲地说:"我们先不说这个。明天你用没有烟的火在没有水的锅里给我做一顿饭,我看你本事有多大。"

第二天正午,老汉在滚烫的沙子里埋了三颗鸡蛋,等候富人的到来。富人一来就问:"你给我做的饭呢?"老汉就拿出埋在沙子里的已经烤熟的鸡蛋。见富人哑口无言地傻站在那儿,老翁说道:"嘉,我呢已经按照您的吩咐去做了,现在该轮到我问你了。我问你,什么东西越削越长越砍越高?你要答不上来今天就别想回家了。"富人绞尽脑汁地想了半天也想不出来,只好央求道:"我的脑子还是不如您的聪明,您就放我回去吧!"老翁说道:"那可不行,要放你走得有条件,你要给穷人施舍财物,为百姓做一些善事,那我就告诉你谜底并且放你回去。"富人心想,因自己争强好胜反倒要损失财产,真不划算,但也没办法,只好央说道:"我答应你的要求,但是事后你不要把我们说的话告诉别人。现在请你告诉我,什么东西越削越长越砍越高?"

老翁说道:"这个东西呀,是千匹马万只羊饮水的、富人和穷人一样离不了的水井啊!"富人这才恍然大悟,暗暗责怪自己笨得连这么简单的问题都答不上来,赔了面子折了财,被那个穷鬼占了便宜,真是活该!富人回去后果真为穷人做了不少善事。

机灵的话藏在胸中,美丽的花开在山上。

(祖母其其格于1987年1月16日在锡林高勒苏木扎哈布拉格嘎查讲述)

77. 什么是苦难

有一个富贵人家的独生子从小娇生惯养，过腻了幸福自在的生活，有一天对父母说："我不想再这样生活下去了，我要出去体验一下穷人的生活，领略一下苦难的滋味。"父母劝阻不了儿子，只好由他去。

小伙子走到半道，遇到一个衣衫破旧的人。对方问道："你要去哪儿啊？"他说："我要去体验一下穷苦人的生活。"对方说："你穿得这么好，谁还会把你当成穷人啊？不如我们换了衣服，这样才能让你体验到苦难的滋味。"于是小伙子高高兴兴地和那个人交换了衣服，继续赶路。

走了一会儿，只觉得身上破烂的衣服冻得他直发抖，加上那衣服又臭又脏，虱子乱咬，弄得他浑身难受。他瑟瑟发抖地来到一个拥有很多白色毡包和成群牛羊的富人家门口。饿得发昏的小伙子已顾不得什么脸面了，向人家乞求能不能给一口饭吃。从屋里走出一个穿着红袍留着长辫子的姑娘，从头到脚地看了他一遍，说道："阿爸让你进来呢。"

屋里坐着一个眼睛发红、瘦高个子的老汉，嘴里悠闲地吸着烟袋。见小伙子进来问好，老汉应答着示意他坐下，说道："小伙子啊，我看你的相貌举止，不像是穷人家的孩子。我有两个女儿，你就留下来当我家的女婿吧。"

夜里，小伙子正要睡觉，那个要给他当老婆的姐姐说了一声："你睡吧！"就把灯吹灭了。就在这时突然发出什么声响，小伙子头朝下脚朝上地被倒吊在了屋梁上，一个疯狂的猛虎从下面扑上来要咬死他，把他吓得一夜没有合眼。第二天那个姐姐来了，又把他折腾了一天。就这样提心吊胆地过了好多天，受尽折磨的小伙子不由得思念起父母和亲人，全身没有了一丝力气，躺到地上就睡在那儿，连屋子也走不出去了。

一天，小伙子正在屋子的阴凉下打盹，突然听到有人在叫他。他抬头一看，是那个折磨他的姑娘，便说道："我跟你们无冤无仇，为何这般折磨我？要杀快杀！"姑娘说："嘘，小声点，我是妹妹，跟她不一样，我是来救你的。我爸爸已经吃了九百九十九个人的心，吃了你的正好够一千个。那样的话，他就会变成谁也打不败的大魔怪并祸害人间。我的姐姐站在父亲一边，合伙排挤我，做伤天害理的事。我给你一张圆形纸和一根红线针，今天夜里在姐姐吹灯的时候你把纸对着墙壁上用针扎透，就会制伏她。到时候你要把她藏在胸口的九把刀子取出来，她会告诉你怎么做。"

等到夜里，那个恶姑娘刚吹灭灯，小伙子立即用红线针把纸片钉到墙上，只听见"哎呀妈呀"的一声叫唤，那个姑娘被倒吊在屋梁上。姑娘连声求饶，小伙子让她把藏在胸口的九把刀子拿了出来。小伙子拔下插在纸上的针，把姑娘放了下来。姑娘感激小伙子的不杀之恩,告诉他:"明天父亲会害你,会有人来把你梳洗干净后带走。他们无论给你吃什么,你都不要吃。"

第二天,那个黑瘦的老汉早早起床,梳洗净身后,以女儿出嫁的名义准备了丰盛的食物,就像过年般隆重。给小伙子穿上了新衣,让四个女仆扶着他进入新房喝茶,他想起大姑娘的叮嘱没有去喝那个茶。接着,黑瘦老汉又让八个仆人扶拥着他叩拜大地佛神,在能盛五两酒的银碗里斟满马奶酒给他喝,他依旧忍着没有去品尝。最后由十六个女仆扶拥着他骑上用奇异珍宝装饰的褐色骏马,在能盛七两酒的银杯里倒满了奶汁让他喝。见小伙子还是不喝,那老汉叹息着说道:"作为一个蒙古人,连吉祥的乳汁也不喝一口,太不吉利了!"小伙子想起自己的亲人,忍不住喝了一口奶汁,立刻就失去了知觉。

当他醒过来时,只听见二姑娘说道:"叫你不要品尝任何东西,你就是不听,现在被父亲发现了。你快去找我的姐姐,求她帮你度过劫难吧。"说着拿出一把伞,在里面吐了一口唾沫交给小伙子。小伙子找到大姑娘,请求她帮帮自己,大姑娘一开始坚决不答应,到后来被小伙子缠得没有办法,便怒气冲冲地夺过他手中的那把伞,在里面吐了一大口痰,告诉他不管什么时候、什么天气也不要打开这把伞。

小伙子夹着伞正走在路上,突然天空乌云密布,顷刻间下起了大雨。过往的人们讥笑道:"瞧这个小伙子像牛一样笨,这么大的雨也不打伞,淋成水老鼠了。"小伙子没理会他们,熬过了第一天。第二天烈日当空照,晒得头皮都快出油了,小伙子仍旧忍着不打伞。路人讥笑道:"瞧这个大傻瓜,不知道用伞遮挡烈日,真是个一根筋!"小伙子听了,心想自己莫非上了姐妹俩的当:"你们俩说要跟着我,现在却不见影子,一定是舒舒服服地在家乘凉呢!"小伙子一生气,便打开了伞,谁知姐妹俩从伞里扑腾扑腾地掉了下来。姐妹俩骂小伙子不知好歹,惹出大祸,让他赶紧把一只雪白的公鸡拴在头顶上,要不然黑瘦老汉下了毒咒的飞刀会找上来砍掉他们的脑袋。小伙子连忙找来一只雪白雪白的公鸡拴在头上,只见突然有一个半月形状的白光飞过来又飞了回去。原来是那黑瘦老汉的飞刀砍掉了鸡头,小伙子侥幸保住了一命。

小伙子身在福中不知福,却偏偏要跑出来自讨苦吃,差一点连命也丢了。他想起自己穿着破烂的衣服,被虱子咬得奇痒难忍,落入人家的虎口日夜受折磨以及差点叫食人黑瘦老汉活活吃掉的可怕经历,只觉得难以置信和后怕,更觉得自己的家和亲人是多么的好,再也不想到处乱跑了。小伙子带着两个姑娘回到家里,成家立业,过上幸福自在的好生活。

不经历磨难,怎知道幸福;不吃苦中苦,怎知甜中甜。

(父亲乔德格敖子尔于1983年2月26日在朝格图呼热苏木讲述)

78. 皇上吃苦头

从前,有一个爱施展法术捉弄富人诺颜的机灵人。一天,有一个穷人碰见了这个机灵人,机灵人说:"嘉,今天我俩去皇上的仓库里偷点什么吧。"穷人不敢去,说:"偷皇上的东西可是掉脑袋的大事,我家上有老下有小,我可不敢。"机灵人说:"谁不怕死啊,我只不过是想和皇上斗一斗,不会连累你的。你听我的,保你没事。"说着他在地上画了一幅城堡图,说:"我们现在闭上眼睛往前爬,等你手里触摸到清凉的东西,就把它装在口袋里,能拿多少就拿多少,然后悄悄溜出去,不许出声!"他们爬着爬着也不知过了多久,突然摸到了清凉的物体,好像是石头什么的,穷人很失望,随手装了几块就出来了。等出来一看,原来他们摸到的是金子和银子,那个穷人后悔不迭地说道:"早知道是金子,我就多拿一些了。我们再进去一次吧!"机灵人说道:"这回可是不保险,弄不好会被人发现的。"但是他经不住穷人的一再要求,便试着再冒一次险。

但是这一次他们并不像前一回那样顺利。因为这一次那个穷人摸到那些又硬又凉的金子和银子,忍不住睁开眼睛四处张望,发现是一处堆满金银财宝的仓库,一下子又惊又喜不知怎么办好,一头撞到堆积的银元宝上,弄出不小的声响,惊动了看守。看守们冲进来抓住了他们俩带到皇上跟前。皇上气冲冲地说道:"大胆蟊贼,竟敢偷我的东西,不怕王法吗?拉出去砍了!"机灵人忙说道:"皇上息怒,听我解释。您贵为一国之主,怎能知道我们这样的穷苦百姓的卑微生活呢?你们高高在上享着清福,而我们却过着衣食不保的贫苦流浪的日子,有时候连生命也保不住,您说,我们为了生存而不得不冒险,就为这点事您要我们的命,我们多冤哪!"

皇上听了,说道:"那么我倒要看看穷苦的滋味是什么样的。你要让我吃一吃苦,让我领略一下什么叫苦难,这样我就放了你们。"机灵人说道:"皇上可要说话算数啊!"说着就地画了一匹马,只听见外面传来骏马的嘶鸣声。机灵人说道:"皇上,您在出发前在佛像前点燃一座佛灯吧,它会保佑您的。"皇上点了一座佛灯后出来,只见门外一匹金鬃飞扬的黑骏马迫不及待地等着他。皇上刚跨上马背,骏马就风驰电掣般地向东南方向奔去,不一会儿就无影无踪了。

也不知跑了多长时间,皇上累得浑身的骨头架子都快要散了,看见路旁有一棵大树就一把抱住了树干,马儿转眼间就跑远了。那棵树又高又大,长满了刺,皇上下不了树,正着急,来了一个穿着破羊皮袄的老汉,就大声喊道:"大爷,麻烦你把我从树上弄下来吧!"老汉使了好大劲才把皇上从树上弄下来,问他是干什么的,为什么在这荒郊野外傻乎乎地抱着树干?皇上说道:"我是皇上,跟一个机灵的人打了一个赌,就到这里来了。"老汉说:"原来是皇上大人啊,皇上怎么能知道我们穷苦人家的难处呢？我们这儿方圆百里就我们一家,穷得叮当响,您只好就将就一下吧。"

皇上跟着老头儿来到一个四面透风的黑乎乎的毡包里,只见他们家白天没有扫地的扫帚,晚上没有照明的灯,只有一个亭亭玉立的姑娘。平时,父女俩用捡来的柴火换些面,做成干粮饼子度日,现在又添了一个大活人,更是吃不饱了。没有办法,皇上也只好跟着老汉去拾柴火,背得两个肩膀都红肿红肿的,手也皲裂了,脚也起泡了,除了死其他的苦都吃尽了,但还是吃不饱肚子,那滋味真是苦不堪言。

三年以后,皇上已经和老汉的女儿成了亲,生了三个孩子。可是他们依旧穷得要命,连给孩子穿的衣服都没有。看着黑不溜秋光着屁股到处跑的几个孩子,皇上难过极了,情不自禁地唉声叹气道:"原来穷人的日子真苦啊!当了爹的大男人竟然连个孩子也养不起,窝囊透了!愁得我头发也快白了,后悔不该和那个巫师打赌,现在回也回不去了,如何是好?"皇上思念在皇宫中吃的穿的,又想起现在穷困潦倒的样子,伤心之下大声哭泣起来。就在这时,突然听到门外有骏马的嘶鸣声,那匹黑马回来了。皇上高兴坏了,连忙骑上马奔向皇宫所在的方向。

当皇上回到皇宫时,浑身穿得破破烂烂的,胡子和头发也长得邋邋遢遢的,都成叫花子模样了。机灵人拽住黑马的缰绳,问道:"嘉,皇上一路走的可好?"皇上说道:"我自从懂事起没吃过这样的苦,差点连命也丢了。"机灵人说道:"皇上您才走了几个小时呀,不信您瞧,您在临走前点的佛灯和佛香还没燃到一半呢!"皇上不信,过去看自己点燃的佛灯,果真还没有烧完。于是不解地说道:"奇怪呀,我在那个陌生的地方娶了老婆,还生下三个孩子呢,这到底是怎么回事?"

机灵人说道:"这是因为您没吃过苦,所以几个小时的苦难让您觉得好像过了好几年,这就叫作度日如年。所以老百姓说让苦难快点过去,让幸福慢点消逝。您不亲自吃一点苦头,不知道什么是穷苦人的生活。"皇上这才恍然大悟,免了那两个人的罪,还让手下人打开粮仓,为百姓做了七天的善事。从此,这个国家在皇上的英明治理下国泰民安,老百姓也过上安居乐业的好日子。

俗话说:"不吃苦就不知道什么是甜,不经磨难就不知道什么是幸福。"此故事讲的正是这个道理。

(父亲乔德格敦子尔于1983年2月12日在朝格图呼热苏木讲述)

79. 阿拉善大盗

从前,阿拉善地区有一个很厉害的大盗,专门到喀尔喀一带去盗富人的马群。人们都钦佩他的聪明、幽默和口才,称他是"四方故乡扬名的骏马,智慧胆识过人的英雄"。他的那匹被称作"骏马"的马,其实一点也不骏,流着鼻涕,眼屎糊住了脸,尾巴稀稀拉拉的,驼着背,耷拉着脑袋,是个毫不起眼的杂毛小黑马。他却不嫌弃,经常骑着小黑马,一群一群地偷富人的马分给穷人,还悠悠地唱着阿拉善长调民歌《八狮桌》:"喀尔喀的马群里,挑选那黑骏马,跟着尊贵的王爷,享受那永恒的幸福……"

阿拉善大盗先后三次从喀尔喀成功地盗回马群。当他第四次进入喀尔喀时被人发现,没能逃脱。喀尔喀人怕他逃走,用浸了水的麻绳把他捆得死死的,派人寸步不离地盯着,还说千万不能叫这个阿拉善小子跑了,这小子可厉害着呢!到了临刑的当天,聚集了很多老百姓,阿拉善大盗大声喊道:"我有话要说,请你们听一听一个死刑犯在临死前的几句话!"押送官让他有话快说有屁快放!

阿拉善大盗说道:"我是个快要死的人了,在喀尔喀人的刀子下命丧黄土,一了百了。只是我那可怜的小黑马无人照料,能否请老爷开恩,把它放回去?"押送官讥笑道:"死到临头了还照顾什么牲口啊。"大盗说:"蒙古人与马相依为命,难道你不知道吗?"对方无话可说,便命人把那匹马放了。可是那匹马见了生人一个劲地躲开,丝毫不让靠近。官人生了气,骂道:"呸,这是什么畜生?不听话!"大盗说:"那可怨不着它,除了主人我,谁也别想靠近它半步。大人发慈悲,就让我亲自解下它的笼头和鞍子吧!"官人一听,觉得这小子用绳子捆着呢,能跑到哪儿去,于是同意了他的请求。

大盗解下马儿的笼头和鞍子,然后对围观的众人说道:"这匹可怜的马啊!肥壮的脊背被我骑成一把瘦骨头架子了,浓密的尾巴被狗咬成一根扫把了,现在就让它回去吧,请让一个小道儿,让它早日踏上归乡的路吧!"

众人听得有点心酸,连押送的官员们也没起疑心,让开一条小道让小黑马通过。这时候被捆住的阿拉善大盗突然"嗨"的一声双腿一蹬跃上马背,小黑马犹如离弦的箭飞奔而去,令那伙人措手不及。阿拉善大盗回过身来大声喊道:"游子回故土,骏马识归途,我去也!"只见那小黑马风驰电掣般地跑得无影无踪,喀尔喀人眼巴巴地看着阿拉善大盗逃脱了,一个个后悔不迭。

狗急跳墙,人急生智,机智的阿拉善大盗就这样捡回了一条命。

(母亲苏布德于1989年2月16日讲述)

80. 侠盗受封号

　　从前有一个令富人闻风丧胆的盗马贼,有一身好本领。他能够在马背上将羊群里的羊抢走,还把富人家的马一群一群地赶走分给穷苦人家。有一次他赶回来一个富人家的三十六匹走马,一下子出了名,老百姓们给他编了一首歌:

　　鞴的鞍子上是檀香木鞍鞒
　　鞍子上配着三合油鞍鞴
　　手持的鞭子是白拉河谷的红柳鞭
　　修长的套马杆是希里布拉格的细柳杆
　　脚上的马蹬子是四十两重的济州蹬
　　佩带的箭壶该是多少两银子
　　骑的马儿是大步颠悠的走马
　　赶的那个马群是三十六匹黄马
　　大喇嘛的女人经常光着屁股
　　富豪人家的大门总是关得严实
　　睡懒觉的时候赶着马群经过
　　狗不叫的时候吆着喝着走过
　　三十六匹马儿是一等一的好马
　　赶着唱着走过谁人可曾察觉……

　　后来,那个丢了马的富人把这个盗马贼告到了官府,被官府派人抓了去。官府说他偷盗人家的财产,对他动了大刑,吊着鞭打,用麻钱眼子割肉,往指甲缝里钉竹签,让他跪在尖利的刑具上,还把他的四肢钉在木板上,九天九夜用了各种残酷的大刑,都没能降服他。每次遭受酷刑后他还是那句话:"我偷富人的牲畜不是为了自己,我把它们都分给了穷人。谁也不能阻挡我。"诺颜长官很钦佩他的胆识和骨气,叫人把他放了,并且说:"从今以后谁也不用管他,由他去吧!"还对他说:"我封你为'达尔罕大盗'如何?"

　　这样,被封为"达尔罕大盗"的好汉名头更响了。这正是:套马杆套马靠的是手上的力气,乱世出豪杰靠的是智慧和勇气。

(1999 年 11 月 19 日银根苏木牧民乃斯勒罕达讲述)

81. 大人的头发很值钱

　　世上的人五花八门,林子大了什么鸟儿都有。话说有一个有钱人,平时自以为有钱,总爱欺负别人。这个脾气不太好的有钱人有一个爱好,就是爱好下棋。有一天他遇到一个穷棋手,便和穷棋手下棋过招,没想到输给了穷棋手,栽了面子。有钱人一肚子气正不知道怎么出呢,突然那个穷人不小心用手碰了一下他的发辫。那时候男人的辫子不许用手碰,碰了就要治罪。那个富人便借题发挥,把穷人告上了衙门,还给诺颜长官行了贿,要让官府重判那个穷棋手。诺颜收了富人的钱财,让手下人把那个穷人打得死去活来,还没收了穷人家仅有的钱财和五畜,罚得穷棋手一无所有了。

　　穷棋手保住了一条命,心中充满了愤恨,心想着如何报复那个黑心的有钱人。于是他找到那个有钱人,当众问道:"您的辫子可真够值钱的呀,我想问一问,您的发辫,揪五根是五畜,抓一把也是五畜吗?"有钱人趾高气扬地说:"那当然,抓一把也是五畜呢!"("五畜"之意就是动了发辫要没收五畜,以示惩罚。五畜指牛、马、山羊、绵羊、骆驼)穷棋手一听正中下怀:"噢,那就再来它个五畜吧!"说着一把抓住有钱人的辫子使劲一拉,竟连头皮一起给扯下来了,变成血淋淋的秃脑袋,晕死过去了。

(父亲乔德格教子尔于1983年在朝格图呼热苏木讲述)

82. 聪明的小羊倌

有一个傲慢无礼的诺颜来到一个富人家。看到诺颜大驾光临,富人家受宠若惊,连忙宰了一头肥壮的绵羯羊招待贵客。诺颜看见有一个小羊倌坐在门口削骨头肉吃,便带着讥讽的口气说道:"小鬼,你是不是在想,羊群里来了一只狼,叼了一头大羯羊?"小羊倌随口答道:"差不多吧,虽说吃得不一样,但屙出来的都是一样一样的。"一句话把诺颜噎得说不出话来了。

等到吃肉粥的时候,诺颜见小羊倌捧着一口大碗喝稀粥,心想这回我要灭一灭他的威风,于是说道:"看你人长得不大,却端着个船大的碗,吃得比猪还多。除了吃你还会做什么?"小羊倌不屑一顾地回答:"可怜的诺颜!像我这样的小羊倌的碗在您眼里都像船那么大,看来你家的财产也没有多少哇。那您是靠什么当上诺颜大官人模狗样地行走于世道的呢?"

自以为是的诺颜想挖苦一下小羊倌显示自己的口才,没想到反而被小羊倌将了一军,张口结舌地说不出话来,在众人面前出了丑。

江河的水流截不住,聪明的口才包不住,就是这个道理。

(2000年1月17日银根苏木库伯嘎查牧民乃斯勒罕达讲述)

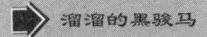

83. 小沙弥娶老婆

以放牧为生的老两口将独生儿子送到寺庙里当喇嘛。有一天当了沙弥的儿子背着褡裢回来了。父母以为儿子请了假来探望父母,没想到是因为儿子太笨学不了经文,被大喇嘛赶出了寺庙。母亲听了很忧虑,唉声叹气地说:"唉,唯一的儿子没有福气当佛门弟子,今后可怎么办呢?"儿子安慰道:"您不要担忧,我就是再苦再累也要让父母过上好日子。"

有一天母亲对儿子说道:"孩子,你已经出了佛门返回红尘,该早一点成家立业了,那样的话当妈的就是死了也没什么遗憾的。"儿子说:"请母亲放心,我有办法娶到老婆。"

第二天儿子一大早就起来为父母烧好茶水,说道:"请阿爸阿妈慢用茶,我要出门办大事。"说完装了一碗麻籽就出了门。太阳落山以前小伙子来到一个人家,打算在这里过夜。小伙子说道:"你们家里没有老鼠吧?门外有我的一碗麻籽,千万不能让老鼠吃了,那可是我娶老婆的本钱啊。"主人说:"这里是荒滩野地,怎么能少得了老鼠?你的麻籽既然那么贵重,就拿到屋里来吧。"小伙子说道:"那怎么能行?我跟你们不一样,是一名佛门弟子。在我正式还俗之前我还是一个沙弥,不可以把喇嘛的用品和俗人的东西混在一起放。如果老鼠吃了我的麻籽,你们赔我一只老鼠就行了。"第二天早晨小伙子出门一看,麻籽被老鼠吃了。于是说道:"你们家的老鼠吃掉了我的麻籽,现在你们一定要赔我一只老鼠,要不然我就不走了!"那家人没有办法,只好动员全家老小到野外抓老鼠,好不容易逮住一只老鼠交给了小伙子。

小伙子接着赶路,天快黑的时候又来到一个人家,小伙子说:"你家的猫该不会把我的老鼠吃了吧?我的这只老鼠可是个宝贝。如果你家的猫吃了我的老鼠,你们得赔我一只猫。"早晨起来一看,老鼠的脑袋被猫吃掉了。小伙子说:"嘉,我要带走你家的猫。"说着抱起人家的猫上路了。

沙弥又来到一个人家,说:"如果你家的狗咬坏我的猫,我就带走你家的狗。"主人说:"哪有狗咬猫的道理?我家的狗没那种习惯。"那个人家的狗跟小猫玩耍的时候把猫咬伤了,沙弥不依不饶地说:"我说了看好你家的狗,你们不当回事。现在我的猫被狗咬伤了,我要带走你家的狗。"主人虽然舍不得,但没有办法,只好依了小伙子。

小伙子带着狗来到一个富人家,把狗拴在马桩上。那匹马见了狗受惊了,一脚把狗给踢死了。沙弥闻声跑出门外,说道:"你家的马踢死了我心爱的猎犬,你们要把这匹马赔给我。"富人不答应,沙弥就赖在人家里不走,一定要人家赔。富人气得没办法,最后只好把马赔给沙弥,让他赶快滚蛋。

沙弥骑着马走在路上,遇到一伙出殡的人。他使劲地捅了一下马儿,让马受了惊,把自己四肢朝天地摔在地上,马儿也跑远了。他爬起来就嚷嚷道:"你们抬着这死人,把我的马儿惊跑了,你们赔我!我不要别的,把这个死人赔给我吧。"那伙人以为他是个疯子,就把死尸扔下走了。沙弥背着尸体爬到一座山顶上,遇到两个漂亮的姑娘。他说道:"我的母亲有病,我要背到山上让她呼吸清新的空气。现在她已经睡着了,麻烦你们帮忙扶一下。"两个姑娘信以为真,姐姐走上前刚扶了一下,正在岩峰边上的小伙子故意撒手,背上的尸体就掉进了山谷。沙弥大呼小叫地喊道:"啊呀,我的老妈呀,没想到您就这样去了呀!"他一边哭喊,一边责怪姑娘:"都是你,把我母亲活活摔死了!我要去你家说理,讨个说法。"两个姑娘吓得不知道如何是好,便把沙弥领到家里。沙弥对姑娘的父母说:"你家大姑娘没有扶好我母亲,把老人家摔到山谷里丢了性命,还差点把我也摔了下去。我现在成了无依无靠的人,如果你们把大姑娘嫁给我做老婆,我就不再追究这件事了,要不然我就到衙门告你们。"姑娘的父母也很害怕,为了息事宁人,答应将大姑娘嫁给他。

(1999 年 2 月 18 日青格勒图嘎查牧民图门那生讲述)

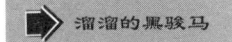

84. 莫日根扣的故事

以牧羊打猎为生的老两口,有一个儿子叫莫日根扣。儿子经常把为数不多的几只羊赶到东边的河边放牧,练习射箭打猎。有一天,他瞄准一只美丽的大鸟正要射,大鸟叫道:"请别射我,我是鸟王!"莫日根扣很惊奇,就回去跟爹娘说,父母告诉他那可能是大鹏鸟。儿子说:"我要制作一只像它那样的鸟。"父亲说:"我们这样的杭盖地方用什么做鸟呢?"儿子说:"我要从后山林里采伐木头。"母亲又说:"我们没有骑乘怎么搬运呢?"儿子说:"我有办法。我们搬不动木头,那我们就把家搬过去。"父母也觉得这个办法可行。

第二天早茶之后父亲说:"既然你已经决定了,阿爸趁打猎送你一程。"父子俩一路寻觅,来到一处大树参天的峡谷,住在大岩洞里。住了三宿之后,父亲看上这个地方了。阿妈独自在家正为老头子和儿子担心呢,老头子回来了,说:"那儿水草丰美,离柴火也近,我们搬到那儿去吧。"于是举家搬到了那个山谷。只见儿子用树干做鸟身,用铁片做尾巴,做出了一只比较粗糙的大鸟。然而却不知道怎样才能让这只鸟飞起来。莫日根扣心想:"也许做梦能得到启示。"于是他做了三夜的梦,第四天早晨对父亲说:"梦里给我提示,说用纸做鸟头,它就能起飞。"父亲说:"我们这荒郊野外哪儿来的纸啊,只有到内地才能找到那玩意儿。"母亲担心儿子没有骑乘,父亲说:"这不用担心,我去抓一头野马来给儿子当骑乘。"

父亲走了七天,牵回来一头健壮的野马。没有鞍子,父亲就画了个鞍子图形,儿子用木头做了马鞍子。临走时母亲问道:"孩子,你在水井边遇见过什么人没有?"儿子回答:"我见过一个人,两边耳朵上戴着金黄色的耳环,手腕上戴着银白色的镯子,披着长长的黑发,穿着红色的绸衣,骑着跟我的这头野马一样的骑乘。还是个挽发髻的姑娘呢。以后若是再遇到她,一定要问个清楚。要不然在他乡异地你怎能干一番大事业呢?"父亲把弓箭送给儿子,让他凡事多加小心。

莫日根扣走了三天三夜没看见一个人影,但是一到夜里就能听见一大群人的喧哗吵闹声。第四天早晨他看见远远走来一个人,原来是那日相见的那个姑娘。姑娘问他有何贵干?他说:"我做了一只鸟,但是飞不起来,想问问你有什么办法?"姑娘问他是怎么做的,他说鸟身是木头做的,尾巴是铁做的,现在找不到可以做头的纸。姑娘问他做这个有什么用,他说:"我要骑上它去寻找东大洲皇帝的公主。"姑娘又问:"皇上不把公主嫁给你怎么办?"他回答:"男子汉大丈夫,总会有办法的。"

原来那个女子正是他要寻找的公主。公主知道了小伙子的心思,高兴地说:"那你快把木鸟做好。用纸做鸟头怕不结实,还是全身做成木头的好,而且最好是能坐两个人。太大了飞不起来,太小了又不稳当。我先走了,三天以后就在此

第三部 民间小故事

地再会。"莫日根扣回到家里,把野马放回了野外,然后一心一意重做木鸟。他把鸟的全身做成木头的,在木鸟的肚子里设计了能容两个人的坐席,回想着他所见到的大鹏鸟的模样,用母亲给的五色颜料把大鸟绘染成五颜六色。父亲又去剥了两条蛇皮,在蛇皮里插进两根树枝安放在木鸟的嘴里,活似大鹏衔着一条蛇,确实像那么回事了。现在如何让鸟儿叫起来呢?莫日根扣想起父亲用过的锌铁钹儿,把钹儿左右各一拴在鸟头上,又把钹儿边涂黑,这样又能响,又好似一对眼睛了。他还想出一招,把粗硬的梭梭柴烧红后埋放在铜鳖子里。

三天后,按约定的时间莫日根扣乘着自制的木鸟飞到河边降落,姑娘也按时来了,两人愉快地交谈起来。

"我的大鸟怎么样?"

"挺好的。门在哪儿呢?"

"在鸟的翅膀下边呢。你想不想坐?"

"那我把骑乘拴好。"

两人乘上木鸟飞上天空,一对钹儿碰撞在一起发出鸟叫声,姑娘非常钦佩小伙子的智谋和手艺。他们返回地面后莫日根扣问她:"你今年多大了?"

"十八岁了。你呢?"

"我比你大两岁。你的家在什么地方?"

"我爸就是东大洲的皇帝。"

"那你是名门贵族啊,怎么可能看得上我们这样的穷人呢?"

"既然我们能相见,说不定缘分还未尽呢。如果你想见我,就悄悄地穿过皇宫东面四棵大树到我住的三层楼跟前。西面有监视我的八名侍女,皇宫外的圆城里有父皇的一万兵马,你要小心行事。"

说完姑娘就返回去了。莫日根扣目送姑娘远去,记住了姑娘所去的方向,然后在木鸟里添加了燃料后飞向东大洲皇宫所在的圆城。

他驾着木鸟飞到公主所住的楼前停落在四棵大树上,皇宫里的侍卫们惊奇地说:"瞧,来了一只大鹏鸟!"公主给莫日根扣使眼色,让他赶紧离开。第二天中午,小伙子又来到那里会见公主,侍卫们连忙报告皇上,说从昨天到今天有一只大鹏来了两趟,不知是什么原因。皇上心想大鹏鸟是食肉飞禽,万一吃了公主可怎么办。于是让夫人去看望公主。皇后看见公主正卧在床上哭泣,便问发生了什么事,公主说:"我死也不嫁给那个名叫珠库尔的男人。"皇后吃惊地问道:"你是怎么知道皇上要把你嫁给那个珠库尔的?"公主说:"我是听婢女说的。"

整个皇宫上下忙碌着公主出嫁的事,公主却迟迟等不来自己的心上人,着急得茶饭不思,日夜哭泣。这天夜里莫日根扣突然出现在公主面前,问她为何哭成了泪人儿,公主说:"明天寅时父皇就要把我嫁给那个珠库尔了,你到现在才来,怎么叫我不着急呢?现在可怎么办啊?"莫日根扣安慰道:"死人有死人的归宿,活人有活人的出路,你快打扮成出嫁的模样,我照着你的样子做一个雕塑,把他

· 131 ·

们骗过去。"公主立刻穿着打扮,变成美若天仙的阿拉善新娘。

莫日根扣用面团塑出了公主的模样,但苦于没有乌黑的头发。公主只好剪下自己的长发,披在面塑的新娘头上,再给面塑穿上衣服,猛然一看特别像背着脸哭泣的公主。莫日根扣又把羊血装在羊尿脬里拴在假公主的嘴角下方,布置停当之后两人乘着木鸟连夜远走高飞。

公主出嫁的时辰已到,男方娶亲的人唱着新娘离别父母之歌《小小的布谷鸟》:

　　小小的布谷鸟
　　栖息在山谷之中
　　年纪轻轻的女儿
　　嫁到远方他乡……

就在娶亲的人们带着微微醉意,嫂子们唱着忧伤的歌来到公主的居室时,看见公主背着脸低头哭泣:"公主呀,今天是你的大喜之日,为什么这般悲伤?"嫂子劝说着一把扳过公主,只见"公主"嘴角流出殷红的"血",倒在地上,把娶亲的人们吓坏了。喜事变成了丧事,娶亲的人们落了空,皇宫上下忙着准备后事,皇上和皇后为此后悔不已。

就在大家都以为公主魂归九泉之时,真正的公主和心爱的人乘着木鸟飞到了杭盖山林,建立起自己美好的家园。后来皇上和皇后为女儿的事郁郁寡欢相继离开人世。莫日根扣和公主返回圆城,占领了城堡。莫日根扣当了皇上,老百姓过上了国泰民安的好日子。

举重需要技巧,创业需要勇气,说的就是这个道理。

(1989年2月12日图克木苏木希尼乌素嘎查牧民希拉穆德·仁钦讲述)

第三部 民间小故事

85. 贪婪的诺颜

从前有个叫阿拉善特布西的人，生了一个儿子取名叫阿拉图根。后来阿拉图根当了诺颜，变得贪得无厌。有一个名叫巴音芒乃的穷孩子挖锁阳的时候挖出了一件瓦罐，据说是一件宝贝，里面装进什么就能变出成倍的东西。贪心的诺颜听了这消息后动了心，想把这件稀世宝贝据为己有，整天坐卧不安。有一天诺颜对巴音芒乃说："小叫花子，听说你得了一件瓦罐，拿过来让本官看一看吧！"诺颜的命令不好违抗，他只好把瓦罐拿给诺颜看。诺颜觉得这瓦罐看起来很普通，想回去试一试有什么神奇，于是把瓦罐带回了自己的家。

诺颜回到家，将五块银币放进瓦罐里，然后把手伸了进去，只见变出了一罐银币。一夜暴富的诺颜越来越贪心了，连吃喝也顾不上了，日夜守在瓦罐前数钱。父亲劝儿子吃一点饭，诺颜不听，依旧从瓦罐里掏银币。父亲说道："儿子，我先替你捞银子，你吃了饭再接着捞吧！"诺颜这才停了下来。

诺颜的老父亲也一个劲地捞钱，那瓦罐越捞越大，后来比站着的人都高了。老父亲也越捞越贪，爬到瓦罐沿口双手捞钱，一不小心掉进瓦罐里了。老头子这下害怕了，连忙呼叫儿子快把他捞出来。诺颜过来一看，只见原先的小瓦罐不知什么时候变成比人还高的大罐子，父亲在里头急得跳蹦子呢。诺颜连忙找了一根绳子放进去，把父亲拽出来。

没想到刚拽出来一个父亲，里面还有一个爹，把这个爹拉出来了，后面又有一个父亲，最后竟然拽出来好几百个爹。但是后面还有无穷无尽的爹出来，最后快有一万个爹了，诺颜大骂道："他娘的，这是什么破宝贝！"一气之下把瓦罐打碎了。

瓦罐虽然被打碎了，但是一万个爹还在呢。诺颜整天为给父亲们做饭的事发愁，一万个爹你抢我夺，哄哄吵吵，前面的没吃饱呢后面的举着空碗向前挤，一顿饭没吃完就把家产给败光了。诺颜又气又急，急火攻心犯了心脏病，腿一蹬就死了。

巴音芒乃正为自己的瓦罐被砸碎之事而伤心呢，那瓦罐突然又组合到一起恢复了原来的模样，回到主人身边了。好心的小伙子和父老乡亲们共同分享瓦罐赐给他们的财富，过上了富裕的生活。

贪心不足蛇吞象，毡子荷包不合身，贪心的诺颜至死都没明白这个道理吧。

（1989年1月28日图克木苏木希尼乌素嘎查牧民希拉穆德·仁钦讲述）

86. 塔什哈的七个土匪

从前,有七兄弟,杀人放火、横行霸道、无恶不作,人称"塔什哈的七个土匪"。有一天,有去远方做买卖的兄弟俩在返回的途中不幸遇到了塔什哈的七个土匪。塔什哈七兄弟手持长刀没头没脑地冲过来就砍,兄弟俩虽然也有些力气,但终究寡不敌众,弟弟活活被塔什哈七兄弟打死,哥哥也受了重伤。塔什哈七兄弟以为他们都死了,就扔到了一个山洞里用一块大石头堵住了洞口。

受了重伤的哥哥从昏迷中醒来,推不开挡在洞口的大石头,便一个劲地祈祷德丁葛根保佑(德丁葛根:阿拉善蒙古人对六世达赖喇嘛的尊称)。到了半夜,有一条大红狗刨开了门,他就从洞口钻了出来,不停地爬呀爬,最后爬到一户人家的门口就昏倒了。

那户人家有七个女儿正用七色的彩线织丝绸。她们把昏迷的小伙子救醒,问他出了什么事。小伙子说他和弟弟遇到七个土匪,被抢去所有财物骑乘,弟弟也被他们杀死了,请她们救救自己吧。她们立即猜到他们兄弟二人遇到了塔什哈的七个土匪,连忙商量对策,把小伙子隐藏到水缸里,然后把羊群散开掩盖住他来时的痕迹。

随着一阵马蹄声,凶残的塔什哈七兄弟找上门来了。他们恶声恶气地问她们是否见过一个受伤的男人,七个女人请他们进屋慢慢说,并且说没见过什么受伤的男人。七兄弟说,明明那个男人一路朝这边爬过来的,爬到她们家羊圈跟前痕迹就消失了,一定是被七姐妹藏了起来。姐妹一口咬定没见过那个男人,并且热情地请他们喝茶吃饭。七兄弟进了屋,看见女人织的七彩丝绸,觉得很稀罕,一边夸口赞叹,一边不怀好意地偷偷打量着七姐妹。

喝完茶后,七姐妹又拿出整匹丝绸裁剪,并向那个七兄弟借身上的刀子用一用,七兄弟觉得这些女流之辈也没什么好担心的,于是把刀子都借给了她们。就这样,她们把塔什哈七兄弟的利器都骗到了手。然后她们拿出美酒,热情地招待七兄弟,其间一位女子悄悄溜出去报信去了。

兄弟七人吃着肉、喝着女人敬的马奶酒,陶醉在她们美妙的歌声中,不一会儿便喝得脸红脖子粗,一个个东倒西歪。就在他们沉迷于酒色之中、毫无察觉之时,外面突然传来奔腾的马蹄声,一大群人从外面层层包围了毡包,兄弟七人成了瓮中之鳖。他们慌忙掏身上的刀子,才发觉武器都不见了,这才着了急,后悔不迭地说中了美人计,红颜祸水害了色鬼。七兄弟一个个壮着胆子赤手空拳地起身反抗,但是没几下就被人们给制伏了。为害一方的塔什哈七兄弟万万没想到栽在几个女人手上,葬送了他们邪恶的生命。从此塔什哈的七个土匪销声匿迹了,人们过上了安宁的生活。

红颜并非皆祸水,多行不义必自毙。

(祖母其其格于 1988 年 1 月 18 日在福因寺讲述)

87. 老猎人的机智

有一个聪明的老猎人遇到一个爱吃人的莽古斯魔怪,莽古斯不好意思直接吃老汉,让老猎人到他家里吃饭。老猎人知道莽古斯没安好心,但又想,到时候随机应变吧,于是就跟着去了莽古斯的家。魔怪宰了一头尾巴约盘子那么大、身子约一头小牛那么大的绵羯羊,把羊肉煮在锅里头就出去找柴火去了。

老汉趁魔怪不在,偷偷地从锅中把羊的肝脏拿出来埋到屋子后面的沙丘下面,然后赶紧回到屋里。不一会儿莽古斯回来了,把肉捞出来放到盘子里叫老汉吃,还说:"嘉,你赶紧吃肉吧,你吃饱了我再吃你,你做鬼也不当饿死鬼。"老汉说:"好的,好的。"说着就开始吃。等老汉吃饱喝足后莽古斯说道:"嘉,你也吃饱了,现在轮到我吃你了。"

老汉不慌不忙地说道:"好啊,你说得对!但是在你吃我之前,咱俩打个赌怎么样?"莽古斯问道:"打什么赌?"老汉说:"我想看看你们这里有没有土地的肝脏?"莽古斯好奇地说:"这可新鲜,我从来没听说过土地有什么肝脏。"老汉说:"你不知道的事多啦。我们俩谁先找到土地的肝脏,谁就把另一个人吃掉,你说好不好?"莽古斯不太情愿地答应了。

老汉趴在地上装模作样地用耳朵听了一阵,用双手又敲了敲,再聆听一会儿。莽古斯也学着老汉的样子趴在地上听,一来二去累得腿脚也痛了,什么也没听着。老汉来到那个埋了羊肝脏的地方,听了听,挖出那个肝脏对莽古斯说道:"你瞧这是什么,土地的肝脏被我找到了,现在我该吃你了吧!"

莽古斯吓坏了,慌忙说道:"哎,大爷,您是好人,我求你不要吃我,让我们结拜为兄弟和睦相处吧!"老人说:"那也好,我不吃你了。多一个朋友多一条路嘛!肉有的吃,情意不好找哇!"俩人比岁数,莽古斯大,当了大哥。老汉知道莽古斯贼心不死,于是说道:"大哥,来而不往非礼也,我家也是个人家,明天也是个好日子,若能看得起,请来家里坐一坐,喝的有酒,吃的有肉啊!"莽古斯高兴地答应了,说道:"我们兄弟谁跟谁呀,我去就是了。"老汉回去后对老婆子说了今天发生的事,叫她到时候见机行事。

这一天,莽古斯来了,老汉对老婆子说:"老婆子啊,这就是我经常跟你说的那个有胆有识的干哥哥。今天我要好好招待哥哥,你去安锅烧水吧!"老太婆出去了好一会儿,回来问老汉:"水已烧好了,煮什么肉呀?"老汉说道:"这还用问吗?上次杀的那个莽古斯魔怪的背子肉呢?就把它煮上吧!"老太婆说道:"哪有什么莽古斯的背子肉呢,大前天炖的不是已经吃掉了吗?家里现在一块莽古斯肉都没有啦!"老汉说道:"既然以前的莽古斯肉没了,那以后的莽古斯肉还有吧?"老太婆装出一副莫名其妙的样子问道:"什么以前的以后的?以后的在哪儿啊?"老汉说道:"嗨!你真笨!远在天边近在眼前,现在就有一个活生生的在你面前,快去把它给我炖了呀!"说着朝老太婆眨了眨眼,又朝莽古斯努了努嘴。莽古斯一看大事不好,怕自己被人家活活炖了,吓得撒腿就跑。这一跑不要紧,把老汉的毡包给挑在肩上逃跑了。

蛮干不如智取,聪明的人有时候能把魔鬼忽悠了。

(1990年4月20日福因寺喇嘛德登讲述)

88. 图古勒土来扣

有一个孤儿,从小给皇上放牛犊子,人们叫他图古勒土来扣,意思就是放牛犊子和猪仔儿的小孩儿。皇上的老仆人很喜欢他,经常给他吃的喝的。一天他来到老仆人跟前,说道:"阿妈,你看我长大了吗?"老仆人说:"我的儿已经长大啦!你为什么突然要问这个问题?"图古勒土来扣说:"如果我已经长大成男子汉了,就要娶媳妇、成家立业呀!"老仆人说道:"我的儿说得也对,这是世间的规矩啊。可是你要娶谁家的姑娘呢?"他回答:"我要娶皇上的公主!"

老仆人吓坏了,连忙说道:"噢,我的天呀,你怎么敢娶皇上的公主呢?皇上听了还不把大牙笑掉!他怎么会把公主嫁给你这样的穷鬼?"图古勒土来扣说道:"阿妈,你不要怕,你教给我个法子吧!"老仆人想了想,问道:"孩子,你知道这件事肯定会遇到艰难险阻,但如果你真有信心和勇气,阿妈就帮你跟皇上说一说吧。"

这一天皇上下棋赢了,显得很高兴。老仆人趁机说了放牛的图古勒土来扣想娶公主的事,皇上一听觉得又可气又可笑,便说道:"整天跟在牛犊子屁股后面的放牛娃有什么本事想娶我的公主?真是癞蛤蟆想吃天鹅肉,不自量力。既然他说出了大话,那么我也有个条件,明天早晨太阳出来的时候他如果能在我的宫殿门口竖起七座一模一样的金塔,那我就把公主嫁给他。如果立不了七座金塔,就让他把脑袋拿来!"老仆人问道:"皇上,如果立起七座金塔,您果真能把公主嫁给他吗?"皇上说:"我是堂堂的一国之主,岂能说话不算数?我倒是要看看狂妄的放牛娃有几条命跟我来打赌。"

老仆人回到家里对图古勒土来扣说道:"孩子,别怕!你要坚持一整夜不睡觉地向阿拉善神祈祷,祈求阿拉善神保佑你,帮你建成七座金塔。人的诚心是能够打动神的,并帮你实现最终的梦想!"图古勒土来扣听从老仆人的吩咐,一整夜专心祈祷阿拉善神。第二天早晨日出时分突然眼前一亮,一夜之间在皇宫门外立起了七座一模一样的金塔。

皇上起来一看,也感到不可思议,觉得有神力在保佑这个放牛娃。因为已经说出了口,不好反悔,皇上只好把公主嫁给了图古勒土来扣。放牛娃变成了皇上的乘龙快婿,于是把老仆人接回家里像亲娘一样侍奉,一家人过上幸福安宁的好生活。

活人有办法,活宰的羊有鲜汤。

(母亲苏布德于1987年12月27日在巴彦浩特镇讲述)

第三部 民间小故事

89. 四兄弟学本领

从前有一对老两口生了四个儿子。孩子长大后老人商量让孩子们出去学本领,等学成了可以挣钱养家糊口。他们给了大儿子五十两银子,二儿子三十两银子,三儿子四十两银子,小儿子二十两银子。四兄弟来到一个四岔路口,一人选了一条道儿,说好三年以后不管学没学到本事都回到这个路口相聚。四兄弟分开后,老大拜木匠为师,老二跟着画家学画,老三跟算卦师学占卜,老四学了医。

三年后兄弟四人又回到四岔路口相聚。老大成了好木匠,老二成了心灵手巧的画家,老三成了能掐会算的占卜师,老四成了妙手回春的神医。但是这时候老大、老二、老三都把钱花光了,而只分到二十两银子的老四却带回来了四十两银子,兄长们都夸小弟有本事。

兄弟四个回到家里商量如何成家立业,父亲煮了四条羊腿,拿出四瓶酒,试探儿子们的本事和智慧。大儿子说:"从明天起我们盖房子吧,我来做门窗。"二儿子说道:"我给大哥做的门窗上色吧。"老三算了一卦,说道:"不行,这个地方不能盖房子,与老爸相克。"老大仗着自己是老大,不听劝阻。老四说道:"我们学的本事都不够大,我们还是出去重新学本领吧。"

这一回,小弟朝东南方向,老三朝西北方向,老二朝西南方向,老大朝正西方向走了。三年后老四领回来一个美丽的妻子,还带回三匹马、两峰骆驼,驼背上满载着货物,把老两口高兴坏了。接着老二、老三也回来了,老二领一个独眼瘸腿女人;老三带着一头骡子,驮着一大口袋金银财宝,还有一马车货物。大家正在高兴,迟迟不见大哥回来,于是老三算了一卦,说大哥被压在九层井里出不来了。父亲说:"你们几个去找西域的巴达鲁特罕的三个儿子巴岱、巴仁、巴图毕力格,说不定能找回大哥呢。"这时候突然从西面飞快地驰来一个骑黑马穿黑袍的姑娘,说:"我得罪了巴达鲁特罕,他要把我流放到东北边的大沙漠里,所以我要赶紧逃跑。"神算子老三说道:"如果我能救你,你愿意做我的妻子吗?"姑娘说:"如果你救了我,我就跟你结婚。"老三把父亲用的打羊毛的抽棍儿用各种颜料涂染后一个个地竖立在屋子后面的小山头上,追赶姑娘的士兵以为那是很多带枪的人,吓得跑回去了。就在姑娘和老三成亲的时候,出去找大哥的老二、老四回来了,说没有找到大哥。新娘说:"大哥这会儿可能从九层井里逃出来当了皇上的厨子了,你们去找负责宫女的曼图姑娘,便可打听到大哥的下落。"

老二、老四来到城里找到了曼图姑娘,但是曼图姑娘长得太漂亮了,把他俩迷得神魂颠倒,找大哥的事也忘了问了。等他俩回过神来,曼图姑娘早已不见人影了,怎么找也找不到。当他俩垂头丧气地回到家里,父亲气得火冒三丈,狠狠地揍了他们一顿。当医生的老四说:"这回我要一个人去,不找到哥哥我就不回

· 139 ·

来!"妻子说:"我的针线包里有粗细两根针,抽屉里有锥子、剪子、梳子和篦子。你把它们带在身上,会有用处的。"

老四来到皇宫门口,看门的人死活不让进。他在大街上随便转转,碰到一个担货郎,把一担子货都买了下来。他挑着担子又来到皇宫门口,手持钢刀的两个守门人拦住了他。老四问道:"你们两个怎样才能让我进去?是看我的武力,还是看我的财力?"他们回答:"当然是看武力了。"小伙子把扁担一亮,闪出一道白光令对方茫然不知所措,小伙子抢过两人的刀剑把他们砍死了。老四进了皇宫,找到了大哥。大哥说:"我现在已经离不开这里了,皇上派了一千个士兵守着我呢。不管怎么样,你先跟你嫂子见个面再说吧。"

大哥的妻子原来就是那个美丽的曼图姑娘。她对大哥说:"你骑上皇上的灰马,让小弟骑我的黄马在半夜时分动身。"半夜时分动身的时候,后面有人追上来了。小弟想起妻子的盼咐,等后面的追兵铺天盖地、杀气腾腾地追到跟前的时候,小弟从胸前拿起一根针往后抛了过去,刹那间变成一条大河拦住了追兵。第二天,敌人又追了上来,小弟把妻子的梳子和篦子抛了出去,变成不透阳光的密林,挡住了追兵。这时候前面有一个骑着乌黑马的小伙子迎上前来,问他俩是干什么的,他们说自己是皇上派来的使者,对方就把他们放过去了。这时候皇上的哈斯尔、巴斯尔两条狗追上来了,小弟抛出另一根针,变成一座大山拦住了两条狗。

走了三天,后面又有十六个骑马的人追赶了上来,小弟把身上的锥子抛了出去,变成无底的大海挡住了追兵。当他们高高兴兴地回到家里,父亲问他们:"大媳妇怎么没回来啊?"老四说:"嫂子这回没能出来,留在宫里了。"妻子质问道:"谁叫你把剪刀留下来了?"他们这才知道没把剪子抛出去误了大事。他们正要喝茶,只听有人喊道,后边又有一千人马追上来了。不一会儿就追到门口,有一个人问道:"我们正在追赶两个逃犯呢,是不是躲进你们家啦?"父亲一时不知道说什么好,小媳妇抢着说道:"人家刚开门起灶,来了两个客人也不行吗?刚才喝了一碗茶就走了,不知道是不是你们要找的人?"来人说:"他们俩一个骑灰马,一个骑黄马。"小媳妇说:"那就怪了,不是你们要找的人,你们自己再找找吧。"那伙人只好就掉头回去了。

等追兵走了以后,把躲在沙头后面的兄弟俩找了回来,商量解救大媳妇的事。独眼瘸腿的嫂子说:"要是我的拐杖起变化,我会长出六个头十二只脚,一个人独自去闯皇宫;如果我的拐杖不起变化,你们几个去吧。"但是拐杖没有起变化,兄弟几个就带着拐杖去救大嫂子。临走时父亲叮嘱道:"你们从北门进去,带着大嫂子从西门出来,若有人问起你们,就说是皇上的亲戚。"

到了西域皇宫,他们几个晕头转向,本想从北门进,却进了南门,碰上了皇后。皇后问他们是什么人,他们说自己是从东土来的高人,想见皇上。皇后说皇上正在睡觉,三五天内醒不过来。他们继续往前走,正好碰到大嫂子曼图姑娘。

第三部 民间小故事

曼图姑娘故意问他们是什么人,他们说是皇宫的侍卫。曼图姑娘又问:"那么起程的时候也快到了吧?"意思就是逃跑的时机到了。她又说:"我们这里的门可不好找,方向都是反着的,你们千万要记清楚。"曼图姑娘等奴仆们走开之后告诉丈夫:"你去把哈斯尔、巴斯尔两条狗引开,你叫它们宁格尔、宁格尔,它们就不叫唤了。然后从拴狗桩子底下取出钥匙打开门,我进去从宫里拿一些东西就出来。小弟跟着我,按我说的做。老三去把皇上的白马偷来,我们就走。"可是老三在黑夜里看走了眼,错把皇上的斑白马偷回来了。曼图姑娘说道:"因为牵错了马,我们也得改道儿了。我们不走西门改走东门吧,注意看门口的石人。如果夺下石人手中的武器它还不动,就好了。"可是当他们夺下石人手中的武器时,石人复活了。曼图姑娘剪下辫子尖儿扔了过去,只见宫门前着起了大火。他们几个趁乱将皇上的大臣、文书、占卜者等骗出来,一一干掉了。就在宫里大乱的时候,兄弟几个带着嫂子逃出了皇宫。

皇上睡醒时女仆告诉他发生的事。皇上很生气,派了两千人马追赶。兄弟几个带着曼图姑娘跑到陶愣台河边被河水挡住了去路,这时候后面尘土飞扬,敌人追上来了。追兵中的将军看到曼图姑娘在其中,想报答她以前的恩,便答应放他们走,还让他们骑着马过了河,然后就带着两千士兵回去了。

他们高高兴兴地回到家里,神算子老三算了一卦,说道:"你们把皇上的内臣、文书和占卜师杀了,他们要找老四算账问罪呢!"老四想和妻子一起逃跑,妻子说:"不怕,二嫂有本事,去求她吧!"二嫂把拐杖拿出来,缩小成一小截儿了。只见二嫂手持拐杖转了三圈,长出六个脑袋十二只脚,燃起了一股火焰,旋起了五色风就飞走了。皇上的追兵被大火烧得死的死逃的逃,再也不敢追了。二嫂将拐杖一抖突然变成了一个美丽的少妇,把父亲的磨刀石向后一抛变成了一座大山,把母亲的锥子向东一抛变成一条清澈的小河,把三弟媳的梳篦一抛变成一处大森林。可是她忘了使用四弟媳的剪子,又酿成了一场战争。

这一天,大媳妇曼图正要安锅做饭,突然从东边驰来三个骑马的人,传达东洲皇上的命令,说西域的皇上祸国殃民,无恶不作,赏赐三千士兵,请曼图姑娘率领人马在三个月之内消灭敌人,占领西域。于是大哥制作兵器,二哥涂染上色,老三看日子练兵马,老四准备充足的药物,兄弟四个拿出各自的本事准备参加战斗。

曼图姑娘带着三千士兵来到西域皇宫门前,让皇上开城投降。皇上气坏了,将宫门顶住不让他们进。老四混在人群中,说我是医生,让我进去吧,守门的人就把他放进去了。曼图姑娘事先告诉他,给皇上看病的时候想办法弄死他。皇上的两撇胡子长反了,皇后的鼻子下面有一颗黑痣。老四在里面给好多人看了病,就是不见皇上来找他看病。很多人说这个大夫看病看得好,是个神医,皇上听了想看个究竟,便从远处看是什么人这么厉害。第四天早晨人们在嚷嚷,说今天皇上要来看病,小伙子说:"今天看病的人要先吃两颗药丸,不然不给看。"但是

· 141 ·

等了一天皇上也没有来找他。第五天来了一个鼻子下面有一颗黑痣的女人,小伙子认出她就是皇后,便说:"我的这颗药丸是天上的仙丹。"这时候站在那妇人不远处的一个老头子说:"那我是天上的仙人,不吃你这仙丹。"小伙子一看就认出这个老头子就是皇上,就说:"我还有自己配制的灵丹妙药,您吃了保准消化得快,立刻见效。"皇上吃了两丸,说:"哈,味道蛮不错,多亏神医让我品尝了灵丹妙药。"小伙子说道:"我没有住的地方,能否给我一个过夜的地方?我的马还在大门外,能不能让它进来?"皇上同意了。小伙子对看门的说:"皇上已经同意让我住下了,我的几个兄弟还在外面挨饿受冻,让他们也进来吧!"看门的就把兄弟几个和妻子一同放进来了。

正在这时皇上的大臣来了,说皇上被刚才喝下去的药丸迷翻了,让小伙子赶紧过去看一看。小伙子过去给皇上把脉的时候,曼图姑娘闯了进来。皇上见状大吃一惊:"你进来干什么?"还没有说完,曼图姑娘一刀捅死了皇上。

曼图姑娘对大臣们说:"皇上已经死了,赶快办理后事吧。"大臣们怀疑皇上死的蹊跷,这个女人好像就是那个与皇上作对的曼图姑娘。这期间,曼图姑娘宣布自己当上了这个国家的新皇上。皇上的大臣不服,跳出来说:"山羊的头上摆不了宴席,妇道人家当不了国王,让我们各自率领一千人马一决雌雄吧!"

于是双方各领一千人马决一死战。刚开始,曼图姑娘的一方有点顶不住了,曼图姑娘立即拿出了四弟媳妇的剪子,只见腾起一股火焰,敌兵靠近不得,最后败在了姑娘手下,大部分人马投降了。

曼图姑娘消灭了西域的巴达鲁特罕,当上了国王,把兄弟四个及父母全家都接到宫里,兄弟姊妹和睦相处善待老人,过上了幸福太平的好生活。

俗话说:"兄弟的情谊比金子珍贵。"兄弟和睦,千金不换,就是这个道理。

(1988年10月10日图克木苏木希尼乌
素嘎查牧民希拉穆德·仁钦讲述)

第三部 民间小故事

90. 吉日嘎拉太的故事

从前有一对老夫妻，生了两个儿子。大儿子爱贪便宜，但是能干；小儿子名叫吉日嘎拉太，好吃懒做，饭量大得惊人，于是被大哥赶出了家门。父亲出门找了三个月没找见，回来的时候大儿子已经结了婚。

有一天小儿子回来了，对父亲说："我也要娶老婆。"父亲给他说了一个人家的姑娘，吉日嘎拉太成了家。他的老婆也是一个好吃懒做的人，这对夫妇真是天生的一对懒夫妻。夫妻二人整天什么事也不干，跑到林子里捉鸟玩耍，回来就知道吃。大哥说这样下去要坐吃山空了，于是给了弟弟一峰骆驼、一匹马、一头牛和十几只羊，让他们单独过。

没过多久，弟弟一家把所有东西都吃光了，来找父亲要饭，父亲骂他们这么大了不好好干活，还想叫人伺候，没门！说完就把他们赶出了门。他们夫妻俩又来到女方父母家，丈母娘刚煮了一锅饭，被女婿没几口就给吃光了。丈母娘生气地骂道："你快给我滚蛋！我的女儿跟了你，迟早会饿死的。"说着留下了姑娘，把女婿赶出去了。

走投无路的吉日嘎拉太在半道上碰见一个老猎人，老猎人问小伙子去哪里，他说："我这个人天生爱吃，谁也留不下我，只好四处流浪。"老人说："我年轻时是个好猎手，现在老了，转了几天一个子弹也没打出去呢！"吉日嘎拉太说："您要是能叫我饱餐一顿，我跟你去打猎，保证弹无虚发。"老人高兴地把小伙子领到屋里，把所有的口袋都倒干净才做了一锅饭，小伙子吃了个饱。

吃饱了的吉日嘎拉太看到对面丘陵上有三只黄羊，拿了枪过去，把三只黄羊都给撂倒了。他背着三只黄羊交给老猎人，说："你把黄羊肉煮了吃，我要睡三天三夜。"说完就睡下了。

老人一边吃黄羊肉一边想，这小伙子不错，我与其一个人过日子，不如把他认作干儿子，两个人一起过。等小伙子醒来后老人问："你愿不愿意给我当儿子？我们会生活得很好。"吉日嘎拉太第一次觉得被别人看得起，高兴地磕头拜父，说从今往后父亲守在家里，儿子出去打猎，凭自己的能力过好日子。小伙子每次都能带回不少猎物，老人就夸他："我的儿子是个好猎手呢！"

一天，父子俩比试枪法，看谁打的鸟多。他们对着树上的鸟射击，老人六枪打了五只鸟，儿子六枪打了八只鸟。皇上的小马倌看见了，非常钦佩，问他们是哪里人，老猎人说："我过去是班特戈尔罕的养子，后来被赶出了家门，晚年遇到了这个干儿子，我们过得很好。"吉日嘎拉太说道："我天生饭量惊人，所以被家人赶出来了。"那个马倌对他们说："我是乌日尼希力罕的放马的奴仆，任何时候也吃不饱穿不暖，我也想和你们一样过自由自在的日子，你们能帮我吗？"老猎人说

143

道："你回去跟大罕说这里有一对猎人父子，一天猎五只鸟吃不饱肚子，想给别人家放马呢，那样你很快就自由了。"

大罕的小马倌回去后找大罕，大罕正在睡觉，马倌就把遇见猎人父子的事跟公主说了，让她转告大罕。公主对大罕说："父亲不是爱吃野味和鸟肉吗？您就让他们给您当马倌吧！"大罕很高兴，可是夫人却不同意，说偌大的一个国家难道找不到个放马的和打猎的，偏偏找个打鸟的来放马吗？大罕主意已定，把父子俩找来，问他们一天能打几只鸟，老猎人说："没有空手回家的时候。"小伙子说："没有一只鸟能活着从我眼皮子底下飞过去。"大罕说："你这个小伙子，说话还挺傲！"小伙子说："不是我说话傲，是我的子弹不空响。"大罕说："那我给你取个名字，叫神射手吧！"小伙子说："父母赐我的名字叫吉日嘎拉太，我凭什么随便改名字，叫什么神射手？我要过好日子。"（吉日嘎拉太之意是幸福的意思）

大罕又问："那你是觉得当我的马倌幸福呢，还是做我的女婿幸福呢？"小伙子说："当马倌我可能当不好，当您的女婿就怕没有那个福气。"大罕问他为何这样说，小伙子答："我的亲生父母嫌我吃得多把我赶出了家门，我以蓝天当被、大地当褥四处流浪，遇到这位好心的老猎人收我为养子，然后我们就来到了您这儿。"大罕问他能吃多少食物，小伙子答："用碗钵还是没办法量啦，只能用锅来说了。"大罕开始喜欢上这小子了，说道："你能吃多少锅饭呢？能吃的人有力气，我和你打个赌，你若是真能吃，我就让你当我的女婿；如果吃不了，就当我的马倌去给我打鸟。"大罕叫人煮了五锅饭，吉日嘎拉太都给吃光了，赢了第一局。大罕说道："我的宫殿门口有一块儿一千个士兵才能推得动的卧牛巨石，你若是能举起它，算你厉害！"

吉日嘎拉太往手心里吐了一口唾沫，"哼"的一声把卧牛石举起来放在膝盖上，然后一使劲把它抛在地上，大地"轰"的一声震了一下。大罕十分钦佩，欢喜地说道："我终于有了一个智勇双全、力大无比的英雄女婿了！"夫人提醒道："儿女的事是大事，快找两个占卜师，看一看日子，算一算生辰八字，选择吉日完婚。"大罕请来蓝卦师和黑卦师两个占卜师。蓝卦师说："这人先前已经娶过老婆了。"黑卦师看了看小伙子的手，说道："看右手像是娶了个漂亮媳妇，看左手这媳妇人不坏，就是有点懒。"大罕问老猎人，老猎人说没有这回事。大罕要砍两个占卜师的脑袋，被吉日嘎拉太劝住了，说道："两位大师说得没错，我娶了个女人，因为能吃被丈人家看不起，把我赶出来了。我不愿意两位大师为我送命。如果我娶不了公主，我只有认命了，做个平头百姓其实也挺好的！"大罕不知道该怎么办好，夫人说道："这样诚实的男人你从哪儿去找呀？他若是个贪图享受的人，能对你说实话吗？他当我们家的女婿我没意见！"大罕觉得有道理，便把公主嫁给了吉日嘎拉太，举行了盛大的喜宴。

吉日嘎拉太当了驸马后不像以前那么能吃了。他改了好吃懒做的毛病，勤劳持家，干活卖力，成为一员文武双全的右翼大将。

可是吉日嘎拉太的亲生父母和兄长的日子却一天不如一天,最后过不下去了,一路乞讨着找上门来了。吉日嘎拉太没有嫌弃他们,愉快地接纳了父母和兄长,给他们安排了吃的住的用的。吉日嘎拉太的哥哥一进门看到他家富丽堂皇的豪华摆设,眼珠子都快蹦出来了。据说他们倒霉的原因是以前怠慢了吉日嘎拉太的缘故。

常言道:"树挪死,人挪活。"还有一句话:"路子找对了就能走到,毛病改正了就能发达。"

(1988年2月19日图克木苏木希尼乌素嘎查牧民希拉穆德·仁钦讲述)

91. 莽汉吉格吉

说起阿拉善的莽汉吉格吉,没有人不知道。有一天,喀尔喀有名的盗僧遇到莽汉吉格吉,没有认出他来,说道:"咱俩摔一跤看谁厉害?"吉格吉三下两下便制伏了对方,还把喇嘛的火撑子挂在了盗僧的脖子上。盗僧很吃惊地问道:"我从来没有遇到过对手,莫非你就是那个阿拉善莽汉吉格吉?"莽汉吉格吉说道:"我就是。"盗僧心服口服地说:"你真是一个名副其实的莽汉。你如果能把阿拉腾嘎鲁罕的骏马驹给我赶回来,我给你一大笔酬金。"吉格吉说道:"我倒不计较报酬,像男子汉大丈夫一样风餐露宿劫富济贫是我的爱好,你等着我的好消息吧!"

莽汉吉格吉走到阿拉腾嘎鲁罕的马群,看见在一个铁门、铁柱的铁圈栏里关着一群铁绊子银嚼子的骏马。莽汉吉格吉用手抓住铁门一使劲,把铁门拉开了,接着又一声呼喊,马群惊得炸了群,像潮水一样呼啸着涌出圈栏。吉格吉对人家喊道:"有胆子的追到阿拉善来,莽汉吉格吉赶走了你家的马!"说完赶着马群消失在夜色里。盗僧曾多次试图偷盗阿拉腾嘎鲁罕的骏马驹,但破不了铁栅栏而没能得手,今日见莽汉吉格吉替他赶回来了,要以重金感谢他,可是被吉格吉一口回绝了。

又有一次,吉格吉为了偷赶喀尔喀巴颜的一群骆驼,将羊皮袄子扔到驼圈里。骆驼受了惊,冲开圈门跑出来了。当天夜里,吉格吉逃过了巴颜的追赶,没想到却被前面的官差给逮住了。在送往衙门府的途中,遇到了那个盗僧。盗僧有心救他,便趁着官差不注意解开了他的绳索,让他朝着远处的两座白色物体跑。吉格吉挣脱绳子后像离弦的箭一样逃走了。他以为那两个白色物体是喇嘛的毡包,没想到是两块儿大石头。他感到很失望,随手拨开大石旁的草丛,只见露出来一个门。走进去一看,是一个大洞穴,里面煮着一锅肉,发出扑鼻的肉香味。地上、顶上都铺着毯子,屋里摆放着大铁锅、小铜锅、酿酒笼、平底锅、滴管等一套蒙古奶酒器具。揭开火炉上的大锅盖子,只见里面煮着一整头牛肉。

晚上盗僧回到了洞穴,和吉格吉吃肉聊天一直到半夜。原来盗僧听说了吉格吉被抓住的消息,在大锅里煮了肉后将蜡烛和梭梭柴放在一起在锅底下烧,然后出门去解救吉格吉。过了一宿等盗僧把吉格吉救回来,锅底下的柴火还没灭呢。吉格吉临走时盗僧又给他一堆金银财宝,吉格吉说钱财乃身外之物,生不能带来,死不能带走,无论如何也不接收,盗僧只好作罢。

这正是惺惺相惜,患难知好汉。

(2003年11月阿拉善蒙医医院医生土尔扈特·官布扎布讲述)

92. 违背诺言的皇上

从前,皇帝的公主患了重病,请了无数个医士都没有医好,病了三年。皇上没辙了,只能下诏书写道:如果有人能医好公主的病,就把公主许配给他。一家穷人的儿子看到诏书,回家说给父母听。父母说:"你按我们的办法给公主治疗会医好她的病。可是皇帝就不一定说话算数了,到时候你记住我们教给你的,一定要这样这样说。"

穷小子撕下告示,立刻被皇上的仆人请到了皇宫。小伙子按照父母所教的方法,把一根红绳子拴在公主的耳环上,拽到自己的耳朵边拉紧后说道:"你们公主受屋内阴寒之气已有多年。用鼻烟里放了十年的独头蒜熬汤汁喝下,再把二十年之久的青砖烧热垫在公主的脚底下。"如此一来公主的病果然好了。到了嫁公主的日子,皇上却想,我只有一个女儿,她是金枝玉叶,怎么能嫁给穷人受一辈子苦呢? 于是就对小伙子说:"你把我最疼爱的公主的病医好了是真的,可是我不忍心把公主嫁给你,如果你缺什么可以随便拿。"小伙子说:"那就把我那个被烟熏黑的毡包里装满金银珠宝,在破旧的羊圈里放满五种牲畜吧。"皇上一听高兴极了,说道:"这不算什么。"立刻下旨道:"赏赐这穷人家堆满屋子的金银财宝,装满羊圈的牛羊牲畜。"于是有赶着铺满原野的五种牲畜,有驼队驮载的金银财宝运往穷人家。可是皇帝把仓库搬了一半也没能装满穷人家的屋子和羊圈。屋子的角落里只能看到星星点点的几样东西,羊圈里看上去也只有三五只羊的样子。皇上奇怪地问小伙子的父母:"怎么这么奇怪? 本皇上的赏物数目已不少,怎么会装不满你们家这小小的包房?"穷小子的父母说:"这是承载了诺言的力量啊。"皇上这才恍然大悟道:"嘉,算了算了。我还是遵循自己的承诺,把公主嫁给你们家吧,原来是不能乱承诺的呀!"就这样把公主嫁给了穷小子。

"一旦承诺,就不要轻易放弃"就是这个道理。

(父亲乔德格敖子尔于1988年在朝格图呼热苏木讲述)

93. 谈不上什么吃，尽喝了

过去有个非常小气的巴颜（富人），小气到见了虱子都想炒着吃，见了虫子都想熬汤喝，凡事都要斤斤计较，从不吃一丁点儿的亏。

有一天这个巴颜连哄带骗地请来一个穷苦的老汉，让他从早到晚干了一整天的活，中午也没给做饭，到了晚上才煮了半锅稀饭给老汉吃。

可怜的老汉干了一天粗活，又累又饿，现在看到小气的富人给他做了这么点清得能见锅底的稀饭，心里是老大不高兴。这时候富人的老婆子装模作样地客气道："您老再吃一碗吧。"老汉接过话茬儿说道："谈不上什么吃，尽喝了。嗨，要不再喝上它一碗！"

(1988 年 2 月 22 日母亲苏布德讲述)

94. 多可惜的一块肉

一个富人有很多牲畜,可总是在饮食上吝啬,几乎到了做每一顿饭都要数饭里有几块儿肉的程度了。

有一次,太阳就要落山的时候来了一位寻找牲畜的老人,恰巧碰到他们家正要吃晚饭。家里的女主人盛了半碗稀饭,说道:"嘉,俗话说,来多了连茶水都没有,来晚了连睡的地方都没有,不多不少就剩下这些了。"说完把锅盖盖上放在架子下面,对来人非常吝啬。口齿伶俐的寻觅老人,看看那满山遍野的牲畜,再看看这吝啬的只吃稀饭的人,厌恶地想到,没准儿你就会瘦死在袍子里!怎么才能羞辱他们一下呢?老人喝着用筷子夹不到什么东西的稀汤时突然夹到了一块儿圆圆的肉,便说道:"啊哟妈呀!这好像是臭撅屁股虫。"老人假装受到惊吓的样子夹起肉便朝门口扔了出去。吝啬的富人盯着扔肉的方向情不自禁地说道:"您这是在做什么?我们家的饭里可是放了料的,扔掉是什么意思?"老人说道:"嗨!我不知道你家的锅里还有那稀少的东西啊!夹了半天也没夹到什么,突然夹到一块儿黑东西,我还以为是虫子,吓了一跳便扔了出去,原来是块儿肉啊?嗨,多可惜的一块肉啊!"说着抬起身子朝扔肉的地方看去。小气的富人为了省灯油不点灯,被挖苦了一顿,弄得十分难堪。

"不会享受的人家财富没有用,没有牤牛的人家母牛没有用",说的就是这号人吧。

(母亲苏布德于1988年2月8日在锡林高勒苏木扎哈布鲁格嘎查讲述)

95. 再加送一条哈达吧

从前,有一个把自己的一根破眼针、残余线头儿都当作是宝贝,把别人的东西都看作是多余的爱占便宜的小气鬼。一次旗里举办那达慕盛会,小气鬼报名参加了场地赛马比赛。可是到了比赛的时候,他却从自己的很多马匹中挑不出参加比赛的马,觉得骑哪匹马都可惜,哪一匹马他都舍不得骑。这时候,他突然想到一个好办法,就直奔邻居家。途中他暗自想道,活人有十五种办法,这话一点也不假,我舍不得骑自己的马,不如到西家去借他们的马来骑,没准儿还能得个头彩什么的,那样不就占尽便宜了吗?想着想着他高兴地就来到了西边的人家。

西家的老人问明来意之后,就说道:"可以啊,孩子!骑走吧,蒙古人嘛,只要善待我的马就行了,我的马没有受惊的毛病。"说着就把一匹强壮漂亮的马借给了他。小气鬼说道:"嘉,愿老爹您活到百岁!比赛的时间眼看就要到了,我的马还没好起来,不然也不会劳驾您的马!"说了一堆好听的话后拉着马走了。

小气鬼走了之后,老人的儿子责怪父亲道:"他这人经常用别人的东西已经习惯了,他这是爱惜自己的铁锹就借别人的铲子来挖。父亲您干吗还要借给他啊?"父亲反过来说道:"就因为胡子上沾了饭粒也要心生吝啬吗?还是和睦相处的好。"比赛开始了,小气鬼得了第二名,回来还马的时候却犹豫起来,吝啬起回礼的物品。他想,蒙古人历来养成回礼的习惯真是太麻烦了,怎么办呢?回礼一盒火柴吧,面子上过不去。分享奖品的一半吧,又有点舍不得……他突然想到一个两全其美的办法,兴冲冲地走向借马的人家。

来到西家喝过茶,小气鬼便说道:"嘉,我骑着您的马得了奖赏回来了。蒙古人不会空手还借来的物品,所以用四分之一的砖茶和手掌大的抹布作为回礼吧。但是动用了您的马匹只给这些怎么够啊?那就再加送一条哈达吧。"说着摸向怀里。西家的姑娘和媳妇中有爱笑的人,早已是忍不住捂着嘴跑了出去。

这正是:"骑人家的马跑的利索,穿别人的袍子走的轻巧。"

(母亲苏布德于1991年2月23日在锡林高勒苏木扎哈布鲁格嘎查讲述)

96. 看似聪明又似傻瓜

有一对老夫妻只有一个儿子。一天,这小子偷了几两银子被银子的主人抓住了。银子的主人说:"你把银子还给我吧!我也是个穷人。"这小子却说道:"我什么时候拿了你的银子?你怎么无缘无故往我头上扣屎盆子,我一个只管自己走路的人却被你冤枉,你真是个奇怪的人。"见他反过来抵赖,银子的主人说道:"我又不是凭空捏造,看见你拿了还死不承认,藏藏掖掖能躲得过去吗?"这小子被呛得也没话说了。突然他想到一个好办法,便说道:"嘉,到底是谁拿了您的银子,我们俩在这里吵闹也没有结果。我们这里有一棵神树,不如明天我们过去分个真假吧。"银子的主人同意了。

当天,这小子回到家里对父亲说:"明天我要和银子的主人到空心树前求神灵辨别真假呢。"父亲奇怪地问道:"那棵树怎么可能辨别出真伪啊?"儿子说:"您明天早点到树洞里坐着,只要我们说'请您辨别真伪',您就说'是你自己拿了银子还要诬陷他人吗?'"父亲答应了儿子并商量好计谋。第二天早晨,小伙子和银子的主人来到空心大树前,银子的主人叩拜祈求道:"聪明的神灵,请您指明到底是谁拿了我的银子?"只听见大树说道:"是你自己拿了银子还要诬蔑别人。"银子的主人听到大树这么说非常生气,说道:"如果是我自己拿了,我用得着来问你吗?有你这么糊涂的神灵吗?如不趁早毁了,还不知道祸害多少人呢?"说完找来干草柴火将大树围起来放了一把火。

"看似聪明又似傻瓜,看似傻瓜又似聪明,你要用几两银子换你亲爹的命呀?这样的儿子要来有什么用啊?真是银子白,眼睛红。快去把人家的银子如数还回!"贼儿子的父亲骂骂咧咧地从"有神明"的树洞里钻了出来。

这正是:"欲望重了成勒索,贪念重了成灾害。"

(父亲乔德格敦子尔于1984年2月18日在朝格图呼热苏木讲述)

97. 割乳找骨髓

从前,有一家的男主人总是对吃喝抠门小气。一天,他的妻子用啃过的骨头又重新熬了点汤,发现有一整根桡骨,就敲开吃了骨髓。丈夫看到了便追问道:"你为什么不给我吃骨髓呢?"妻子说道:"吃也吃了,我从哪儿再给你弄骨髓啊?虽然骨髓进了我的肚子,可营养又不是我一个人吸收。"丈夫气急败坏地说道:"进了你的肚子,营养你不吸收谁吸收啊?别胡扯了!"妻子说道:"听说奶小孩儿的人不管吃什么营养都会经过乳房到小孩儿的体内。刚吃的骨髓可能已经到了乳房里了吧。"

丈夫说:"你吃就吃了,还要把恶名推到小孩儿身上做什么?你不就是想比我多吃点好吃的罢了,我是不会相信的。""你不相信我也没有办法啊!"妻子说着正要抱起褴褛中的婴儿,丈夫又说道:"你刚才不是说那骨髓已经到了乳房里了吗?我要割开你的乳房亲眼看了再说。"妻子恨透了丈夫的无理取闹,便说道:"死也要分个青红皂白再死。你从来没把我当成是一家人,只为了一口骨髓便追根究底,没完没了,过着还有什么意义?"顿了顿又继续说道:"嘉,那你就割开我的乳房看看吧。"没有人性的丈夫果然割开一看,骨髓的油已经进入了乳房里。残忍贪婪的丈夫为了一口骨髓就这样杀害了妻子,只能与孤苦伶仃的乳婴相依为命了。

"伴侣不好就如跌入深谷万劫不复,补丁不好就如寒风侵肌痛彻心扉"就是这个道理吧!

(1980 年 10 月 16 日姐姐敖登其其格讲述)

98. 把骆驼牵进瓶子里

从前,有一个魔法师在蒙古地区讨生活挣了很多钱,也变得富裕了。一天,法师来到一处村落,竖起大拇指夸自己的魔法如何了得,吸引了不少人。这时,有一个人站出来说道:"如果你的魔法真有你说得那么厉害,就把我牵着的这峰骆驼牵进瓶子里吧,那么这峰骆驼就归你了。"魔法师说道:"这有什么?我能行。"说着就端来一碗水用白色抹布盖起来,然后牵着骆驼在大伙儿中间来回走,突然骆驼变得越来越小直接进入了瓶子里。看热闹的人都很诧异,可骆驼的主人却站出来说道:"嘉,你们看好了。"说着就把那碗水倒了,大家这才发现那个骆驼并没进什么瓶子里,只见法师牵着骆驼快要翻过后面的沙丘了。

大伙儿追了过去,说道:"你是在用障眼法蒙蔽我们的眼睛来挣钱,真不知羞耻!"那人却满脸堆笑说道:"是我的错,那我再表演一次魔术行吗?"骆驼的主人说道:"行,你如果有真本事,这骆驼就是你的了;如果你被抓到把柄,那请你离开这里。"魔法师说:"这次我要进入你的骆驼肚子里烧火。"说着他把骆驼牵过来,突然人就不见了。过了一会儿传来那人的声音:"我已经在你的骆驼肚子里了,现在你们看好了,我开始烧火了。"话音刚落,只见骆驼的口腔、鼻孔、屁股都冒起了烟雾。骆驼的主人说道:"我听老人们说,人们用各种障眼法来骗钱。你们不要被他骗了。"说完开始翻那人的东西,拿出一瓶水倒了,结果那魔法师根本没在骆驼的肚子里,而是正在被火烫得直流眼泪的骆驼的四个蹄子边烧火呢。魔法师见把戏被拆穿了,站起来说道:"我的本事不只是这些,还有比这更好的魔术。比如把我的头砍了、舌头割了我也不会死。"大伙儿都想看看他到底还要玩什么把戏,就站在原地继续看热闹。

那人拿出一把刀割了自己的舌头,吐出满满一碗血,又把头割下来挂在毡包哈那墙上。人们看得吓坏了,纷纷捂着脸乱嚷乱叫了起来。这时骆驼的主人说道:"你们大家朝这边看。"说着拿了一点穿缀毡包哈那墙的皮绳来烧,结果在毡包哈那墙上吊着的头变成了帽子,割下的舌头却是吐在碗里的红色颜料。于是人们把这个骗子赶出了故乡。

"骗子使诈,贼人趁黑"就是说这号人吧!

(父亲乔德格敖子尔于1983年在朝格图呼热苏木讲述)

99. 背着裤子的老太婆

有一个满口带着吐沫星子、不拘小节而出名的老太婆,她没有自己固定的居所,走到哪里便在哪里打点零工填饱肚子。可是在一个地方待不了多长时间,就会被主人嫌弃,只能游走他乡。

一次,老太婆背着一个大包袱,拄着木拐杖来到一个有点资产的人家。那家的老人见她怪可怜的,就问道:"大热天的,您这样一个上了年纪的人要去往何处啊?"老太婆回答说:"唉!像我这样孤寡无助的人还能去哪儿,碰到能干的活就干点来填饱肚子罢了。"听到她这样说,老人家更是可怜她,有意要留下她,就说道:"如果您愿意,就看护我们家的几峰骆驼吧,随您吃喝。"老太婆说:"嘉,感谢您的恩赐。"于是从那天起,老太婆就成了这家的掌管骆驼的管事。

这老太婆有一个与其他人不一样的地方,总爱在自己一尺高的破壶里熬浓浓的砖茶,从野地里捡来矮大黄的根和叶子掺和沙葱一起沙沙作响地咀嚼,而且咀嚼时还从两边的嘴角流出绿色的汁液。比这更夸张的是,她像喇嘛一样不穿内衣,只穿长袍,喝了茶出了汗,便撩起长袍衣襟擦拭额头上的汗水。这时带有污垢发黑的大腿和最隐秘的地方都会露出来。睡觉不在屋里,专躺在羊圈的阴凉处睡。

这家人看到这一切非常同情她,做了新裤子送给她,可她却从来没有穿过。这家人又说人老了容易着凉,还是进屋里睡吧,可是她改不了睡在阴凉地的毛病。也可能是本性难改吧,她只是做着该做的活儿,根本就不听别人的劝告。到后来,放牧的次数越来越少,蹲在墙脚的时候却是越来越多,结果这家女儿最喜欢的骆驼掉下悬崖摔死了。这家老人好不容易才劝住女儿不要为难老太婆。可没过几天,又有一峰骆驼被狼吃了。这家人只是觉得她是个可怜的老人家,也没有追究就过去了。

老太婆比起刚来的时候变得越发懒惰,这家人也只能自己动手干活了。虽然没有人说赶她走的话,但她也许知道了自己的过失,也许是习惯了游走的生活,就收拾好行李,坐在羊圈的阴凉处。这家的老人看到她收拾好的行李就说道:"您这是要上哪儿啊?孤单一人,不然就在我家住下吧。"老太婆却说:"算了,走习惯了还是走吧。在一个地方待的时间长了也会待不住的,还是走的好。"老人家在说话间打量了老太婆的背包,全是崭新的裤子,就问道:"您有这么多条新裤子怎么不穿呢?把所有不能见人的地方都暴露在外不害羞吗?"老太婆说:"知道我有裤子,谁还给我做裤子呢?"说着把背包里的裤子裹得鼓鼓的背上后拄着木拐杖蹒跚地走了。

"有福不会享,有佛没福供"说的就是这样的人吧。

(1988年3月7日母亲苏布德讲述)

100. 一边挖，一边吃呀

　　从前，有一个特别爱占便宜的人。一次，他碰巧遇上一户人家给刚满三天的婴儿做洗礼。那家人邀请他一起吃，他却问道："这是要多少银两呢？"那家人说道："给小孩儿洗礼，只叫了几位亲朋好友。都是蒙古人，过往吃个饭还要什么银子，又不是外人。"听了这话，贪婪的人心想："若是这样就占个便宜好好吃一顿。"他把长袍的衣襟拉向裤裆坐了下来，不客气地吃起了羊背子，酒足饭饱喝了个烂醉。

　　还有一次，一位寻找骆驼的人在野外遇到了爱占便宜的人。爱占便宜的人居然指着野外生长的沙葱说道："这是我的，那也是我的。我不会让任何人挖，也不让任何牲畜来吃。"寻驼人看到他放了很多袋子，跑来跑去地挖沙葱，很奇怪地问道："这满地的沙葱，你为何这样急着挖呢？"只听他说道："哈，这沙葱怎么这么好啊？你瞧！一边挖来一边吃多好啊。"说着就把又生又涩的沙葱往嘴里塞得满满的"沙沙"地嚼了起来。随着嚼动从他的两边嘴角流出来绿绿的菜水，这在寻驼人眼里就好像是夏天吃青草的骆驼一样。

　　"过于贪婪没好处，过于生气没好事"。

（1983年7月13日祖母其其格讲述）

101. 穿老羊皮袄的小伙子和穿蟒缎袍子的姑娘

有一个富人家的姑娘一天换三次袍子,她除了会臭美以外别的什么都不会做。一天,她来到一户有着几头牲畜的人家旧毡包外,清了清嗓子喊了一声,从包里走出来一个穿着老羊皮袄的小伙子,说道:"您好!进包里坐吧。"姑娘用丝绸手帕一端捂着嘴说道:"呸!离我远点!你身上有很难闻的皮革味道,包里也好不到哪儿去,我进去怎么坐啊?"小伙子说道:"肉能吃,皮不能穿吗?我靠自己的力量生活,没什么好丢脸的。"姑娘没进屋便回去了。

没过多久,姑娘的父母相继过世,剩下姑娘一个人。父母在世的时候,把她含在嘴里怕化了,捧在手里怕摔了,所以她被宠什么都没学会。大旱灾年,因为不会料理牲畜,眼看着她家所有的牲畜都被埋进了土里。这下不要说一天换三次衣服了,就连填饱肚子都成了问题。最起码的缝补都没学会的她到后来只能去流浪乞讨了。

一次,她游荡了一整天,来到一处遍地是马群的富裕人家大毡包前。看到遍地的马群,姑娘忍不住想起了父母在世的时候自己穿绸戴银,吃香喝辣,过着也拥有这许多牲畜的富贵日子,不由得双眼布满了泪水。姑娘羞怯地乞讨道:"托您的福,施舍点吧。"从屋里走出来一个穿着锦缎袍子的小伙子,在姑娘的口袋里装满粮食的同时又拿给她能做几件衣服的绸缎,姑娘哽咽着说道:"愿您的财富越聚越广,食物越积越多!您的恩情我一辈子不会忘记,以后再报答!"小伙子说道:"年轻人只要自己动手,过日子不是什么难事,很快就能好起来的。"姑娘直视小伙子,好像在哪儿见过,小伙子说:"您不认识我了吧,以前您来到我家门口嫌弃脏没进门就回去了!"姑娘这才想起来以前自己看不起的穿老羊皮袄的小伙子,现在居然穿着锦缎袍子站在她面前,她羞涩得什么也说不出来,脸一直红到了脖子。

这正是:"辛勤的劳动是富裕的象征,谦逊的作风是上进的象征。"

(祖母其其格 1985 年在朝格图呼热苏木讲述)

102. 我又不是骆驼，吃什么沙葱

　　从前,一个寻找丢失的骆驼和牲畜的穷人来到一户富人家。这家主人是一个非常傲慢而又爱摆架子的人。主人给穷人倒了杯茶,又累又乏的穷人端起茶正喝的时候,主人突然把腿搭在他脖颈上幸灾乐祸地说道:"来到我家的穷人都会受到我的'镢头佛'灌顶之礼的。"

　　一天,富人想使唤穷人便来到他家,正遇上穷人家里煮沙葱吃。穷人盛了一碗递给富人说道:"您请吃。"富人撇撇嘴说道:"呸! 我又不是骆驼,吃什么沙葱啊!"说着就把碗推了回去。

　　三年后,富人败完全部家产,众多的仆人和随从也各奔东西,他身边只留下一个仆人。仆人问主人道:"现在咱们要吃什么才不饿肚子呢?"主人说:"以前有一个穷鬼好像是在煮沙葱吃。想一想也许能解饥饿吧。"于是两人挖沙葱去了。富人弯下腰挖沙葱,可是沙葱却笑着跳来跳去,一棵都不让他挖到,富人只好提着空袋子回来了。仆人挖了满满一袋子沙葱,见主人走了一整天连一棵沙葱都没挖回来就有点奇怪。"唉,说什么呢? 真是不能幸灾乐祸地对待别人,以前富裕的时候看见一个穷人煮沙葱吃,还说了些不好听的话,现在得到报应了。"富人唉声叹气地说道。听说以前的那个穷人发了财,还经常帮助穷苦的人。富人便到发了财的穷人那里想找点事做。发了财的穷人敬了他一杯茶问道:"以前您的那个美好的'镢头佛'在穷人的头顶上打转,现在还是照样吗?"富人羞愧不已,没敢说出来意,只坐了一会儿便走了。

　　这正是:"明日不知晓,秃子不可挠。"

（祖母其其格于1988年2月3日在锡林高勒苏木扎哈布鲁格嘎查讲述）

103. 夜半之驴

　　从前，在两座沙丘旁相邻而居的两户人家喝着同一口井水，关系非常融洽。眼看东边的人家越来越富裕，西边的人家开始嫉妒了。近一段时间每到夜晚，有一头毛驴打开东边人家的门搬走东家最值钱的物品。东边人家以为是妖魔鬼怪在作祟，一动不动地躺着也不敢出来看看，丢失了很多物品。过了一段时日，东边人家的丈夫鼓起勇气说道："咋样就咋样吧，今晚我要和那毛驴拼一拼，如果我抵不过，你们也出来帮忙。"丈夫准备了一根长长的铁棒，等着夜晚来临。

　　到了夜半，像往常一样门被什么东西撬开了，驴走了进来，开始翻箱倒柜装物品。这时丈夫仔细观察毛驴，觉得不是很强壮，胆子也大了起来，抡起铁棒给了驴一下，那驴就倒在了地上。点上灯火一看，原来是西边人家的小子把驴皮披在身上用四肢爬行。

　　"吃着碗里的看着锅里的"，真是贪得无厌啊。

（1988年2月8日姐姐敖登其其格讲述）

104. 三天的皇帝

  有一位好心的老婆婆,对人从不吝啬小气,有东西就会和别人分享。她膝下有一独子,又小气又贪婪。有一天,她的儿子听说从很远的地方来了一个非常灵验的相士,就算了一卦。老婆婆的儿子说道:"灵验的相士,您给我算算我的宿命如何?"相士看了看他的面相,掷了一把色子,然后说道:"你的母亲是个积德行善多年的人,等你母亲去世后三年你会做皇帝。但是你不能让你的母亲受一点委屈。"儿子自从听了相士的话后就忘了自己是个穷苦的人,已然把自己当成了皇帝,怕母亲在他以后做皇帝的路上成为绊脚石,从此他不再斥责母亲了。也正因为如此,小伙子的家境一天比一天好了起来。可是只要母亲多活在世上一天,他做皇帝的梦就不能够实现,因此突然心生歹念,盼着母亲早一天离世。

  母亲是个身体健康,又能干的老婆婆。因为气数未尽,母亲的身体还很健康,依旧在帮助那些需要被帮助的人。儿子想做皇帝都快想疯了,也不再尊重母亲,甚至开始嫌弃母亲,到后来他一心想着要害死母亲,也不再管十月怀胎、含辛茹苦地拉扯他长大的母亲的死活。有一天,儿子喝酒壮胆后把母亲痛打了一顿,可母亲的气数未尽,腿被打瘸了躺在了床上,每天饭都吃不饱,遭受着各种各样的折磨依然还活着。儿子实在是等不了母亲寿终正寝,于是在饭菜里下了毒,了结了母亲的性命,等待着做皇帝。

  在母亲去世的第三个年头,儿子果然做了皇帝。他不仅蛮横凶残,还像恶鬼一样对待臣子臣民们,对奴才婢女们实行各种酷刑,真是一个活阎王,因此没有人不憎恨这个新皇帝。一天,这个暴君在喝茶的时候突然犯了心脏病,很快就死了。所有大臣都很奇怪,叫来灵验的占卜师占卦。结果卦象显示:其实此人有做三十年皇帝的命,只是他对自己的母亲不孝顺,还让母亲受尽了各种折磨,最后害死了母亲,因此自己也得到报应,一命呜呼!

  "父母的心在儿女身上,儿女的心在石头上"说的就是这个道理。

(1984 年 5 月 21 日姐姐敖登其其格讲述)

105. 猴孩的故事

　　有一家老两口有一独生女,另外还养着一只猴子。女儿长大后没有嫁人,一直待在家里,竟和猴子有了孩子。父亲嫌她丢了脸,欲在屋子后面挖个坑埋了女儿。可母亲不忍心,便给女儿带了些干粮帮她逃走了。女儿逃到乎和乌拉图山(青云山)脚下,找到一处原先住过人的茅草屋住了下来,以吃野果为生,把孩子生下来养到了七岁。

　　一天,山腰处来了一个非常厉害的相士说道:"这个地方非常有灵气,会出现新一任的皇帝。我今天在这里撒一把种子,明天一定会发芽。"说着撒了一把种子。七岁的猴孩听到这些,瞒着母亲将相士撒下的种子挖出来放到家里,第二天早晨又种回了原地。相士看到种子没有发芽,奇怪地说道:"太奇怪了!这种子应该发芽的呀,怎么没有发芽呢?"猴孩说道:"您是说谎骗人的人。"相士说道:"是我搞错了吗?在山后念经会打开一扇大门,能看到金色的桌子。如果有人把父母葬在这里,他会立刻当上皇帝。"猴孩说:"那么您就念经给我看看那奇怪的东西吧。"他坐在山前,叫相士念经,果真看到了相士所说的东西。相士从山后过来说道:"看到了吗?里面有我说的东西吧?"猴孩说:"没看到什么啊,您又在说谎吧。"相士难以相信地说道:"我教给你经文,你到那边去念,我从这儿看看。"说完把经文教给了他。猴孩到了山后只是静静地待了一会儿后就回来了,相士什么也没看到。于是相士认为自己相错了地方,放弃了这块土地。

　　自从听了相士的话以后,猴孩整天想的就是哪一天才能够当上皇帝。就这样到了十八岁的时候他问母亲道:"我父亲是什么样的人,住在哪里?我长这么大还不知道自己的父亲是谁呢?"母亲对儿子说:"你父亲是个猴子,已经死了。"儿子说:"您带我去,我要把父亲的骸骨移到这里来葬。"母亲看到儿子长大懂事了非常高兴,就把他父亲的遗骸迁过来。儿子对母亲说道:"我到山后面念经,会有一扇门被打开,这时候您带着父亲的骸骨进去,放到最中间的桌子上。"不一会儿门打开了,母亲抱着猴子的遗骸走了进去,可儿子却一心想要做皇帝,便停止了念经,把母亲活活地关在门里害死了。

　　猴孩从这里出发,找到一份给大英雄做马镫的活儿。大英雄的手下对大英雄说道:"您若不处置这小子,会死在他的手里。"大英雄一点儿也不相信手下的话,说道:"呸!狗屁!看他那德行,别说是灭我,就连自己的衣食都无法保障,能对我怎么样啊?"然而禁不住再三相劝,大英雄只好找了个杀手去干掉猴孩。杀手看到猴孩面向地面睡觉,回来对大英雄说:"您让我追杀的人是个傻子。"下一次又找了一个人来追杀,看到猴孩正在吃屎,就回来禀报。大英雄骂道:"呸!不出槽的畜生,傻的真是可以,在屎尿里打滚的人还有什么用呢?"然后就辞退了猴孩,猴孩又去找新的主人了。

在一次大战中,大英雄的兵马过小木桥的时候遇到了猴孩。大英雄的兵马走到了桥中央时看到猴孩写的"你们过不了这座桥就会死"的字样突然变成了许多条毒蛇,拦截了他们的去路。大英雄果然如手下人说的,没有逃出猴孩的手心,害怕至极跳下了小木桥被淹死了。猴孩立下战功得到官位,后来他的力量越来越强大起来,顺利地坐上皇位。由于母亲是被他害死的,所以本来能做四十年皇帝的猴孩却只做了四天的皇帝就一命呜呼了。这是他残害母亲而得到的报应。

这个故事说的就是"委屈父母会得到报应坠入地狱"的道理吧。

(2002年10月4日朝格图呼热苏木额门高勒嘎查的牧民厄鲁特·巴图朝鲁讲述)

106. 担架留着还有用呢

从前,有一对老两口的独子成家后生了一个可爱的小男孩。老头子不久就死了,老婆婆也成了瞎子,所以儿媳妇特别嫌弃婆婆。一天儿媳妇说道:"我们的老妈子是个多余的人,占着一半的屋子真是折磨人呢。别人家的老人都过世了,可我家的老人却是好好的,真是要命。不如以治眼睛为由骗出去丢掉算了,我们也可以卸下这个包袱。"夫妻俩就这样说定了。老婆婆听说要去医眼睛,就穿上了新衣服,坐在编制好的担架上随儿子走了。可爱的小孙子走累了,就说道:"爸爸,您说的这个满巴(大夫)住得可真远,还要走多久才能到啊?"父亲说道:"马上就到了,再忍一下。"三人抬着担架走,坐在担架上的母亲特别地开心。

走了一整天,到了太阳落山的时候来到一处很大的峡谷,不孝的儿子说道:"妈,您先在这儿坐着,我去请满巴过来。"小孙子问道:"您不是说要把奶奶送到满巴家治病吗?怎么又成了要去请满巴呢?"小孙子的母亲说道:"嘉,小孩子家懂什么?别像是夹在后鞴里的屎一样"吧嗒吧嗒"地在大人办事的时候乱插嘴!该干吗干吗去。"她厌烦地拽过儿子,将老婆婆同担架一起丢下就要走,小孙子却说道:"你们要是把奶奶丢在这没人的野外的话,我一定要把担架拿回去。"他的母亲说:"别傻了!拿那个用草编的东西做什么呀?扔了扔了!天快黑了,不早点回去迷了路怎么办?"小孙子说道:"那怎么行呢?要保存好那担架,以后你俩老了我也像你们丢奶奶一样抬着你们丢掉呢?"没有仁慈之心的父母听到儿子这样说,想到等自己老了以后也会被丢掉,这才软下心来,向老母亲认了错,把母亲抬回了家,从此再也不敢百般刁难母亲了。

(1984年7月24日朝格图呼热苏木额门高勒嘎查牧民莫力科玛尼嘎讲述)

107. 铁心皇帝的公主

很久以前，有一个非常穷的人家，小伙子以狩猎维持生计。一天，小伙子来到一座破旧的寺庙，遇到了一只金角红山羊。小伙子又爱又稀罕那只山羊，就想把它领回家，便伸手去牵它，可山羊却一动不动。小伙子无奈正要转身离去，可是山羊从他的后面又叫又顶，一直跟着不让他走。小伙子很奇怪，心想："这只可爱的山羊一定有事。"只见那只山羊示意他骑在羊背上，于是他刚跨在山羊背上就感觉腾空飞了起来，立刻失去了知觉，一晃来到了一个非常大的美丽的城市里。

他突然醒了过来，看见在一棵散发着芳香的果树下站着一位美丽标致的姑娘。原来他被铁心皇帝的女儿带到了上洲地界。此后，公主每天需要够两人吃的饭菜，引得皇帝起了疑心，让手下的人暗中查探，得知公主留有一名男子在身边。于是悄悄地下令道："把那个叫花子抓起来，明早在城墙上钉住四肢。"一位好心人听到风声，传话给了公主。公主连夜带着针线包和飞毯，同小伙子一起坐在飞毯上飞走了。皇帝的兵马快要追上的时候，公主把金戒指拴在扎头发的皮绳上旋舞着打退了追兵，然后就来到了小伙子原先住的旧寺庙了。

这时，突然狂风大作，公主说道："我的父亲好像追来了，快进去藏在佛像后面。"说完公主自己也躲在了一棵大柱子后面。铁心皇帝进来后看也没看，一挥手放出了五只箭射穿了公主的脖颈离开了。公主对小伙子说道："你用腰带缠绕住我的脖子，就会没事的。都说我的父亲是铁石心肠，可没想到他竟然狠到连亲骨肉都不放过。这真是人的花肠在里面，蛇的花纹在外面。"公主跟着小伙子来见公婆，老两口见了媳妇非常高兴，可也担心媳妇的伤势。

第二天媳妇对公婆说道："你们找一个偏远的地方挖一个深坑，里面放上九层锅，然后将我放在九层锅最底部用泥土密封起来，不间断地好好烧一个月的火！此事不要告诉你们的儿子，他若问起来，你们就说不知道。"等一切准备好了，她就走进深坑里被密封好，开始接受火烧了。到了第二十九天，小伙子已经听不进父母的话了，展开飞毯坐在上面到处寻找老婆。等到天黑时分，他看到火光，见有两个人在烧密封的圆圆的东西，就问道："你们这样一直烧，在下面放了什么啊？"其中一人失口说道："我们是依你父母的命令在这里用一个月的时间烧你的老婆。"小伙子急了，说道："把活人密封在泥里烧，这像话吗？在作孽啊！可怜我的老婆现在已经死了吧，我一定要打开看看。"说着动手剥泥皮，那两人说道："不能剥，时候还未到，不能打开。"可是，怎么劝也劝不住，只见小伙子把泥包砸开一看，老婆坐在里面流着汗正在梳理头发呢。五根箭已化成豆子般大小，但因为还没能完全治愈就打开了，所以她立刻就死了。

小伙子后悔已晚,把老婆的尸体装在玻璃箱里供起来。自从老婆的尸身被供起来后,他们这里一年比一年富饶起来,牲畜增长,人民也富裕了。铁心皇帝知道了原因,就引来了一场特大洪水。玻璃箱里的尸体不见了,小伙子寻找时遇到一位摇船的老头儿,询问老头儿有没有见过装有尸体的玻璃箱,老头儿也没有问他是谁便说道:"你的老婆已经到阴曹地府和她的父亲打官司去了。你去卖枣子,快卖完的时候你的老婆会出现,她已经不是这个世界上的人了,所以见了你会跑,在她跑的时候你在她的衣摆上穿上一根红线。阎王问你来做什么,你就说:'我来接我的老婆。'"说完老头儿就不见了。

小伙子依照老人的话去卖枣子,过了很久才见到老婆,他叫了一声,可是老婆却转身逃跑,他好不容易才把穿有红线的针穿在了她的衣摆处,他的老婆跑到一个老鼠洞口就不见了。小伙子站在洞口,没过一会儿出来一个人,把他领进洞内。他看到老婆正在和自己的父亲打官司,说道:"父亲您有三个罪过:我与喜欢的人一起生活,是父亲您派兵要杀我,这是其一。逃到寺庙里您又亲自出马在我的脖子上射了五支箭,这是其二。我死后怜悯人畜,为这乡土地带来风调雨顺,可父亲您却引发洪水把所有的东西都冲走,这是其三。"正在争执不休的时候,阎王看到小伙子进来,便问是什么人到这里来了,小伙子说道:"我来接我的老婆。"阎王说道:"在这么多的鬼里怎么知道哪一个是你的老婆?已经来到我们这里的就回不去了。"小伙子说:"我老婆有记号。"阎王说道:"你的老婆早就死了,哪里还有什么记号啊?从没听过这样的笑话。"小伙子说道:"在她衣服的后摆处插着一根穿了红线的针。"阎王命所有的鬼出来,细细查找。果然有一妇人的衣服下摆处有记号。阎王无奈地说道:"你们两个有做夫妻的缘分,可中途被迫分开了。你的老婆是个心肠好又有福气的人,你们如此相互爱恋,我会加寿给她放回阳间的。你先回去,四十九天后你的老婆就会还阳了。"果然他的老婆重新获得生命,他们又幸福美满地生活在一起。从此以后,蒙古人就有了人死后做四十九天的佛事和守戒才可解哀的习俗。

"真话要比雄狮猛兽更有力,真心要比真金白银更可贵"。

(2002年10月12日布固图苏木布固图嘎查牧民辉特·都岱讲述)

108. 七十二把钥匙

从前有一对老两口,有一个瞎眼的女儿。女儿长到十四岁的时候两口子商量道:"我们老了,是快要死的人了,还要拉扯一个瞎眼的女儿,今后可怎么活呀?真是狗老了啃骨头都会噎着呢,不如以捡柴火的名义领出去扔到野外算了。"

于是有一天,父亲架好牛车让女儿坐在上面,以捡柴火的名义把女儿带到了野外,然后说道:"嘉,我的女儿,就坐在这儿等着,多会儿听到有木头响声就过去。"然后就走掉了。眼瞎的女儿只能坐在原地等。过了许久,附近也听不到有任何的声响,姑娘很奇怪,可还是继续等着父亲敲响木头的声音。突然刮起一阵风,传来了木头的响声,姑娘摸索着走到有响声的地方,可哪里有什么人啊。原来父亲早已设计好了,把一截木棍吊在岩石上,有了风便会敲打在石头上作响。到了晚上,姑娘又冷又怕,"父亲!父亲"不停地喊着,嗓子喊哑了,人也累了,埋怨着狠心的父母,哭干了眼泪,不知去往何处。她摸索着来到了一处寺庙,又摸来摸去摸到了一尊佛像。只听见佛像说道:"可怜!你是一个吃了不少苦的孩子。我面前有供奉的甘露,你喝了眼睛就能看见光明,然后快速地从我的肩膀上爬到我的后面躲起来,一会儿会有很多野兽过来。"姑娘又惊又喜,喝了供水后果然睁开了两只漂亮的眼睛,迅速从佛像的肩膀上爬过,藏到了后面。没过多久,有好多野兽来到庙里聚集。狮王说:"我今天的运气不错,你们怎么样啊?"大伙儿都你吃饱了我也吃饱了地吵吵着。老虎说:"佛来了,喝了我们的甘露,狐狸兄弟你去把这供水添满!"狐狸把甘露添满后大伙儿就走了。这时佛对姑娘说:"嘉,孩子,你把刚拿来的甘露喝完从这里径直朝后紧挨着路两旁走,在路的一边有一串七十二把钥匙,如果得到了它你会过上好日子;再走十里路会有七十二间房屋,那里以后就是你的家了,这房子是一个富人盖的,因他杀戮太多,所以没有活多久就死了,你就住在那里,做那儿的主人吧。"姑娘依照佛的话,紧挨着路两边行走,找到了七十二把钥匙和七十二间房屋,做了那里的主人,平安幸福地过到了十八岁。

一天,这里来了一位非常英俊的小伙子。在谈话间姑娘了解到小伙子从小吃尽了苦头,给人种田为生,是个有上顿没下顿的苦难孤儿。于是他们两个成了亲,过上了幸福安逸的生活。小伙子想出门打猎,可是他又不想离开自己的老婆,老婆只好画了一张自己的画像让他带上。一天,刮起一阵旋风,把画像吹走了。皇帝身边的大臣得到了画像献给皇上。总是吃着碗里看着锅里的皇帝产生了贪欲,从各地搜集信息,最后得知这是小伙子的老婆,便亲自动身带人去抢。小伙子的老婆在临走的头一天晚上用七十二只麻雀的羽毛做了一顶帽子,用一百只老鼠的皮毛做了一件袍子,叮嘱小伙子道:"我走后三年,你穿上这袍子、戴上帽子去找我。"

　　小伙子日思夜梦,没有一刻不想念妻子。好不容易熬到三年,小伙子戴起麻雀羽毛做的帽子,穿上老鼠皮毛做的袍子寻到了皇宫。皇宫里开始喧闹起来:"皇宫外有一个穿着奇怪的人。"听到喧闹夫人对皇上说:"我出去看一看行吗?"皇上说:"夫人只要你愿意怎么都好。"说着一起过去看。夫人说:"这是什么衣服嘛!是可爱的呢?还是可笑的呢?"说着笑个不停。皇帝贪心重,说道:"嗨,夫人!如果我穿上这衣服你也会这样高兴吗?"夫人说道:"那是自然,皇上您若是有这样的衣服,我每天都会高兴的,只是你没有。"皇帝一高兴便与那人换了衣服:"我的夫人,现在你如愿了吧?你看我有多可爱啊?"小伙子却说道:"你们快把这难看的邪门歪道的东西拉到宫外砍了。"皇帝急了,说道:"嗨,嗨!什么话呀?我可是你们的皇帝,你们怎么能杀我呢?"然而谁也没有听他的话,暴君就这样掉进了小两口设计的陷阱里丢了性命。小伙子当上了皇帝,从此过上了幸福的生活。

　　如此"死于色,毁于财"的暴君还少吗?

(2002年10月5日昭化寺喇嘛鲁布曾讲述)

109. 不孝的儿子掉了脑袋

从前有一位老太婆宠着、溺着把儿子拉扯成人,可是儿子整天和别人家的姑娘在山前丘后约会鬼混。

一天,小伙子对别人家的姑娘说道:"现在我们也该成家了吧?"姑娘说:"我不是不想和你成家,只是在犯愁你们家的垃圾要怎么处置才好。"小伙子纳闷道:"我们家只有几头羊而已,哪里还有多余的垃圾啊?"姑娘讥讽地说道:"真是话不投机半句多,谁在说你家的财物啊?东西只有怕少还有怕多的道理吗?"小伙子问道:"那又是什么呀?"姑娘说:"占着你家炕头的老母亲不是垃圾是什么?你如果不把你的母亲处置了,我就不会进你家的门。"从此以后儿子常常想着怎样才能把母亲处理掉。

在一个又阴又冷的早晨,儿子对母亲说:"今天我领您去哥哥家转转,行吗?"母亲说道:"儿子啊!天气好的时候不去,怎么挑了个这种日子啊?"虽然嘴上这么说,可是从心底里宠爱儿子的她,坐上毛驴车就走了。他们家离哥哥家有一段距离,走到半路上儿子对母亲说道:"您在这里稍歇息歇息,方便一下再走吧。"母亲说道:"天色不好,加上有点晚了,还是尽快赶路吧。"儿子却说道:"急什么呀?走惯的路闭着眼睛也不会迷路的。"说着把母亲从车上放了下来。母亲正要方便,好像看到儿子在路那边蹲下,接着又听到"咔嚓"一声巨大的雷声后便晕了过去。

天快亮的时候,哥哥家门口"咂"的一声响。嫂子醒来出去一看,原来是弟弟血淋淋的人头。受到惊吓的她精神恍惚地跑进来想告诉丈夫,可是惊恐万分中什么也说不出来,只能用手指向门口。丈夫虽然也害怕,但人命关天,便壮着胆子急急忙忙走向弟弟家。半路看到一辆毛驴车停在路边,母亲晕倒在一旁。弟弟在不远处插有三把刀的地方被砍了头,身体已经僵硬。哥哥把母亲扶到车上拉回了家里,用琥珀、茶等土方法来熏,再按压关节,好不容易才让母亲醒过来。于是,母亲说自己在来的路上听到一声雷鸣巨响后就晕了过去的事。原来这没心肝的儿子想以去哥哥家的名义把母亲骗出家门,在早就挖好的深坑上放了三把刀做了记号,然后想把母亲杀掉埋了。这一切被老天爷看穿,以砍头的方式惩罚了他。

"用粪土来回报金子般的厚爱"必然会遭报应。

(1986 年 1 月 15 日姐姐敖登其其格讲述)

110. 吃了黄羊头准饱

从前，有一个老汉娶了个新妻，与前妻生的儿子和后妻生的儿子四个人一起生活。孩子们的父亲不在的时候，后母便嫌弃前妻的儿子，给吃剩饭剩菜不说，还挑最难听的话来谩骂，作为父亲的他却一点也不知道。过了许久后，老汉从一点小事上起了疑心，心里盘算着想弄清楚到底是怎么一回事。

有一天，老汉像是要准备出远门，收拾了行囊，出门没走多远便返了回来，躲在一旁窥探。只见后妻煮了黄羊头和绵羊头，给自己的儿子吃绵羊头，给前妻的儿子吃黄羊头。黄羊头其实很瘦，没有什么可啃食的肉，所以前妻的儿子啃了半天也没吃到什么，根本没有填饱肚子，于是对后妻说道："妈妈！我饿。"后妻却说："嘉，行了行了！吃了黄羊头你准能吃饱，反而吃了绵羊头的人应该还没吃饱。"说着给自己的儿子又额外加了一块肉，她的儿子吃的嘴角流着油，可是前妻的儿子只能瞪着眼睛看着他们吃。

这正是："黑眼珠子外还有黑眉毛"，都是一家人，何必呢？

(1983 年 8 月 9 日父亲乔德格敖子尔讲述)

111. 太阳快落山了,该吃剩饭了

　　从前,有一个人的妻子死后他又娶了一个年轻的妻子。俗话说"后娘不是娘,剩饭不禁饿",可这位后娘却每天给他的女儿煮肉肠蒸包子吃,所以她的父亲也很放心。可是女儿却天天耷拉着脑袋,一天比一天消瘦,对此父亲非常奇怪。
　　一天晚上,父亲听到女儿在唱:
　　　　太阳落山了,该吃剩饭了
　　　　傍晚来临了,该吃剩饭了
　　　　绵羊进圈了,该吃肥肠了
　　　　太阳出来了,该喝茶渣了
　　父亲生气地说道:"不知别人的好,真是个奇怪的孩子!给你吃最好吃的饭,你却编出乱七八糟的歌来!"女儿低着头偷看了一眼后娘,什么也没有说,只是泪流满面。父亲也多次见女儿每日唱着歌哭泣,所以起了疑心。在吃饭的时候,父亲说道:"嘉,包子给我一个!"妻子忙劝说:"你都多大的人了,怎么还要吃孩子的饭啊?算了算了!"可是他没有听,执意吃了一口包子:"呸!什么包子呀。"里面塞的都是破毡片,肉肠里都是旧抹布的碎片,茶也是几天前的茶渣。父亲这才知道女儿在受后娘的折磨,于是赶走了没人性的妻子。
　　这正是:"夜晚的黑暗并不可怕,内心的黑暗才是最可怕的。"不是吗?

(父亲乔德格敖子尔于1983年1月25日在朝格图呼热苏木讲述)

112. 后娘的脸色很难看

从前,有一个老汉的后妻经常夸自己说:"雨水不带碱,俗话不带假是真的吗?都是骗人的鬼话。不是说后娘一定会嫌弃别人的孩子吗?我虽然也是后娘,可手心手背都是肉,从未分过你的我的,都一样地爱护,所以老天、佛祖都知道我没有那种恶劣的坏品质。"丈夫好几次看到老婆给孩子们做一样颜色的衣服,给吃一样的饭菜,所以打心底里夸赞自己的老婆是举世无双的好老婆。

一次,正在吃灌肠,前妻的儿子说道:"爸爸!我的这灌肠不好吃,还很硬呢!"父亲严厉地说道:"嘉,与其嫌少不如捏紧。大家都在吃一个锅里煮出来的饭,只有你吃到的比其他人的要特别吗?别扯谎!要吃就悄悄吃你的,不想吃就别吃了!"没过一会儿,儿子噎住了,父亲说道:"来!拿过来,我看看。"说着从儿子碗里夹过一截儿灌肠一吃,真的是没有味道不说还硬得要命。后娘就这样被抓了一次把柄。还有一次,后娘给两个儿子做了一样的蓝色棉袍。可是前妻的儿子却整天喊冷,恨不得钻进炉火中,冻得缩手缩脚;另一个儿子却一点也不冷的样子,进进出出地跑着玩。看到这一切,父亲就说道:"你妈不是给你们吃一样的穿一样的吗,你怎么像个冻死鬼一样缩手缩脚、哆哆嗦嗦的?"父亲生气地用火剪子朝着儿子后背打了一下,棉袍经火剪子一碰就破了,从里面漏出来了和泥用的蒲毛。原来后娘给自己的儿子用新布、新棉花缝制了衣服,而在寒冷的冬天给前妻的儿子做衣服时,用不能遮挡风寒的凉性蒲毛代替了棉花,把一碰就会烂的旧布翻过来给前妻的儿子做了一件衣服,这是后娘的虐待啊。

这正是:"后娘不是娘,剩饭不经饿。"这句话是有根据的啊。

(1987年4月2日巴润别立镇税务局孟·吉日太讲述)

113. 怕儿子回家的时候迷了路

从前,一个老太婆唯一的儿子长大成人,到了娶亲成家的年龄了。与这小伙子谈情说爱的姑娘脾气非常坏。她对小伙子说道:"我可以和你成家,可是我不会为了你照顾你那年迈衰老的母亲。你若是想和我结发生活在一起,就趁早把那个障碍物处理了,不然什么也不用说!"

小伙子想了好几天,怎么看母亲都像是他人生中的一块绊脚石,心想我的母亲怎么不像别人家的老人一样去该去的地方,总是妨碍我呢?而那姑娘也总是在他耳根子旁唠叨:"迟早是个死,世上谁又喝了长生水呢?你离不开她,我也没法和你在一起。"小伙子怎么想也觉得娶媳妇是重要的事,所以有了很坏的念头,想在寒冷的冬夜把母亲领到无人的地方丢掉。

一天,儿子对母亲说道:"今天我们去个人家。"说着把腿脚不方便的母亲骗出来背在背上就出发了。母亲想起最近儿子脾气大变,表现不对劲,大概猜到这次不会有好果子吃了。母亲一路上不停地弄断路边的芨芨草,儿子问道:"您为什么弄断芨芨草啊?"母亲说道:"我是要到该到的地方就不走了,可是儿子你不一样,我怕你回家的时候迷路,所以在为你做记号。"儿子听了母亲的话猛然醒悟,心想:"罪过啊!我一心想要害母亲,可母亲却为我怎么回家而担心,世上再也没有比母亲更慈悲的人了。"儿子想着想着就跪在母亲面前流着泪说道:"母亲!是儿子错了,儿子再也不做这种伤天害理的事了。从今往后我会好好尊敬您,侍候您。"然后擦了擦眼泪,背着母亲回家了。

这正是:"画虎画皮难画骨,知人知面不知心。"母亲给了你一个身体,却不能把思想都给你。

(父亲乔德格敖子尔于 1984 年 1 月 18 日在朝格图呼热苏木讲述)

114. 五脏六腑都飞起来了，这下你们高兴了吧

从前，一对小两口因为怀不上孩子而发愁，自从他们领养了一个孩子后过了三年非常舒适安逸的日子。一天，这家来了一位借宿的人，说道："从这里朝西有个叫红塔的地方。没有孩子的人朝着塔上虔诚地扔哈达，能把哈达挂在塔上就会得到子嗣了。"听到这话，夫妻俩准备了少许东西便赶往那个地方了。他们走了很多很多天才走到一个高高的土塔旁边。依照那个人所教，在嘴里念着："上天恩赐给我们一个孩子吧？"念完把哈达朝塔上扔了上去，哈达就挂在了塔上。夫妻俩高兴地回了家，不到一年他们就生下了一个白白胖胖的儿子。有了自己亲生骨肉后很明显地对领养的儿子不好了，时常为了一件小事就开始打骂："你大一点就想惹事，你弟弟还小着呢！"他们把领养的儿子当作是牙缝里的肉、眼睛里的沙。

被领养的儿子才七岁就没有了撒欢的福气。整天跟在羊群后面，冬天则冻得难受，夏天则热得受罪。因为他聪慧，记忆力好，只要看过一次他就能牢牢记住。为此夫妻俩更加讨厌他，越发厉害地折磨他。突然有一天，夫妻俩说道："这领养的儿子以后可能会在我们儿子的路上成为绊脚石，有点家产也要分，趁早把他送到极乐世界，我们也会安心啊。"俩人商量着要害死领养的儿子，于是做了有毒的饭，盛在木碗里，木碗脱了皮。"还不赶快把饭吃了放羊去？"恶毒的夫妻挥着手吓唬着让领养的儿子把有毒的饭吃下，催促着他去放羊了。领养的儿子走了一会儿，刚来到羊群旁肚子就疼得快要拧断了一般，他在野外打着滚叫着："肚子，肚子！"没一会儿他的肚子就鼓了起来。他想回头看看羊群，可是膨胀的肚子"嘭"的一声炸开，肠子挂满了灌木丛，临死前他说了一句："五脏六腑都飞起来了，这下你们高兴了吧！"可怜他小而干枯的尸体不知过了多久依然躺在草丛旁。后来满身罪恶的夫妻俩溺爱的儿子得了瘟疫，瘦成皮包骨而死去。无人奉养的老两口，受尽万人的唾骂，有一顿没一顿地挨着饿，死相惨不忍睹。

"心眼坏会折福，筷子弯会费食"，真是因果报应啊！

(1983年8月7日父亲乔德格敖子尔讲述)

(四)动物故事

115. 孤独的驼羔

　　从前有一个黑心的巴颜(富人)和一个贪心的诺颜(官人)。巴颜有一个儿子,诺颜有一个女儿。一天巴颜和诺颜见了面,说起两家结为亲家之事,诺颜说:"您是这一带最有钱的人,你若给我一百峰白骆驼,我就把女儿嫁给你的儿子。"巴颜为了显耀自己富有,满口答应了。

　　黑心的巴颜回去后准备婚事,收集驼群的白骆驼,集齐了九十九峰白骆驼,还差一峰。驼群里正好有一峰带着小驼羔的白母驼,狠心的巴颜不听老婆的劝阻硬是活活拆散了母子,把白母驼赶到白驼群里,凑够了一百峰白骆驼。当时把母驼牵走时,小白驼被孤独地拴在桩上,母子俩彼此流着泪难分难舍地呜咽哭叫,那场面非常凄惨。

　　第二天,刚把拴在桩上的小白驼解开,小白驼就朝母亲离去的方向奔去,跑一阵停一会儿,停一会儿叫一阵,站在高处迎风流泪,发出声声鸣叫。老婆对巴颜说道:"老头子,小白驼一蹦一蹦地追赶母驼去了。"巴颜骑上骡子就去追赶,用皮鞭子狠狠地抽打着小白驼的小腿,把它赶了回来,并不给吃喝饿着拴了三天。巴颜的女仆在外面转悠的时候,小白驼乞求道:"请把我的绳套松一松吧!"女仆很同情,把小白驼的绳索松开。趁别人不注意,小白驼弄断绳索一路悲鸣着去寻找母亲。

　　贪婪的诺颜从富人家赶回来一百峰骆驼,非常得意。可是那峰和小驼羔失散的母驼思念幼小的驼羔,一直叫个不停,眼里泪水涟涟,声音凄凄惨惨,叫人听得不得安宁。诺颜听得不耐烦,破口大骂道:"我的女儿结婚成亲的好日子里,这个不吉利的畜生整天哭哭啼啼的,叫人不得安静,快把这畜生给我宰了。砍掉头颅剥了皮,把四肢剁掉扔得远远的!"仆人按照诺颜的吩咐把白母驼杀了后肢解得四分五裂。

　　小白驼四处鸣叫着寻找失散的母亲,碰到一只小鸟,小鸟告诉他:"你的母亲已被贪心的诺颜给杀害了,头脚被肢解后扔到了四处,你顺着墙根一直向前走,能找到你母亲的遗体呢。"小驼羔顺着墙根走了一阵,飞来一只乌鸦,说道:"小驼羔啊,我吃了你母亲的肉后她的头上会长出五色的花,脚下会长出果树的。你就吮着花汁吃着果子成长吧!"小白驼继续往前走,找到了母亲的遗体。在那儿等候了几天,果然长出了五色花和果树。小驼羔吮着花汁吃着果子度过一天又一天。

这样过了三个月之后，狠心的巴颜顺着脚印找到了小白驼，为其柔嫩的鼻子插了鼻棍子，拴在木桩上拌住四条腿，不给吃的喝的折磨了许多天。巴颜和诺颜两家成为亲家，举办了七天七夜的婚礼大宴，而拴在门外的小驼羔没吃一口草没喝一口水。一个老仆人看着不忍心，偷偷地将绑绳松开，小白驼获得自由，高兴地蹦跳着跑远了。狠心的巴颜见小白驼跑了，骂道："该死的畜生，不识好歹，偏偏在我家娶媳妇的好日子里逃跑，不吉利的东西！"巴颜一怒之下惩罚放走小驼羔的老仆人，重责了二十五板子，还破口大骂道："你这个老不死的，闲得没事干了是不是？手脚痒痒了是不是？是不是不想在我们家干了？你如果不去把那个小杂种给我找回来，非剥了你的皮不可！"这时候小白驼居然自己跑回来了，说道："这不怪老大爷，是我自己要跑的。我饿得实在受不了，才叫老人家把我松开，我吃了点草填饱了肚子就赶回来了。但是我告诉你，你们为富不仁，做尽了坏事，将来你家媳妇会生出三个不祥的孽种的！"巴颜听了暴跳如雷："你这个不吉利的乌鸦嘴，我非把你喂野狼不可！"说着叫来三个小伙子，让他们把小白驼杀了。

三个小伙子不忍心杀死小白驼，巴颜威胁他们说，谁要是不听话就把谁干掉。三个小伙子商量道："杀了这个可怜的驼羔对我们有什么好处？但是不杀了它我们就保不住命。干脆我们救下那个小骆驼一起逃走吧。"于是他们三人牵着小白驼一同逃走了。

巴颜的儿媳妇坐月子的时候发生了不吉利的事。第一天她生了一只鸟，第二天生了一个半截身子的女儿，第三天生了一个儿子，刚过了一天就说了一句话："爸爸，您骑哪一匹马啊？"儿子刚生下来就会说话，爸爸被吓破了胆，后来竟然死了。巴颜看见自己的儿子吓死了，气得大骂儿媳妇："我可怜的儿子！我可惜的一百峰白骆驼！生了一堆孽种害死我儿子被的丧门星，我要你这种儿媳妇有什么用？快给我滚！"说着将儿媳妇赶出了家门。

一天，那个孤独的白驼羔又来到巴颜家的门前，巴颜想杀死小白驼，小白驼说道："且慢！听我把话说完再杀也不迟。因为你用皮鞭子不知怜悯地抽打了我的小腿，所以你的儿媳妇生了一只鸟。因为你从小把我和母亲分开，断了我的母奶，做了十恶不赦的坏事，所以你儿媳妇生了半截身子的女儿。因为你们害得我们母子失散，又残忍地杀死了我的母亲，所以遭到了报应，害死了自己的儿子。我想用你孙子之口说出你们做的恶事，没想到把你的儿子给吓死了。但是也不是没救，等到有一天我母亲复活之时，我会让你的儿子也活过来。"

听了这话巴颜不打算杀驼羔了。他找到那个诺颜，要他把那一百峰骆驼里的和小白驼羔失散的母驼找回来，拿他的三峰骆驼换。贪心的诺颜觉得一峰骆驼换三峰骆驼有利可图，于是叫仆人们把白母驼找来。仆人说："您不是叫我们把那峰白骆驼杀了吗？"另一个仆人说："这西边老太婆家有一峰带小羔的白母驼呢，把它弄回来顶替吧！"于是他们找到那个老太婆，向人家索要白骆驼，老太婆说:"你们这是死人身上找羊毛,没找对地方啊。我老太婆只有一峰喂小羔的白母驼,怎能把它们母子俩活活拆散呢?那不是作孽吗?"仆人们恶狠狠地说:"老不死的家伙,诺颜要的东西你也敢不给啊?不给骆驼就要了你的老命!"说着蛮横地带走了母驼,还把追着母亲跑的小驼羔的小腿踢断了,剩下孤苦伶仃的老人陪着受伤的驼羔。

巴颜一看那峰白骆驼,说道:"这不是我要的那一峰,我家的骆驼我都认识。人命关天的时候你们居然拿别人的骆驼来冒充欺骗我,也太过分了吧!"诺颜这下张口结舌地说不出话来了。这时候那个孤苦伶仃的小白驼来了,说道:"你们不但拆散了我们母子,现在还要拆散另外一对母子,真是太狠心了。你们不是在三个月前将我的母亲杀害抛尸于荒野了吗?如果能把尸首都一一找回来,我有办法让她复活。"诺颜听了,连忙叫手下人四处去寻找母骆驼的尸骨。

找来找去,大部分的尸骨都找到了,唯独缺脑袋和四条腿。小白驼说:"你家院墙后面的花丛就是我母亲的头颅,围绕花丛的四棵果树是母亲的四肢,你们去把它们毫无损伤地连根挖出来,我就能让母亲复活。"

等到人们把花丛和果树都完好无损地挖出来,小白驼将母亲的骨骸一一摆放好后绕着转了七圈,鸣叫了七声,母亲就复活了。白母驼见了驼羔,悲伤地鸣叫着说道:"我可怜的孩子,你孤苦伶仃地饱尝人间的苦难了吧!"看到母子流着泪哭泣着重逢,在场的人们有的惊诧,有的伤心,觉得不可思议。

母驼对巴颜说:"我的身体之所以这么残缺,是因为我的肉您也吃了、乌鸦也吃了。您现在就开恩把我们放回原野吧,在那里我们可以自由自在地生活。"巴颜说:"那不行,你们活着是我家的骆驼,死了也是我家的鬼,哪有让你们自由自在奔跑的杭盖呢?"小白驼说道:"你们把刚才牵来的那峰母驼放回去还给老大娘,让她们母子相见,我去你家让你的儿子活过来。"

等他们把老太婆的白母驼送回去后小白驼让人把巴颜儿子的尸骨摆在地上,绕着尸骨转了七圈,鸣叫了七声,巴颜的儿子居然也复活了。原来,父母做了坏事,有时候报应落在儿女头上,让他们的儿女也遭受离别之苦。现在年轻的夫妇重逢,高兴得又哭又笑。

从此,人们吸取了教训。在阿拉善地区,牧人们从不将牛羊骆驼等牲畜在还没断奶的时候活活拆散,尤其忌讳虐待牲畜。

"没妈的羔子能养成畜,孤苦的孩子能养成人"。

(1988年12月19日图克木苏木希尼乌素嘎查牧民希拉穆德·仁钦讲述)

116. 和睦的四个同伴

  清澈宽敞的河对岸有一棵结满果实的大树,动物们只能流着口水眼巴巴地望着。一只猴子想吃到这果实,心动了很久,却过不了河,只能远远望着。一只兔子也对熟透的果实垂涎欲滴,碰巧遇到了猴子和鸽子。它们有同样的想法,但是想了很多法子也没能想出过河到对岸去的方法。一只大象踩着慢步走来,猴子因嘴快就急忙问道:"大象哥哥,您不想尝尝那红红的果子吗?"大象说:"怎么会不想呢？只是吃不到嘴里哩,有办法怎么会闲坐着?"兔子信心十足地说道:"那我们合作一定会心想事成的。"猴子说:"是啊,只要我们合力过了河就一切都好办了。"对大象来说过河简直就跟玩一样,只是为够不着那参天大树上的果实而伤脑筋,猴子说:"大家不要泄气,我有办法。"听了此话大家高兴极了。猴子说道:"大象哥哥背我们过河,自然会有办法的。"大家齐声呼喊起来。

  大象背着三位过了河,有点泄气地说:"我和你们几个比起来又壮又高,可跟这棵树比起来就渺小多了,现在也只能看着果子眼馋了!"兔子提醒道:"大家需要帮助,绳索需要拧紧,我们只要一个托着一个不就够着了。"大家听了都高兴地跳起来。大象身体粗壮又有力气就站在了最下面,他的上面站的是猴子,猴子的上面站的是兔子,最上面站的是鸽子,正好能够着果子了。就这样,鸽子从上往下把果子一颗一颗传到下面。这几个动物吃得饱饱的达到了目的,也解了馋。他们虽然不是同类,却相互尊重,像兄弟一样和睦共处,所以幸福快乐地生活。

  从此以后,蒙古地区就广泛流传着以四种异类动物来象征团结的"四祥画"。蒙古族从很早以前就把尊老爱幼、和善待人的美德习俗归纳在"团结就没有办不成事"的思想里,蒙古人家把这幅画作为和睦、团结、平安的象征,挂在佛像旁边已习以为常。

  这就是说"和睦相处,凝聚力量"才能有圆满的结局。

(2003年1月26日阿拉善右旗档案馆别速惕·满兴讲述)

第三部 民间小故事

（五）幽默风趣故事

117. 章京喝了两鞋筒

有一个聪明的贼，经常出没于富人财主家里，让那些爱财如命的人防不胜防。一天，这个贼找到一个朋友，说道："有一个富人，满山的羊群，满箱的金子，但是还不满足，我们去偷他的东西散给穷人怎么样？"朋友高兴地答应了。他们从富人家仓库的小窗口钻进去。聪明的贼等同伙刚下来，便脱下一只鞋子放进酒缸里舀了一鞋筒酒，然后用别人听得见的声音大声喊道："章京喝了两鞋筒，我只喝了一鞋筒！"同伙吓坏了，还没来得及定神，只见外面来了几个大汉打开门锁就把他们堵在门口。聪明的贼这时候早已从来路跑得无影无踪，同伙却束手就擒。这时候只听见外面有人喊："老爷的草库着火了，快来人啊！"几个汉子连忙扔下那个贼，去救火去了，连门也忘了锁。

那个聪明的贼趁乱跑回来，解开同伙的绳索，用斧子劈开富人的箱子，装了满满一口袋金银财宝，趁着夜色逃走了。走到半道，同伙责怪道："你呀，差点把我吓死了！"聪明的贼说："要不那样，怎么能骗人家开门呢？"同伙说："你的动作可真够快的。"聪明的贼说："要不那样怎么能当聪明的贼呢？"两人说说笑笑地回去了。

聪明人鬼点子多，深水里鱼虾多。

（母亲苏布德于1987年10月讲述）

118. 邻家的灰母驴要生小喇嘛了

有一个不学无术的喇嘛,手下有三个小徒弟。喇嘛自己没什么本事,却对三个徒弟特别霸道,不仅让他们干重活累活,还经常辱骂和殴打他们,用鞭子把他们抽得青一道紫一片。三个徒弟对师傅恨之入骨,心想着如何才能摆脱这个恶僧。师傅经常借用西边邻居家的骒驴,晚上非要自己亲自把驴放到滩里去。有时候三个徒弟想骑毛驴玩,师傅就沉着脸骂,不让他们靠近毛驴。

有一天,三个徒弟说:"今晚我们偷偷跟踪师傅,看他把毛驴放在什么地方,明天我们好偷着骑。"到了晚上三人装作早早入睡,等师傅出去放驴的时候悄悄起来跟在后头。只见师傅来到东南方一处偏僻地,然后竟然和毛驴干起了不堪入目的龌龊勾当。原来师傅经常在野外干见不得人的事,三个徒弟更加讨厌和憎恨师傅了。他们突然心生一计,决定好好地惩戒一下这个不要脸的喇嘛。

第二天早晨,一个徒弟出门捡柴火,偷偷揣了一盒火柴和一把烙铁。他在野外烧了堆火,把烙铁烧红后在母驴的腹股上烫了一下,毛驴又疼又惊,从此什么人也不让靠近背后了。当天晚上师傅像往常一样出门放驴,不料被毛驴狠狠地踢了一脚。看到师傅怒气冲冲地回来,三个徒弟偷偷地笑了。第二天看到师傅腿一瘸一拐的,徒弟明知故问道:"师傅的腿怎么啦?是不小心跌伤了吗?"师傅莫名其妙地骂了一句:"该死的畜生,看我不活剥了它的皮!"

第二天,一个徒弟去西边人家借磨盘,回来的时候气喘吁吁地对师傅说:"师傅,不好啦!邻家的灰毛驴要生小喇嘛了!他们都说是师傅干的好事,还说要告官抓你呢!我不知道他们说的什么意思,但猜想肯定不是什么好事,他们还叮嘱我千万不要告诉您呢!"喇嘛一听此事吓坏了:"啊?果真有此事吗?"师傅说着慌忙进了屋,收拾了一些东西,背起行李就逃走了。只见师傅一边慌慌张张地跑,一边还回头朝邻家的方向看有没有人追上来。

师父逃走后,三个搞恶作剧的小徒弟笑得直不起腰来,说道:"嘉,我们终于摆脱师傅的魔掌了。师傅他现在肯定吓得尿裤子了,再也不敢回来了。"

"不做亏心事,不怕鬼敲门;做了亏心事,风吹草木动。"闻风而逃的喇嘛正是应了这句话。

(1988年2月22日母亲苏布德讲述)

119. 巴愣桑的计谋

　　有个叫巴愣桑的聪明人,经常捉弄那些富人,于是有人把他告到阎王那儿。阎王要惩罚巴愣桑,派了一匹马儿,让他把巴愣桑抓回来。马儿找到巴愣桑时,看到巴愣桑很吃力地拉着一车柴火慢慢腾腾地赶路。马儿说:"喂,阎王叫你去一趟呢,快跟我走吧!"巴愣桑说:"你让我把这一车柴火送回家再说吧。"马儿见他慢慢腾腾的样子不知何时才能走到家,便说:"我帮你把柴火拉到家,然后你跟我走,好不好?"巴愣桑说:"好,好。"

　　巴愣桑把马儿套进车里,然后用皮鞭子没头没脑地使劲抽,马儿疼得屁滚尿流,好不容易才把一车柴火拉到巴愣桑的家里。巴愣桑刚把马儿从车里放出来,又惊又怕的马儿顾不得巴愣桑,独自一溜烟地跑回去了。马儿向阎王诉说被巴愣桑虐待的经过,阎王说:"你斗不过巴愣桑,那就让猴子去吧。"

　　猴子找到巴愣桑时,巴愣桑正在木臼里捣着什么东西。猴子问他臼里捣的是什么玩意儿,巴愣桑说:"这可是谁也不能告诉的宝贝,如果被别人知道了,就会缠着我要个没完,所以我不能告诉你。"猴子听了越发好奇,非要巴愣桑告诉他不可。巴愣桑装作不耐烦的样子说道:"哎呀,你真是烦死人了,那我就告诉你吧,这是用大象的乳汁配的最好的眼药粉,你可不要告诉别人。"猴子说:"嘿,我的眼睛正好不太舒服呢,你把宝贝眼药粉给我一点吧,只给一点点就行。"巴愣桑说:"那可不成,这种稀罕药只有皇上才有享用的资格,你我这样的人想都不要想!"猴子低三下四地恳求道:"没事的,你的秘密我绝不会透露给任何人,你放心吧。"巴愣桑很不情愿地说道:"那好吧,我就信你一次。你过来躺下把眼睛睁大,我给你撒一些药粉。"猴子乖乖地躺下来把眼睛睁得大大的,巴愣桑就抓了一把捣碎的红辣椒粉末撒进猴子的眼睛里。

　　猴子带着要命的恐怖表情,满脸泪水和鼻涕向阎王诉苦。阎王很生气,大骂巴愣桑做得太过分了,于是披上蟒缎袍子,骑上宝贝骡子,准备亲自向巴愣桑兴师问罪。当阎王找到巴愣桑时,只见他站在灰堆上,正忙忙碌碌地给一匹灰青色的公牛套笼套。阎王大声呵斥道:"你这个不听话的巴朗子!为什么两次叫你都不来,还把我的马儿和猴子弄得惨不忍睹?你还有没有王法了?"巴愣桑说:"大王息怒,我知道自己错了,这不正要骑上公牛去向您赔罪呢,您却先来了。"阎王盯着那头公牛问道:"你这个公牛跑得有多快?"巴愣桑煞有介事地说道:"嘿,它的力气可了不得,踩住上面的脚蹬子能上天,踩住中间的脚蹬子能转遍人间,踩住下面的脚蹬子能周游龙宫,可是个独一无二的宝骑呢!"阎王有点动心,说:"那我们俩换吧!"巴愣桑问:"你的骑乘有什么本事呢?"阎王答道:"我的骡子眨眼间能绕地球三圈。"巴愣桑装出一副犹豫不决的样子说道:"那……既然您说了,换就换吧。不过我的牛认生,不让陌生人靠近自己,除非我们把身上的衣服也换过来。"阎王很痛快地和巴愣桑交换了衣服。巴愣桑叮嘱道:"这头牛刚开始不好好走,过上一阵子后才会跑起来。它若不听话,你就用这把铁榔头使劲地敲它的脑袋,到时候它会使出真本事的。"

就在阎王穿上巴愣桑的又破又脏的衣服准备骑牛的时候,穿戴一新的巴愣桑早已骑着神骡子飞到阎王殿,对阎王的手下说道:"待会儿那个叫花子巴愣桑会来到殿前胡言乱语,你们千万不可相信他的话。这个家伙诡计多端,你们抓住他要严刑拷打,看他还老实不老实。"

话说阎王骑上灰青色的公牛后等待奇迹出现,不想踩了三个脚蹬子一个也不管用,牛儿丝毫也不动弹。阎王气得一榔头敲了下去,没想到公牛突然塌了下来,变成了一堆灰土。阎王这才知道上了当,差点把肚子气炸了,只好徒步走回阎王殿。当他怒气冲冲地赶回来时,看门的小鬼们一把抓住了他。阎王生气地骂道:"你们不去抓那个冒牌货巴愣桑,倒要来抓我,反了你们了!"小鬼们谁还相信眼前这个衣着破烂、狼狈不堪的家伙,骂道:"我们的老爷明明坐在大殿上,你还敢狡辩,让你尝尝我们这地狱的滋味吧!"说着他们将阎王推进了一百零八层地狱,折磨得死去活来。

巴愣桑用计谋惩治了阎王,穿上蟒缎袍子,骑上飞天神骡高高兴兴地回去了。

据说,阎王亲自领教了一百零八层地狱的可怕情景后才知道地狱是多么恐怖和残酷,所以他九死一生地逃出来以后,就把一百零八层地狱减少成十八层地狱了。

有计谋的人能骑狮子,有本事的人能使唤鬼。

(2000年2月14日锡林高勒苏木扎哈布鲁格嘎查牧民辉特·额日登其木格讲述)

第三部 民间小故事

120. 巴愣桑让阎王吃尽了苦头

巴愣桑的母绵羊下了一头神羔,阎王派了爱哭的哭丧鬼,说道:"你去把巴愣桑的神羔抢回来,他可是个诡计多端的人,你要小心。"哭丧鬼变成了一只蜜蜂,飞到巴愣桑的毡包顶上。巴愣桑知道了,把一个装了盐水的瘤胃口子对准破毡包的入口,让蜜蜂钻进了瘤胃,然后扎住口子,把淹在盐水里的蜜蜂狠狠地揍了一通。被打得鼻青脸肿的哭丧鬼哭丧着脸跑了回去,向阎王告状。阎王说:"嘿!这个巴愣桑真是太狡猾了。偷不了他的神羔就偷他的宝马。"于是派了盗鬼去偷巴愣桑的马。

巴愣桑总共有两匹黄马,一匹宝马,一匹烈马。他算准盗鬼要来,就事先把两匹马的马桩给调换了。盗鬼看走了眼,去偷那匹烈马,被脾气暴躁的烈马狠狠地踢了一脚,踢断了腿。阎王见盗鬼瘸着腿跑回来了,很生气,又派了一个吸血鬼,说:"你去把巴愣桑的脑髓给我吸出来,看他还敢不敢跟我作对!"巴愣桑在枕头上扣了一口铜锅,装成自己睡觉的样子,然后藏在门后等待吸血鬼的到来。吸血鬼用尖嘴铜喙敲击那口锅,怎么敲也敲不破,正在诧异这脑袋为何这么硬,这时候巴愣桑突然逮住了他,在地上把吸血鬼狠狠地揍了一通。"哎哟妈呀,打死我啦!"吸血鬼哭哭啼啼地跑回阎王殿。

三个小鬼都失利了,暴跳如雷的阎王要亲自去找巴愣桑算账。巴愣桑用灰土塑了一个大公牛,鞴了鞍屉,上面拴了一把斧头,等着阎王上门。看到阎王到来,巴愣桑说道:"阎王老爷今日登门有何贵干?请您进屋谈吧。"阎王问道:"你这个小气的老头儿,为什么把我的小鬼骗进盐水瘤胃里差点憋死?"巴愣桑不慌不忙地说道:"我本来是要把神羔送给您的,谁知那个小鬼钻到我盛酸奶水的瘤胃袋里,差点把我唯一的水袋给弄破了,于是我就小小地惩罚了他一下。"阎王又说:"嘉,就算是这样,那你为什么要打断我的小盗鬼的腿?"巴愣桑说:"你让他偷我的宝马,他却偷我的烈马,他违背了您的意旨,所以被烈马踢断了腿,您说他活该不活该?"阎王无话可说了,又问:"那你为什么把我的吸血鬼打得鼻青脸肿?"巴愣桑说:"您让他吸巴愣桑的脑髓,他却去和我的锅过不去,我替您教训了他一顿,难道这有什么错吗?"

阎王知道自己说不过巴愣桑,就蛮横地说道:"住嘴!我不想和你再多费口舌了,反正你得跟我回去接受惩罚!"巴愣桑说:"嘉,遵命!"阎王看见那头公牛,好奇地问道:"这是什么玩意儿?"巴愣桑说:"我这是眨眼能绕地球七圈的神牛啊!"阎王动了心,说:"那我们俩换吧,我这匹马也不赖,弹指间能转地球三圈呢!"

巴愣桑见阎王中了他的计,便装出很不情愿的样子说道:"我的公牛有点懒,

· 181 ·

一开始不好好走,你用斧子使劲地打它一下,它才能跑起来。但是我的牛比你的马快多了,等你的马跑开以后烧三炷香再追,也能追得上呢。不信你试试。"阎王叫巴愣桑骑了他的马先走,等三炷香烧完后跨上公牛准备追赶,不想那公牛却纹丝不动。阎王摧了好几声也不见公牛有动静,于是举起斧子朝公牛砍去,没想到那公牛化成了一堆灰土。阎王知道上了当,只好怒气冲冲地徒步走回去。

巴愣桑早就到了阎王殿,对小鬼们说:"待会儿有个冒充大王的人要来闹事,你们要抓住他,丢进一百零八层地狱,好好地消一消他的嚣张气焰。"当阎王气喘吁吁地回到阎王殿时,小鬼们不由分说地抓住他,丢进了一百零八层地狱,让阎王吃尽了苦头。然后巴愣桑叫小鬼们把阎王从地狱里放出来,问道:"嘉,大王,你说说地狱里的滋味怎么样啊?一百零八层地狱是不是太少了点儿?"阎王忙说:"这真是不看不知道,一看吓一跳,差点没要了老夫的命。一百零八层地狱真是太多了,我要减掉一些。"巴愣桑问:"那你打算留多少层呢?"阎王说:"留十八层地狱就够了,其余的不要了,真是太恐怖了!"

从那以后,一百零八层地狱就变成了十八层地狱。

饱汉不知饿汉饥,站着说话腰不痛,只有亲身经历了,才能知道什么是甜什么是苦。

(1997年10月12日布固图苏木布固图嘎查牧民辉特·都岱讲述)

121. 巴愣桑用计谋赢了巴颜的马群

巴愣桑来到一个穷人家,问他们愿不愿意拥有一群马,穷人说:"像我们这样的穷人家,吃了上顿没下顿,哪里还敢奢望有一群马啊,您别开玩笑了。"巴愣桑说:"你让你的两个儿子跟我一起走,他们会赶着一群马回来的。"穷人半信半疑,就叫两个儿子跟巴愣桑一起走。巴愣桑来到一个非常富有的巴颜(富人)家的水井边,让一个孩子藏到井边的树上,让另一个孩子躲到井下面,叫他们不要乱动,说:"待会儿我会跟一个巴颜在这里争吵,当我问这是谁家的马群,你们就说是巴愣桑的马群。知道了吗?你们一个扮作天神,一个扮作地龙王,只能出声,不可现身。"

过了一阵子,巴颜赶着马群来到井边饮马。只听见巴愣桑和那个人争吵了起来,都说这是自己的马群。巴愣桑说道:"我们光在这里空口无凭地争吵有什么用,不如问当地的土地神,让他们说这是谁家的马群。"于是大声喊道:"万能的天神啊,你说这是谁家的马群?"只听见树上传来一声:"是巴愣桑的马呀!"巴愣桑又喊道:"仁慈的地龙王啊,你说这是谁家的马群?"从井底里传来一声:"是巴愣桑的马呀!"巴颜没办法,只好把一群马输给了巴愣桑。等巴颜走了之后,巴愣桑让两个孩子出来,让他俩赶着马群回去了。

聪明的人用头脑思考,善跑的马是远途的伙伴。

(1997年10月12日布固图苏木布固图嘎查牧民辉特·都岱讲述)

122. 巴愣桑的报复

巴愣桑来到一个寺庙，看门的几个小沙弥挡住了去路，骂道："哪里来的讨吃子，来喝我们的洗脚水？剩饭剩菜早已被人家的狗吃了，没你的份啦！"巴愣桑听了很生气，心里暗想："大喇嘛不在时小喇嘛逞能，没教养的东西，今天如果教训不了你们几个，我就不叫巴愣桑！"

巴愣桑进入寺庙里，趁别人不注意的时候，在大殿前拉了几泡屎，悄悄溜出来了。出来的时候又碰见那几个没礼貌的小沙弥，小沙弥问他叫什么名字，巴愣桑答道："我叫刚才我。"说完他就走了。

这时候庙里突然传来议论声，不知出了什么事。几个小沙弥凑过去一看，不知是什么人在大殿前拉的几泡屎，格斯贵（掌堂师）喇嘛正在发火呢。格斯贵喇嘛把看门的几个沙弥叫到跟前，问："你们知不知道是谁在大殿前拉了屎？"领头的沙弥忙说："知道，知道，是刚才我拉的！"另外几个也附和着说道："对呀，就是刚才我拉的！"格斯贵喇嘛很生气，大声骂道："你们几个该死的东西！竟敢在佛殿上拉屎，玷污我佛门净地，把我的脸都丢尽了！有本事你们在我头上拉一泡给我看呀！"那几个沙弥一看情况不妙，忙说："的确不是我们干的，一定是刚才我干的好事！"格斯贵喇嘛更加生气，怒喝道："你们真是反了天了，来人哪，把他们的衣裤都扒了，给我狠狠地打！"

于是，有口说不清的几个沙弥被执法喇嘛狠狠地打了一顿，半天也爬不起来。

口中无德自讨苦吃，搬起石头砸自己的脚，说的大概就是这号不懂事的人。

（父亲乔德格教子尔于1983年在朝格图呼热苏木讲述）

123. 牛肚子一响天下起热雨

有兄弟俩从小失去父母，成了孤儿。弟弟脑子不好使，有点呆傻。哥哥为了养家糊口，经常在外盗取富人的财物养活弟弟。有一天，哥哥偷了一个黑心富人家的一头肥壮的花牛，立即动手宰杀后把肉条晾干，然后把牛肚子吹满气放在天窗上使劲一拍，又从天窗里往下洒了些热水，大声喊道："我的妈呀，牛肚子一响，天就下了一场热雨，弟弟你热不热？"

傻弟弟见哥哥从外面汗淋淋地进来，便相信了哥哥的话，说道："真的好怪啊，我这儿也下起热雨了。"

第二天，哥哥给弟弟做好吃的喝的后像往常一样出门了。快中午的时候，他们家来了一伙骑骆驼的富人，气势汹汹地问那个傻小子："快说实话，你哥哥是不是偷杀了我们家的一头大花牛？你不说我们就宰了你，剥了你的皮，小傻瓜！"傻弟弟一见这个阵势吓坏了，连忙实话实说道："昨儿个牛肚子一响，天就下了一场热乎乎的雨，那时候哥哥杀了一头牛吃了。"来人听了他的话笑得腰也直不起来，以为他在说胡话，说道："瞧这个傻子又说起胡话来了，天底下哪有这种事儿呢？"说着那些人就原路返回去了。

鱼儿有水命，傻人有傻福，傻弟弟的一番傻话救了哥俩的命。

（父亲乔德格教子尔于1982年讲述）

124. 富人出洋相

从前有个自以为是的富人，经常凭自己有几分口才而取笑穷人，并以此为乐。一次，这个富人和同乡们结伙去塔尔寺拜佛，途中在一个长满珍珠草的地方搭了帐篷落脚，正好有几个外乡的朝圣者也在此落脚休憩。在吃午饭的时候，富人指着从自家带来的沙葱，问外乡人："你们那儿有这种菜吗？"外乡人说："我们那儿没有这种菜，这是什么好东西啊？"富人得意地说道："这菜叫沙葱，在我们那儿是富人吃的名菜。"

富人又指着外面滩上的一丛丛珍珠草，问道："你们那里有这种草吗？"外乡人答道："这种草我们那儿也有，都是富人吃的，像我们这样的穷人根本吃不到呢！"

富人本来想炫耀自己，没想到被人家把富人比喻成食草动物，弄得很没面子。

这就叫作："聪明反被聪明误，自己扇了自己的耳光。"

（2003年1月10日 阿拉善左旗辉特·策仁道尔吉讲述）

125. 若这么长也就罢了

　　几个小喇嘛背着师傅在暗地里偷着抽烟,被大喇嘛发现了。格斯贵喇嘛(喇嘛教寺院的执法喇嘛)把小沙弥们都召集到大堂上,如出锅的蒸饺子般齐刷刷地坐成一排,要开始进行训话了。只见格斯贵喇嘛头戴黄色鸡冠帽,脚踏三道绿丝压纹的黑绒靴子,身着黄缎偏衫,火红的袈裟外面披着棕色粗呢披肩,很威严地走到堂前,不停地敲打着法杖来回走动,然后就大声地训斥开了:"你们给我听清楚了,喇嘛僧侣是佛门弟子,是佛爷的徒弟,不近女色、不贪烟酒是我们一辈子要遵守的戒律,谁要是违反了这些戒律,将被立刻赶出寺庙。你们居然敢背着师傅抽烟,眼里还有没有佛门规矩?还有没有我这个师傅?"大喇嘛越说越生气,简直暴跳如雷了。就在他捶胸顿足地发火之时,从怀里突然掉出来一个东西,喇嘛们仔细一看,原来是一只约一拃长铜锅头的白玉嘴儿烟袋,众喇嘛见状都忍不住笑出声来。大喇嘛连忙捡起烟袋,红着脸说道:"那么,要是这么点儿长的烟袋,也就罢了。"说这话的时候,大喇嘛的口气明显软了下来。

　　"说的一套,做的一套",大概就说的是这种人吧。

(2001 年 12 月 22 日母亲苏布德讲述)

126. 短了一截的佛像现在好看多了

从前,一位针线活儿很差的妇人总爱夸自己如何如何手巧。一天,这家来了一个寻找牲畜的人,妇人正在用旧佛像图当作模子准备缝制一个新的佛像。然而忙活了半天,一不小心把旧佛像图同要裁剪的新佛像图重叠放在一起裁剪掉了。

看到这一切客人说道:"您这不是什么也没有了,真是'毛驴也没了,三两银子也没了',如果先用颜料画好后再裁剪,不是更好吗?"妇人用瞧不起的眼光扫了客人一眼,说道:"你们男人怎么会懂我们女人的针线活儿呢?悄悄喝你的热茶吧。我又不是不会,我家的旧佛像既没有尺度又没有样子,一直想着要把它裁小,所以还画它做什么?现在好了,短了一截的佛像现在好看多了。"她极力地掩饰着自己的无能。从此,在阿拉善地区就用"短了一截的佛像好看多了"这句话来讽刺没有分寸、没有尺度的裁剪人。

这正是:"针线活儿差就会从腹股漏风。"

(祖母其其格于1989年5月2日在锡林高勒苏木扎哈布鲁格嘎查讲述)

127. 半吊子姑娘

很早以前，有个姑娘从来不把父母的话当回事，想说什么就说什么，想干什么就干什么。她从小做事就马马虎虎、懒懒散散惯了，所以做什么事情都不得心应手，好像是抓着别人的手脚来干活儿，一点也不灵活。母亲教育她道："嘉，女儿啊！作为一个女人，不学会缝缝补补，不会做家务活儿怎么能行呢？学会这些对你自身也是有用处的，我们老了，也不可能替你做一辈子。俗话说'儿子要学手艺，女儿要学针线'。"可女儿却回答说："我知道，我又不是三岁的孩子，如果不知道这些还能算是头挂在脖子上的人吗？"她就这样把父母的教诲当成耳旁风，从来不放在心上，也从不用心去学习。时间一天天过去，一晃她已经过了二十岁，到了嫁人为妻的年龄。

一次，他们那里举行大型盛会，姑娘斜跨在走马背上飞也似的来到会场，游荡在每个帐篷间闲聊。夏天的夜晚比较凉爽，大伙儿坐在帐篷外埋锅做饭。没有一个女孩儿像她这样，走路总是趿拉着鞋，带着响声。正好路过吃饭的大伙儿面前时，她不小心把粘在鞋底的沙土一下带进了饭锅里。大伙儿对姑娘的这种吊儿郎当的性格厌烦极了，有人对她说道："你父母是怎么教你的？怎么最起码的小心谨慎都不懂吗？怎么对自己的手脚都做不了主呢？"

然而，姑娘依旧听不进去大家的话，一天闲来换几身锦袍，美滋滋地到处游逛，什么也没有学会。等到嫁入婆家，连一件内衣都不会缝制，她开始发愁地说道："唉！现在是要胡乱拼凑装个洋蒜呢？还是马马虎虎对付着穿呢？以前母亲在世的时候常说：'好裁缝是用拃来量的，烂裁缝是用剪刀来修剪的。'可是我什么都不会呀。"她拿着手中的针线不知从何做起，一旁的婆婆说道："常言道，趁母亲健在的时候学会缝补，趁父亲健在的时候认准亲属。只会撒娇不学缝补，这样子怎么能让一个家庭兴旺起来呢。所以年少时不学，会耽误一辈子的事。其实父母的每一句叮咛都比金子还要宝贵。"媳妇这时才知道后悔了。可是现在父母都已被埋进了土里，知道自己不学无术后悔也来不及了，就像雨过天晴后披雨披，晚了！离开了父母嫁到婆家什么都不会做，只能垂着头重新开始学习。人们说长道短，她只有想念父母哭泣的份儿，也吃了不少苦才学会做活儿。

这正是："寅时不起误一天的事，幼时不学误一辈子的事。"

(母亲苏布德于1993年6月2日在巴彦浩特讲述)

128. 三个愚笨的喇嘛

从前,有三个喇嘛被请到村落里做法事。村落里的人家非常尊重他们,准备了美食款待。等到做熟了,端到喇嘛面前的食物他们做梦都没有见过。只见三个大木盘里摆放着形似三匹带有鞍鞯的马样的东西。村落人家一方面敬重他们,另一方面想试探他们是聪慧还是愚笨。

三个喇嘛中为首的喇嘛愣了一会儿,不想动手吧肚子饿得厉害,想吃吧又不知从何下手,问人家吧又丢不起这张脸……只能硬着头皮拿起放在一旁的刀子,割下了马的上嘴唇一尝,没有什么味道只是一团面而已。第二个喇嘛看到大喇嘛割了上嘴唇没吃到什么,所以很小心地割下了马的下嘴唇吞下,可吃到的还是一团面而已。最后轮到最小的喇嘛,这时他思谋道,这人家的饮食习惯还真是特别,太古怪了点吧。一起来的两位好像都栽了,我要多留点心眼儿才行。想到这里他拿起刀,显出很端庄的样子挽起袖子,想割马腿又怕失去平衡,就想着割肉厚的地方,没准儿还能蒙对,所以就在马的臀部像割乌查的尾巴一样切了一块,但还是厚厚的一层面而已。

这时候主人叫来放羊娃问道:"嘉,你会吃这样的食物吗?"放羊娃想了一会儿说道:"您的马能放吗?"主人说:"'羊靠吃草,人靠吃饭'是吧?不放怎么行?"放羊娃说:"那我就要卸下马鞍了。"一卸下马鞍,里面露出饺子馅儿一样搅拌好的肉。放羊娃在三个愚笨的喇嘛面前,任他们眼巴巴地看着吃了个够。主人说道:"你们是佛门中人,精通圣贤明哲之礼,怎么连一个放羊小儿都不如,还说要拯救苍生,那不是和女人长胡须、驴子长犄角一样荒唐吗?变得年迈昏聩了,就连蒙古人的礼仪也同馍一起吃了吧,这不就和娶了媳妇忘了娘的故事一样了吗!"听了这一席话,三个喇嘛羞得不知所措,无地自容。

这正是:"坐穿垫子的智者,不如周游世界的愚夫。"

(父亲乔德格敖子尔于1983年7月23日在朝格图呼热苏木讲述)

129. 爱装蒜的老太婆

从前，有一位爱吹嘘、爱装蒜的老太婆。她总在观察事物的迹象，说火星儿迸出便是好兆头，兔子朝路左右两边跑便是有猎物出没，以观察火势和猫儿洗脸来预兆从远方或近处来的客人，进门时观察人们是用左脚还是右脚先迈进等一些莫名其妙的事，而且还爱夸大其词。

一天，老太婆来到熟识的同龄老太太家串门，打开话匣子唠叨个不停。老太婆坐在火撑子右侧，因为腿脚不利索而不能盘腿坐下，只好叉开腿蹲着。这时一小块带火的木柴弹到了老太婆的两腿间，一旁的老太太说道："嗨！您的两腿中间掉了火苗了。"只见老太婆却显得满不在乎地说道："嘉，嘉，没什么，没事，这是好兆头，不能扔掉的！"等火星子把棉裤烧着冒出烟时老太婆被烫得着了急，揪着两腿间的棉裤说道："嗯嗯！是好兆头好兆头。"到后来愈发坐立不安地来回晃动着屁股，哪知道一下子着起火来，老太婆的胸部到大腿被火烧着了，这才急着灭火。到头来火是灭了，可衣服烧没了，又不能光着身子回家，只得借穿老太太的衣服回了家。

这正是："爱装蒜的人得不到尊敬，爱受惊的马得不到好处。"

(1988年10月27日吉兰太苏木第四嘎查牧民王西格恩格讲述)

130. 麻雀肉汤

　　有一个人特别爱吹牛。有一天傍晚,家里来了个寻找牲畜的人。主人烧火架了锅,说道:"来了客人怎么能不好好招呼一下呢,麻烦您替我看着炉火添些柴,我出去弄点肉马上就回来。"

　　没过一会儿,主人回来了,带回来一只麻雀。客人很好奇地问道:"您刚才出去就猎了一只麻雀啊,该不是用麻雀肉做汤吧?"主人答道:"那当然,别看麻雀小,熬出来的肉汤特别香啊!今晚我要用它好好做一顿野味美餐。"说着用开水烫了麻雀毛收拾干净后丢向锅里。只是屋子里没有点灯,主人摸着黑竟把收拾干净的麻雀丢到火炉一旁了。他自己没有发觉,却把空荡荡的一锅白水煮了又煮,做了一锅揪面片。等做熟后舀到碗里,主人并没有尝出味道,还一个劲地夸口道:"嘉,我说什么来着?到底是麻雀肉汤,味道真好啊!您喝过这么好的肉汤吗?不瞒你说,自从我喝了麻雀肉汤后别的什么汤都不爱喝了!"看到主人一边吹着牛皮,一边满头大汗津津有味地吃着白水揪面片,客人暗自发笑,什么也没说。

　　第二天早晨起来打扫屋子的时候,主人才发现炉子旁边躺着一只褪了毛的麻雀,奇怪地说道:"咦,这儿怎么又冒出来一只麻雀?我明明是猎回来一只麻雀的呀。"这时客人笑着说:"这就是您昨晚带回来的那只麻雀啊,您不是夸口说到底是麻雀肉汤,味道就是不一样吗?这就是那只做肉汤的麻雀呀!"爱吹牛的主人听了这话,红着脸不知道说什么好了。

　　这正是:"夸口的莽汉事后出丑,空怀的乳牛春天遭罪。"

(2006年6月1日母亲苏布德于巴彦浩特讲述)

131. 巴颜嫁女儿

从前,有一户富人家,因嫌弃周围的人家贫穷,便把三个女儿关在家里,从不对外人说嫁女儿的事儿。一个穷小伙子想了个办法,于是和两个跟他差不多的同龄小伙子说道:"嗨!你们想娶媳妇吗?"两个小伙子说:"想啊,可是谁愿意把女儿嫁给我们呢?"小伙子就说:"我有一个办法,你们只要按我说的做,那吝啬鬼巴颜的女儿就是我们的了。"于是三人扮作三个姑娘来到巴颜家做了佣人。

被关在家里非常寂寞的三个女儿于是也有了伴。一天,小伙子说:"你们长这么大接近过男人吗?"姑娘们说:"肯定是没有了,父母都不让我们到离家太远的地方去小便的。"小伙子说:"你们就不想看看男人到底是什么样子吗?"一个姑娘说:"唉,想也没用。"小伙子说:"我有一个好办法,听说女儿家从初八到十五对着上天用心祈祷就会变成男人。如果我们几个真能变成男人也就能享受到这种生活了。"大伙一致认为这是个好办法,就从初八开始祈祷了。

到十三时,小伙子说:"嘉,你们如何了?我好像是有点意思了。"另外两个小伙子也跟着他说:"的确有点意思了。"到了十五的晚上,这三位小伙子说:"我们已经变身了,你们三个怎么样了?"姐妹三人丧气地说:"我们可能没那个福气,还是和以前一样。"小伙子说:"想来我们都变身成男人也不行啊?倒不如我们三个与你们三个在一起吧?"三个姑娘答应了。狡猾的巴颜的三个女儿上了当,生米煮成了熟饭,巴颜没了辙,就把三个女儿嫁给了三个小伙子。

这正是:"鸟儿有美丽的羽毛而被赞赏,人们有无穷的智慧而被赞扬。"

(姐姐敖登其其格于 2002 年 2 月 10 日在
锡林高勒苏木扎哈布鲁格嘎查讲述)

132. 好大方的玉桌

　　从前,一猎户人家的男人每每出去打猎时,他的妻子就在家里召集众人背着丈夫乱搞。一天晚上,妇人觉得丈夫不回来了,便和一位小伙子住在家里,没想到突然有人来访。蒙古包里也没有好藏身的地方,所以妇人急了说道:"你现在只能充当我们家的桌子在佛像前四肢撑着了。"小伙子也只好装成是桌子趴下。来人幸亏不是自己的丈夫,所以妇人稍微缓了口气,在人身桌子上给客人敬了茶。来人是一个非常幽默而淘气的人,看到妇人趁丈夫不在家做出出路的事,就想戏弄她,便说道:"啊呀!你们家的这桌子可真是好桌子啊。"然后用手抚在趴着的人的背部。妇人只能随着他的口气说道:"那是当然,这是我家三代传下来的古董玉桌。"来人说道:"是吗?怪不得看起来很特别。如今去哪儿找这么好的古董真品啊,我能试试它的品质吗?"妇人只好说道:"试吧,怎么不行呢。"虽然嘴上答应了,可又担心会有什么事情发生。只见来人把带火的烟袋锅里的灰扣在了小伙子的后背。趴着的小伙子咬牙挺了一会儿,可是怎能抗得住用火烫呢,突然大喊道:"烫死了,烫死了!我的后背,我的后背!"便匆忙地光着身子跑到黑暗处没影了。

　　这正是:"品行不端正会丢脸,生活不检点会出丑。"

（姐姐敖登其其格于 2002 年 11 月 22 日在巴彦浩特讲述）

133. 怕打雷的金吉格老太

　　从前,有一个牧养着几峰骆驼的金吉格老太,最怕打雷了。夏日的一天晚上,天边凝聚滚滚乌云,眼看着就要下暴雨。金吉格老太看了一眼天色,又望了一眼远处,盼着有人能来到她的家里。正在这时,幸好来了一个认识的拉日根(曾经当过喇嘛的老头儿),金吉格老太高兴地把所有好吃的拿出来招待他。拉日根吃饱喝足后说道:"天色已晚,现在不走不行了。"金吉格老太说道:"好人!做个伴住下吧!我非常怕打雷。"拉日根说道:"怕什么呀?雷鸣闪电来的时候妖魔鬼怪也会跟着嘶叫着到来,如果给您做伴,我的事情就会耽误了。雷又不会把你吃了,数着佛珠睡吧。"拉日根吓唬了老太太一阵子后走了。
　　胆小的金吉格老太紧闭了门窗后钻到被子里蒙着头,照拉日根的话躺下转动佛珠念了起来。没过多久,下起了雨,打响了雷。金吉格老太根本没办法入睡,心里害怕加上大热天紧闭门窗又蒙着头,出了一身汗。这时,在屋子的附近有什么东西在嘶叫,金吉格老太越发地害怕起来,心里思忖道:"嘉,这鬼怪好像是来了,真是好的坏的都一起来了,进入我这破屋子里如何是好呢?"越想越害怕,头发都竖了起来,差点儿晕了过去。到了第二天早晨起床的时候,人已经没了精神,天空却放了晴。嘶叫的"鬼怪"却是她最宠爱的棕红色母驼,因为吃了猪毛菜肚子胀得难受,就在屋子附近辛苦地嘶叫了一晚。知道这一切的金吉格老太又开始忙乎着给骆驼治病了。

　　　　　　　　　　(2003年2月26日阿拉善盟民中老师樱桃讲述)

134. 噎住就不得了了

　　从前，有两个人一起结伴长途跋涉。其中一个人好像被饿了七天七夜似的非常贪吃，每到夜晚便钻进被窝里蒙起头偷吃同伴的干粮。离开家乡长途跋涉是何等的不容易啊？眼看着路还没走完，同伴的干粮也快吃完了。其实同伴早就知道他的这些行为，可是不想引起两人之间的矛盾才没有戳穿他，也没有吭声。一天晚上，那个偷干粮的又犯了毛病，偷了同伴的馍钻到被窝里吃，突然那馍发出"咯"的一声响。于是偷馍贼为了掩饰偷吃的行为，对同伴说道："哦，我这个爱打嗝的坏毛病，迟早会要了我的命啊！"同伴正愁没机会说他，所以便说道："噎住就不得了了！"听了这话，偷吃干粮的同伴知道自己的行为已被人家发现，顿时发不出声来，此后他也改掉了这个坏毛病。

（父亲乔德格敖子尔于1984年在朝格图呼热苏木讲述）

135. 吝啬的掌柜

　　从前,有一个特别吝啬,对伙计特别苛刻凶残的掌柜。就算是伸手不见五指的漆黑夜晚也不许掌灯吃饭。伙计们虽然厌恶掌柜的尖酸刻薄,但也不能直接反抗,那样会遭到毒打,所以他们等待对付掌柜的机会已经很久了。
　　一天,在掌柜的寿辰之日,多少年也没有举办过寿宴的掌柜,却请大家吃了一次长寿面。可吝啬的掌柜还是不允许掌灯。掌柜的想表现自己有多么的仁慈,就在大伙儿中间晃来晃去,说道:"今天是我的寿辰,光我们一家人高兴也不行啊,大家一起高兴才是真正的高兴。我一直把兄弟们放在心上,所以才和大家同乐。"掌柜的表现出了从未有过的好性子。正在这时,掌柜的突然大发雷霆地呵斥道:"哈!烫死了!你这是在做什么?不往嘴里灌,眼睛瞎了吗?"原来他被一根热面条抽到了脸上。一位伙计急忙放下了碗跪在地上说道:"哎呀!我是个黑夜什么也看不见的夜盲人,我以为吃到了自己的嘴里,可没想到抽到您的脸上了,怎么办啊?我犯下了死罪,仁慈的主人您千万要饶恕我啊!"说着就像啄米鸡一样磕起了头。主人想打他,可是没有找到理由也就放过了他。从此以后,吝啬小气的掌柜的允许伙计们在短时间内掌灯了。
　　这正是:"吝啬的主人虐待自己的仆人,贪食的母猪排斥自己的猪崽。"

(1983 年 8 月朝格图呼热苏木牧民杜尔伯特·加拉森讲述)

136. 这么好的酸奶

　　从前,有两个化缘的喇嘛离开家乡的时间长了就想着喝点酸奶之类的来解解馋,所以其中一个说道:"咱俩走到有人家的地方,想办法偷点酸奶喝吧。有一段日子没喝到酸奶了,真是好想喝啊。"另一个说:"说的也是。到了夜深人静的时候咱们潜入人家,一定会找到的。"两人来到一户人家的时候天刚刚暗了下来,一个说道:"嘉,你在屋后面等着,我进去把酸奶连壶一起端出来。"另一个就等在屋后面。

　　先前的那一个进入屋里,顺着墙摸到了两三个狭窄的木制器皿,打开器皿的塞子插入食指舔了一下,味道还真是够酸,觉得一定是酸奶,只是乳清沉在了上面而已。两个人碰了面走到一丛大白刺旁,不慌不忙地坐下来,拿起化缘的木碗喝了好几碗,然后说道:"嘉,稀的已经喝得差不多了,稠的味道会更美。"两个人高兴地说着笑着,把手伸进木制器皿里,这时才发觉原来喝的不是酸奶,而是人家喂狗的泔水,里面都是些泡烂发酵的皮革、木头碎屑等。两个化缘的喇嘛这才知道把泔水当作酸奶喝了一肚子,难受得呕吐不已。

　　这正是:"自作聪明寻烦恼,啃硬骨头费牙齿。"

(1989年1月23日姐姐敖登其其格讲述)

137. 偷酸奶的贼

两个贼盯上一户人家,在不远处等着太阳落山。这户人家女主人因病瘫痪多年,老头儿一直抱着她大小便。

到了晚上,一个贼先去行动,叮嘱另一个贼道:"我先进去把酸奶同壶一起偷出来,你在门外接应。"留在后面的贼等了一会儿也偷偷来到了门口,这时候帆布门帘被掀开,递出来一支细长把子的东西。跟过来的贼以为得手了,便说道:"嗨!你的动作还真敏捷呀?将奶壶同杵杆一起都拿出来了啊?"这时,老头儿正抱着老婆要方便,听到黑暗中有人说话,老头儿慌神地吼道:"啊呀妈呀!你爹的头!从外面直接抱住了?"受这一惊吓,老头儿把老婆摔到了地上。"哎哟,我的胯骨,你怎么这么不小心!"被摔到地上的老婆痛得直叫。先来的贼还没有进入屋里,一直待在屋后等机会,听到这一切竟然活活地笑死了。

这正是:"没有捞到好处还搭上一条性命。"

(父亲乔德格敖子尔于1985年8月16日在朝格图呼热苏木讲述)

138. 当什么人家的儿媳

从前,老两口有三个女儿。一天,家里来了一位相士,给三个女儿看相。相士问大女儿:"你想当什么人家的儿媳?"大女儿先是不吱声,坐了一会儿说道:"我以后要成为从屋里能掀开幪毡人家的儿媳。"二女儿说道:"我以后要当一天倒三次垃圾人家的儿媳。"三女儿说道:"我要当一天倒三次炉灰人家的儿媳。"

相士对大女儿说道:"你是个懒人,以后会遇到一个和你一样懒惰的伴侣。要知道过于懒惰家庭会败落,过多睡眠身体会虚弱。"对二女儿说道:"你是个非常勤快爱干净的人。遇到穷婆家也没关系,以你的能力会兴旺起来,一天倒三次垃圾干干净净的,会过上幸福的日子。"又对三女儿说道:"要知道性格好的人家多聚人,水藻好的湖里多聚鸟,你是个好客的人,所以你家聚的人会越来越多,会变得更富有,天天忙着摆羊背子,一天倒三次炉灰。"后来三个女儿的命运真如相士所说的那样应验了。

这正是:"做人要从小做起,好马要从马驹看起。"

(1984年秋朝格图呼热苏木牧民杜尔伯特·加拉森讲述)

139. 给我盛一点稀的就好了

　　从前有个特别好面子的人,凡事都客客气气的。一天赶远路来到一户人家,碰巧人家正要开饭,人家便邀请赶路人一起吃。好面子的人客气地说道:"本来嘛我出来的时候已经吃过了,既然您这么热情我就恭敬不如从命了。俗话说,碰上做熟的饭不要客气,那您给我少盛一点稀的就好了。"

　　主人看出来他这是虚头巴脑假客气,想戏弄一下对方,于是故意在舀饭的时候全舀稀的,客人见状连忙说道:"哎呀,偶尔有几个面片也没关系的,又不是什么毒药,您别老舀稀的呀。"主人说道:"您不是说让我少来一点稀的吗,我看您是一个'不吃不吃吃七碗'的主儿,干吗这么虚情假意地客气呀?"主人说着给客人舀了满满一碗稠饭。

　　从那以后,那个爱客气的人再也不装模作样地假装客气了。

　　俗话说:"叫你进屋你伸脖子,请你吃喝你舔舌头。"说的就是这种装模作样的人。

(2002年11月19日布固图苏木布固图嘎查牧民莲花讲述)

140. 把我的屁眼儿塞子拿来

从前,有一位修炼坐禅的喇嘛,他每日一点一点地减少饮食的分量,吃几粒"仙丹"就可以度日,到了后来,他已练成了不吃不喝的法术。从那以后,他觉得自己的法术已修炼到家,也不把他人放在眼里了。

于是,他离开了修炼的洞穴,找人比试法术。走着走着遇到一位满头白发、瞎了眼又掉光牙齿的老喇嘛。他非常看不起老喇嘛,说道:"您懂得多少经文呢?"老喇嘛回答道:"我已经老了,怎么能和你们这些正在成长的树苗相比呢?我只是一个一辈子念过几篇经文的人罢了,其他的什么也不会。"年轻的喇嘛骄傲地说道:"我想与您辩经,试试我学了半辈子的法术如何?"老喇嘛说:"啊!看起来你学了很多经文吧,和我这样一个等死的人比什么呢?不过看在你有一颗要达到目的的决心,比就比吧。"年轻喇嘛嗤笑老喇嘛,心想:"你这快要死的老东西还说好听的话,装出一副可怜的样子,博得我的同情来掩饰自己的无能吧?一辈子不知道做了些什么,虚度年华白了头,生命也快走到尽头了。活该!"想到这里就问道:"我们就这样比试吗?"老喇嘛说道:"这样比试也可以,只是我差点忘了一件事,不然你会遭殃的。"年轻喇嘛问道:"你忘了什么啊?和我有关系吗?"老喇嘛回答道:"是啊,麻烦你从我的洞穴后面把我的屁眼儿塞子拿过来吧。"年轻喇嘛疑惑地问道:"您拿它做什么?"老喇嘛说:"拿来了我再告诉你。"年轻喇嘛很奇怪,老喇嘛就对他说道:"和你辩经不把屁眼儿塞上,你有可能会被掷到外海去的。"年轻喇嘛说道:"您怎么小瞧人呢?"老喇嘛说:"我也是勉强活着留有一口气而已。你非要与我比试我能有什么办法啊?"年轻喇嘛听了非常恼火,非要看看自己的法术如何,于是祈祷神灵,清了清嗓子,开始念起了经文。他刚念动几个字就突然听到"啪嚓"一声响,也不知道发生了什么事,便失去了知觉。

不知过了多久,年轻喇嘛醒来,感觉全身冰冷。别说是老喇嘛,就连洞穴也不见了,他自己也躺在一座不知名的山后面。他这才后悔自己不该靠着年轻气盛欺负弱小,同时对老喇嘛信奉不已,想再去见见他,可是找了很多天也没有找到。

"骄傲不是聪明的行为,蛮横不是英雄的行为"。

(1991年2月25日母亲苏布德讲述)

141. 老汉算卦歪打正着

  一个老汉从不干活,每天睁开眼,做的事就是吃饱了和猫一样围着热炕头继续睡觉,是个特别懒惰的人。他的老伴想方设法想叫老头儿出去走动走动,于是在他睡醒之前,把一瘤胃黄油放在山丘上,回来时说道:"老头子!你好歹也出去绕山丘走走,听说男人多走山丘敖包这类高处地方会有好运的。"正在睡觉的老头儿说道:"从哪里听来的屁话!谁说从山丘上绕一圈就有好运?我的觉都被你搅了!不让人休息的讨厌鬼。"然后磨磨叨叨地离开被窝,不情愿地走出了家门。

  老头儿走到山丘上看到有一个瘤胃黄油,就非常信服地想:"老太婆的话也有几分道理。"然后很愉快地回到家。老婆说道:"看,我没说错吧?你如果经常出门走动就和现在一样会好运连连的。"老头儿更加信以为真地说道:"那我就要常出去走走了。"到了第二天,老头儿神气十足地骑着马、背着枪、拉着狗去打猎。半路遇到一只兔子在奔跑,老头儿迷信地想:"这可是我的第一个猎物,如果能猎到第一次遇到的猎物那以后打猎的路会更顺了。"于是他骑着马、拉着狗追了上去。兔子跑到一处白刺旁边的洞穴里。已下定决心的老头儿就守在洞口,他摘下帽子堵住洞口,将马拴在狗尾巴上,还脱了所有衣服挂在马背上。突然兔子不知什么原因受到惊吓,戴着老头儿的帽子窜了出来。狗看到兔子就追了过去。因为马拴在狗尾巴上,所以狗一跑马也跟着跑了。老头儿还没反应过来,所有的东西都跑得不见了,只身一人被丢在了荒野中。怎么办?俗话说:"壮年时离开老婆是命不好,出门时没有坐骑是找罪受。"老头儿只能光着身子去找住户。到了晚上,他来到一户挺富裕的人家,因为没有穿衣服只好躲在院落里,好奇地看着很多人在乱哄哄地跑来跑去。就在这时走过来一个仆人,老头儿便问道:"你们这是在做什么?"仆人说:"供品被贼偷了,正在寻找灵验的占卜师呢。您会占卜吗?"老头儿想起自己饿了一天的肚子,也顾不上想那么多便说道:"会占卜,只是我现在缺一套衣服。"仆人说:"这简单,您在这儿等一会儿,我去禀报诺颜一声。"

  诺颜听仆人说有占卜师就欣喜若狂地接见了老头儿,然后给老头儿拿了一套衣服请进屋里说道:"大师您需要什么?"老头儿想到自己还饿着肚子便说道:"一只煮熟的猪头和五彩绸条。"老头儿吃了诺颜准备的猪头后说道:"给我备一间空房,我需要安静地占卜,谁也不要随便进来。"老头儿吃饱喝足躺下休息时想起了还有抓贼的事,又开始发愁了。怎么应付才好呢?想着想着就摸起了吃得过饱的肚子自言自语道:"嘉,我的两个光光溜溜在看什么呢?"话音刚落只见进来两个人,跪地就磕头道:"多少人都没有抓到我们,您可真是神人啊!连我们叫什么都知道了,我们也只好认罪了,明天您可一定要替我们求情。"老头儿让两个贼先回去,让他们明日混在人群里。然后老头儿一觉睡到了第二天中午。

第二天,听说占卜师要抓贼,聚集了许多人。只见老头儿把啃完的猪头用五彩绸条装扮了一番,来回转动着好像是在找什么。转来转去对准了光光溜溜兄弟俩,用猪头指着说道:"偷供品的就是他们两个,怎么处置你们自己看着办吧。"于是两个贼供认了所有的罪行。懒老头儿也因此以"猪头卦师"而闻名。

这正是"瞎猫碰上死耗子",蒙对了。

(1985年8月朝格图呼热苏木牧民杜尔伯特·加拉森讲述)

142. 陷进泥塘里的牛

　　猪头卦师一下子出了名，在被邀请的同时还受到大家的尊重，可真是美事一件。可是吃饱喝足后还要办事，这对他来说简直是太困难了，所以他有一种既盼望又害怕的感觉。一户人家走丢了一头公牛，找了一个月也没找到，就请卦师来卜卦。猪头卦师的老婆说道："嘉，现在倒好，上次也就是你的运气好，天上掉下来一个大馅饼砸到了你。这次又要拿什么搪塞啊？不要搞出笑话丢了脸，不如找个借口待在家里的好。"可是为了财，老儿却说道："哪儿的话啊？去了看看再说。实在不行就想办法脱身呗！"然后以大师的名义被邀了过去，受到了上宾的款待。他像往常一样对这家人说道："给我准备一个肥猪头和五彩绸条，我要打禅作法念三天的经，谁也不要随意进出。"安顿好后，老头儿独自占了一间屋子，舒舒服服地躺下来，继续着他那总也睡不完的觉。

　　两天的时间就被他这样睡过去了，第三天就要拿出结果，老头儿有点着急了。他每天吃香的喝辣的什么活儿也不干，肠胃有点消化不良。到了晚上，肚子胀得更是厉害，为了消化食物他出了门，没头没脑地跑了一阵，感觉到要腹泻，就找了一处白刺背面好好地拉了一番。因为出门的时候天色已晚，他又胡乱跑了一阵迷失了方向，找不到回去的路了。流浪了大半夜却离家越来越远，走累了要坐下来休息，就听到不远处有牛叫声。老头儿顺着叫声走过去，看到一头公牛陷进了泥塘里。这下老头儿乐了，心想："上天还真是眷顾我，这都是前世修来的福啊。"这时月亮也从云头露出了脸，他仔细辨别了方向，一路小跑着回到家睡到小晌午。

　　坐在上座的老头儿卦师，用五彩绸条装扮好猪头后说道："是这里吗？哦，是那里呀。"像是猪头在给他指明什么似的。突然他放耳去听，然后说道："你们小声点，你家的公牛在西边陷进泥塘里了，不快点去救就要死了。嘉，嘉，我的任务完成了，牛陷进泥塘里，现在赶快去救吧。"那家人立即去寻找公牛，果真找到了陷进泥塘里的公牛。

（1985年8月朝格图呼热苏木牧民杜尔伯特·加拉森讲述）

143. 猪头卦师不再卜卦了

猪头卦师每次占卜都好比是卧倒的骆驼嘴里飞进刺沙蓬一样,运气好极了。对占卜一窍不通的他受到大家的尊敬,他却假装自己是个占卜大师。每次吃了人家的才想起来还有占卜一事,于是担心怎么过关。如果让别人知道自己什么也不会就糟了。虽然每次占卜都能迎刃而解,但是他开始担心,总有一天这骗人的把戏会露馅。

一天,猪头卦师在家里请来很多客人说道:"嘉,今天把大家请到我这简陋的寒舍是有原因的,从今以后我的占卜生涯要告一段落了。什么事的成败都有天数,人的生命、缘分也是如此的。出生年月、亲朋好友、命数安排、配给的身体也是如此。所以我的占卜命数也到此为止了。我如若随意忤逆天地理数,以后会有大灾难的。"说着一只手抓起一只鸽子,又说道:"我的占卜天分从今天开始和这鸽子一起飞走了。大家以后也不用找我占卜了,我的卦也不会再灵验。"说完把鸽子放向了天空。从此,猪头卦师也不再出名了。

这正是:"以巧言骗大众,做水供骗龙王。"不是吗?

(2002年10月2日朝格图呼热苏木额门高勒嘎查牧民厄鲁特·巴图朝鲁讲述)

144. 抹胡子的油

从前,有一位贫穷的老管事。老管事总怕别人知道他的贫穷,所以在别人面前装成很富有的样子,每天在开管事会之前用肥肉油块把胡子抹得锃亮,好像吃了很多油腻的肉食似的,还不停地捋胡子"咯咯"地大声打饱嗝,像是每天都在吃大鱼大肉。

一天早晨,刚开会不久,一个黄毛小子推门冲了进来,径直跑到每天用肥肉油块抹胡子的管事面前,惊慌失措地说道:"哦!爸爸!您抹胡子的油块被猫叼走了。现在怎么办啊?"管事狠狠地瞪了儿子一眼,生气地说道:"那你母亲是死了吗?在家里闲躺着,不会出去追回来吗?一屋子的人怎么连只猫都看不住?"儿子说道:"母亲不是没办法出门吗?"他更加生气了:"好好的怎么就不能出门了?是腿断了?还是坐月子?"儿子可怜兮兮地说道:"这么寒冷的三九天没有裤子,光着身子怎么出门啊?"老管事又说道:"那你母亲不穿衣服是想怎样啊?"儿子瞪大眼睛看着父亲,露出怯懦的脸色说道:"父亲不是每天早晨穿着母亲的裤子来开会的吗?"每天装腔作势好像日子过得非常富有的老管事,不知该如何面对眼前的尴尬场面了。

常言道:"说谎无颜面,**做贼无律法**。"做人还是老实本分的好。

(祖母其其格于 1983 年 2 月 12 日在朝格图呼热苏木格讲述)

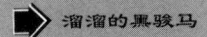

145. 装腔作势的年轻人

　　帕纳的儿子一早起来就去拜访马青管辖长去了。来到井边看到一个人正在饮马。帕纳的儿子跨在马背上,连一声问候的话都没有就说道:"给我的马也饮上几口水。"那人为他的马饮了水,问道:"您这么早是要去哪儿啊?"他回答道:"啊,我啊,想去见见马青管辖长。您知道吗?管辖长他大清早还在家吧?""在,在。"饮马的人说着指了指去往管辖长家的路。帕纳的儿子饮好马转过身问道:"您是否看到一峰屁股上起了茧、背部生了虫子的棕色左峰母驼?"那人听了后忍住笑,勉强说道:"没有,我没有见到过那样的东西。"等帕纳的儿子走后,他大笑了一番。原来帕纳的儿子把背部起茧、屁股生虫子的话说反了。

　　帕纳的儿子顺着指的路没走多久便走近了马青管辖长的家。他为了表达自己的敬意,从老远的地方下了马,牵着马走过来,走进屋里摊开手鞠躬,问候道:"马青管辖长,您好吗?""我不是马青管辖长,你刚在井边没遇到他吗?"帕纳的儿子抬头看到面前站着一位夫人,像是马青管辖长的妻子。他觉得自己太粗心大意了,男女都没有分清楚,在井边遇到马青管辖长也没有认出来,还坐在马上让其为自己的马饮了水,想起这些他感到有点窘迫了。他想掩饰自己的不安,便没话找话说道:"您看到走丢了的牲畜了吗?"夫人问道:"您丢的牲畜有什么印记吗?"他回答道:"宝勒敦吉雅印记的左峰黑马。"他的浮躁性格又使他把骆驼说成马了。夫人说道:"那你到底是在寻找骆驼还是在寻找马啊?我都被你搞糊涂了。"听了这话小伙子又窘迫地着急起来。在夫人出门拿柴火的时候,小伙子对人家的佛像进行了叩礼。夫人进来说道:"这不是我家的佛像,是装酸奶的铜壶。"小伙子仔细一看,原来是排放整齐的铜壶,所以他越发窘迫到了极点。夫人敬了他一碗带有酸奶酪、黄油、奶皮子的香茶,他看到奶皮子上有一根毛,便揪住毛一甩,没有揪下毛,却把奶皮子"啪"的一下甩到了门上。小伙子说道:"哎呀!可惜毛了!本想把奶皮子给扔了,没想到把毛给扔了。"说完了才知道自己又说错话了,脸顿时红了起来。这时外面有马的嘶叫声,夫人说道:"嘉,好像是我家那口子回来了。"小伙子也跟着出去说道:"马青管辖长,您好!"管辖长说道:"我们早在井边见过面饮过马了,不是吗?"小伙子听到这话不知所措地扭捏起来。

　　进了屋里,小伙子急忙拿出德吉酒,斟满酒杯敬管辖长,因慌张把酒瓶子放到了桌子上的盘沿上,结果酒瓶倒了,酒"哗啦哗啦"地流了出来。马青管辖长说道:"嗨,你的德吉!"小伙子受到了惊吓,慌乱中说道:"你爹的头!"说着把正要敬给管辖长的酒与杯子一同甩在了管辖长的脸上。"啊,我这受的是什么罪啊,我的眼睛!"管辖长被泼了一脸的酒,揉着刺痛的眼睛说道。小伙子更加惊慌失措,连道别都顾不上,几乎是跑了出去,上马一溜烟不见了。马青管辖长说:"帕纳的儿子怎么对我这么凶啊?"夫人说道:"别瞎说!他又不是针对你!只是装腔作势罢了。"说着两人笑了。

这正是:"做人不踏实,绊了一次又一次。"

(父亲乔德格敖子尔于1984年春节在朝格图呼热苏木讲述)

146. 舔了药勺的我也快保不住命了

从前，有一个一知半解的大夫，还自称是神医。而他的兄长却是个精通蒙藏等五种语言的有名的"药王爷"。只要有人来看病，弟弟就先把脉，然后哥哥再诊断。这时弟弟便会问："听一听哥哥的诊断如何，是否与我的一致？"哥哥诊出病因时他又会说："您呀，真是厉害，与我的诊断丝毫不差。"然后就去给患者抓药。

有一次，哥哥被请到很远的地方治疗重病患者。因为在晚上急急忙忙出了门，忘记给弟弟留下为皇上增强元气的药方，结果皇上的身体突然抱恙，头晕恶心，宫里赶紧派了亲信去请大夫。哥哥出了远门，没办法只好把弟弟叫了去。弟弟总是躲在哥哥身后出着风头，习惯了用别人的手来抓蛇，自己什么都不会。现在独自面对病情就不知所措了，只能装出一副认真仔细的样子给皇上诊脉，心里盘算着怎么说诊断结果，正在慌神时突然想起哥哥临走之前好像在配一勺药，想必那就是专为皇上配制的药吧，于是高兴地把那包药拿来送给了皇上。皇上喝了药后，肚拧肠断般出了一身恶臭的汗并上吐下泻，折腾了一整夜。第二天，皇上慢慢有了知觉，便喝了哥哥开的剩下的药恢复了体力，就夸赞弟弟也是神医。

皇帝的龙体有所好转，又派人来要几勺泻药。派去的人说明来由，弟弟给皇上包完药，便舔了一下药勺。他突然觉得肚子痛得厉害，便说道："嘉，别说是喝一勺子药了，我只是舔了一下药勺就快保不住命了。"说着这位"好大夫"捂着肚子在床上来回打起滚来。他给皇上的药并不是增强元气的药，而是泻肚药，歪打正着地治好了皇上消化不良的毛病。原来弟弟每每看到哥哥在包药的时候药包破了或药撒出来，就习惯性地去舔撒了的药，傻弟弟以为这是做大夫的一种美德，所以也学着哥哥的样子舔了一下药勺。

这正是："喝糊涂大夫的药不如喝白开水，吃二把刀大夫的药不如吃锅盔饼。"

(1984年7月29日朝格图呼热苏木乌兰泉吉嘎查劳布苍大夫讲述)

147. 多好看的白石头啊

　　一个喇嘛被请到一户人家做法事。这个喇嘛从小在寺庙里长大,都过了二十岁了对骑马还是很陌生。喇嘛骑上马后,被落在主人后面不说,还在马背上像个鸡蛋一样来回摇晃,他的屁股被马背磨得快烂了,已经在马背上坐不稳了。

　　主人拉住自己的马转过头对喇嘛说道:"喇嘛师父需要我牵你的马吗?"喇嘛客套地说道:"不用,不用,我对骑马很在行。"他开始放开马的步子,一点一点地加快了速度。这时只听"砰"的一声闷响,喇嘛早已被摔倒在地上。主人急忙说道:"啊呀! 喇嘛师父,你不是说你自己的骑术很好嘛,所以我也没太在意,你怎么从马背上摔下来了? 没受伤吧?"喇嘛说道:"没事,我怎么会被摔着呢? 只是想捡块石头而已,你看这是多么好看的白石头啊!"说着举起了一颗白色的石头,掩饰着自己从马上掉下来的尴尬,站起来抖着身上的灰尘。

　　这不是"死要面子,活受罪"吗!

（父亲乔德格教子尔于 1983 年 2 月 3 日在朝格图呼热苏木讲述）

148. 爱吹牛的老汉

从前,有一个喜欢炫耀自己的一头黑驴的爱吹牛的老汉。老汉见人就说:"我的这头毛驴,可是要胜过你们那些走马的。走马要用心饲养才能成气候,是比较嘴刁容易疲乏的牲畜,可我这头溜溜的走驴可是耐干旱的好畜生。着了急啃着自己的粪便也能挨到来年,比马还要强呢!"

有一次,他在路上遇到一个人兴奋地说道:"嗨!想不想让你的马与我的'小黑'赛跑啊?"那人说道:"怎么说我这也是一匹马,不能输给你那头黑驴吧。"比赛开始的时候,那头黑驴跑得还算快,骑马的人赞赏地说道:"您的这头驴还真能跑。"老汉更加得意了起来,说道:"那是自然,您若不注意就会被我的'小黑'甩在后面了,可别拉伤了你的马蹄筋。我的'小黑'可是比一般不起眼的马都要强的。"老汉越发兴奋了,给驴子加了几鞭斜跨在驴背上,歪戴着褐色礼帽,挎着带穗子的两个褡裢一颠一颠地跑着,突然驴子一脚踩在老鼠洞里绊了一跤,老汉叫道:"嘉达嗨!嘉达嗨!嘉啊……"他闭紧了眼睛从毛驴头顶飞了出去,头扎地腿朝天摔了一个结实。一同赛跑的人过来扶起老汉说道:"您没受伤吧?"老汉却虚伪地说道:"今天这一跤也不能怪驴不好!只是踩在不合适的地方失了足而已,不然像你们那些短蹄的二岁马根本不是对手……"

这爱吹牛的老汉是"越夸越不像样了"。

(1999年6月15日母亲苏布德讲述)

149. 爱客气的人饿肚子

很早以前，老两口有一儿一女，女儿长大找到了婆家，婆家人邀请老两口到家里做客。老两口想在亲家没有准备的情况下搞个措手不及，就决定轮流去做客。

父亲首先来到女儿的婆家。婆家为老汉敬了茶摆放了馍，为了点缀馍又放了些核桃。老汉没吃过核桃，便很奇怪地拿了一棵核桃泡在了茶碗里。喝完一碗茶，拿起核桃一咬，还是硬邦邦的，又继续泡在茶里，老汉为了一颗核桃把肚子都喝胀了。这时看笑话的亲家公说道："哎呀！亲家！这东西不是泡的，把外壳敲开吃里面的仁就可以了。"亲家公拿来锤子轻轻敲开核桃壳，把核桃仁给了他。老汉一吃味道还真不错，可又觉得丢了面子，也没脸再坐下去了，找了个理由，没等开饭就回去了。回到家老汉说道："我活到这把年纪，现在却为了从来没吃过的食物把脸丢尽了。以后再去亲家做客就必须准备好一把小斧头带着，以防措手不及而丢脸。"几天后，女儿的弟弟去拜访姐姐的婆家，还准备了一把锋利的小斧头。姐姐给弟弟蒸了饺子，弟弟挟起饺子放在桌面上用斧头一劈，油溅到衣服上倒是小事，斧头直接劈进了桌子的一角拔不出来了，这下可把弟弟给急坏了。婆家人看到这阵势都捂着嘴笑道："哎呀！吃饺子也用不着使这么大的力气啊，只要用筷子挟着吃就行了。"弟弟又出了丑。

等到女儿的母亲去拜访亲家，她想女儿婆家的饮食和别人家的不一样，我去了什么也不吃，挺过去不就能挽回颜面了。她来到女儿的婆家，婆家给做什么她都会说："我很饱，不然在亲戚家怎么会客气呢？"母亲说着瞎话，每样食物都只是尝一尝。大清早来到亲家，怕丢脸什么也不敢吃，到了下午肚子开始"咕噜咕噜"地叫了起来。母亲心想，到了晚饭的时候再好好饱餐一顿。到做晚饭的时候，看到每个进来的人都朝锅里添把盐，暗自在心里嘀咕，饿一晚上是不会饿死的，挺过去就行了，如果吃了这过咸的饭，吃坏肚子整夜与白刺为伍就划不来了。于是她对盛饭的人说道："都是蒙古人，就尝一口热饭吧，你们给我少盛一点。"说着从盛饭的人手里几乎把碗夺下，然后尝了一口，却意外地发觉这饭、油、糖的味道怎么就那么恰到好处呢？这饭的味道真是太美了。饿了一整天的老太婆不好意思再去盛一碗，就舔着空碗心想："啊呀！如果早知道是这么好吃的饭，我就会饱餐一顿的，现在看着自己'咕噜咕噜'直叫的肚子可怎么度过这漫长的夜啊？可人要面子树要皮，只能咬牙挨过去了。"想归想，可眼睛却死死盯着剩下的饭被放到哪里。这时亲家说道："我们这里老鼠多，东西根本就不能摆放在明处。"于是剩下的饭被盛在一只小口的瓦罐里吊在了房梁上。

晚上，老太婆饿得翻来覆去怎么也睡不着。到了夜半时分，她悄悄地起来，踩着东西好不容易才把瓦罐从房梁上拿了下来,手伸进去抓了一把饭,可怎么也拔不出手来。她急了,出去想找个石头或木头之类的东西敲碎瓦罐,好把手拿出来。她在昏暗的月光下看到有一个像是鞍鞒的东西,所以高兴地举起手一甩,只听到秃头亲家公叫了起来:"啊呀!我的头被打烂了,好倒霉呀!"接着又说道:"唉!亲家母这都是因为你太爱客气了,饿了自己的肚子不说也害苦了我的头啊!"老太婆的手上仍旧套着瓦罐,又羞又愧地站在一旁。

这正是:"天气变化苦众人,智商愚笨苦自身。"

(父亲乔德格教子尔于1983年在朝格图呼热苏木讲述)

150. 大年三十猎黄羊

　　从前,有一个爱串门又爱说谎的人来到一户人家说了很多废话,他吹嘘道:"就在那年大家都忙着过年,我们家却连个包饺子的肉都没有,心想怎么才能和别人过个一样的年呢?所以我年三十晚上背起小口径步枪打猎去了。那晚下了白茫茫的雪,月光也特别亮。到了猎区准备好步枪等待,过了一会儿,好多褐色黄羊一个接一个地跑过来喝水。当时别提我有多兴奋了,只要瞄准了黄羊连续放枪,老婆孩子就有做饺子的肉了。我扣动扳机'砰砰'打了一阵后,'啪啪'地倒下七八只黄羊。"

　　听他讲故事的人问道:"怎么年三十晚上还有月亮呀?"他连忙圆谎道:"哦,说错了,不就是白雪映出的光吗?"人们越发地逼问他:"什么样的黄羊雪夜还要跑到雪地找水喝呢?"他又说道:"不,不是,原来是我搞错了,不是雪地,是含碱很大的地。"人们又问道:"黄羊又不是像爱吃碱的骆驼,怎么会喝又苦又涩的巴豆一样的水呢?"说谎的人急了,挠着头说道:"啊,我也不知道了,到底是什么地方,什么时候,谁知道呢?反正我杀了很多黄羊带回去了。"

　　"谎言不可相信,种子不能当饭"。

(父亲乔德格敖子尔于1984年1月26日在朝格图呼热苏木讲述)

151. 能忍到什么时候

从前,有两个出了名的酗酒撒酒疯的汉子,他们经常搅乱邻里的宴席,砸桌子摔凳子,就连锅灶都给掀翻。有一次,这里的诺颜把他们叫到家里,想看看他们到底是怎么撒酒疯的,就准备了好酒好肉款待他们。

其中一个汉子因畏惧诺颜,很客气地做了做样子没有喝醉。而另一个却大口吃大碗喝到酩酊大醉的时候,脾气暴躁了起来,开始跟人找起茬来。临走时,喝醉的汉子盯着诺颜的脸说道:"湖中鱼儿的脊背是用来被钢叉插的,藏在心里的话儿是用来酒后吐真言的。忍呀忍呀能忍到什么时候?我越看你就越来气,掴你个耳光出出手痒怎么样?管你是诺颜还是狗,和我有什么关系?"说着就给诺颜来了个左右开弓,令对方眼冒金星。没喝醉的汉子鞠躬哈腰地对诺颜说道:"谢谢您的款待,只是没能给您的席宴添彩,很遗憾啊。"

第二天早晨,诺颜又把他们叫到家里。昨天借着酒胆惹了诺颜的汉子这时一颗心七上八下,不知道有什么样的惩罚在等着他,所以畏畏缩缩地来到诺颜家。没有撒酒疯的汉子却在心里盘算着诺颜一定会夸自己酒品非常好。两人来到诺颜家,诺颜对撒酒疯的汉子说道:"你是有什么说什么的耿直人,是一个说实话的诚实人。我喜欢这种直爽耿直的人,奖你五十两纹银。"诺颜对那个没有撒酒疯并虚伪做作的汉子说道:"你是个欺软怕硬、随风摇摆、立场不坚定的奸诈小人,你撒酒疯也不是真撒酒疯,而是欺压弱小,恭维强者,没有定性,是个人品极差的人。我平生最痛恨这种人,我奖你吃五十大板。"从此,这位见风使舵的汉子再也不敢使诈了。

"欺压平头百姓,溜须达官贵人",不就是这类小人的所为吗?

(父亲乔德格教子尔于1983年8月4日在朝格图呼热苏木讲述)

152. 糊涂皇上审案子

从前,有一个十分厉害的出了名的盗贼,他曾经被几代皇帝抓捕,可每次就在审案子的时候便掉进他设的圈套里,没证据让他认罪只好释放,所以他的名气是越来越大了。

听说新皇帝智商不高,这贼人的胆子越发大了起来,想做什么就做什么。一次皇上的亲信大臣抓住了他,由皇上亲自审案子。这皇上别说审案子了,最起码的律法都不懂,更不要说审罪犯取口供了。皇后非常担心,绞尽脑汁想到一个好办法,决定在审案子的当天坐在皇上身边做暗示。她对皇上说道:"我窝起食指和中指按在掌心里就是让犯人跪下的意思,再把窝起的两根手指抻直就是让犯人趴倒的意思,再把两根手指来回交叉一遍就是打他二十大板,再交叉一遍就打他四十大板。皇上您一定要牢记这几个暗示,这是审案子的基本办法。"皇上说道:"嘉,嘉,皇后您就放心吧,这几个暗示我一定能记得住。你坐在我能看得到的地方暗示我,一定不会出错的。"

审讯盗贼的当天,皇后坐在皇上能看到的明处已经准备好做暗示了。可是皇上好像忘记了昨天暗示的动作,一直盯着皇后看,不知道皇后挠鼻子、打哈欠、抓头挠痒是什么暗示,他心里担心,又胡思乱想地坐立不安了。犯人被提上来,皇后立马把两根手指窝起来按在掌心,皇上想起来这个暗示了,于是命令道:"快让犯人跪下!"皇后又将两根手指抻直,皇上命令道:"叫犯人趴在地上!"皇后放心地笑了,便交叉两根手指暗示打二十大板。可皇上突然忘了这是什么意思。皇后反复做此动作,可皇上依然想不起来。皇后没辙了,心想:"皇上要丢脸了,怎么才能让皇上知道是什么意思呢?"一着急皇后就咬了一下大拇指。皇上看到这个动作,心想:"聪明的皇后看我忘了暗示的意思,立刻又想出新的暗示来,真是救了我了。咬大拇指一定是咬男人命根子的意思。"于是兴奋地命令道:"嘉,你们快把这恶贼的命根子咬掉!"

盗贼做梦也没想到会受到这样的惩罚,心虚起来,心想:"我玩转多少个皇帝,可这样的惩罚别说是没见过,就连听都没听过。人们不是说这皇帝糊涂吗?看这情景他一点也不糊涂,知道我胜过每一个皇帝,专门想出这种办法让我丢尽脸面不说,还想要了我的命啊。现在不如赶快说出真话,请求饶恕,不然就会遭受从没吃过的苦头了。"想到这里盗贼便说道:"皇上,您若饶恕我不用受刚才的酷刑,我就招出以前犯下的所有罪行。"不可一世的盗贼在这傻皇帝的面前很痛快地承认了罪行,从此没再生事,天下太平了。审了此案子以后,糊涂皇帝的头脑突然开了窍,成为一代明君。

这正是:"无心却胜有心,无念却成正果。"

(1990年12月8日在阿拉善左旗乌兰呼都格嘎查索纳木拉玛加讲述)

153. 敦煌的影子

　　从前有一位妇人，她从来都不能完整地唱完一首歌曲，只会唱几首歌的开头，在席宴、婚宴等场合唱个开头便躲在大伙的后面装作是歌唱家。

　　一天，妇人和丈夫一起被邀请到一户人家的席宴上，很多妇人和姑娘们唱起了悠扬动听的歌，她非常嫉妒，怎么也想起个头。就在大家唱完一首歌正在按年龄的大小互相敬酒的时候，虚荣心作祟的妇人清了清嗓子起头唱道："敦煌的影子……"不知到底是这首歌错了，还是没有人会唱，或者想看她出丑，没有一个人接着唱。妇人显出不自然的表情，立刻又装出不在乎的样子唱道："敦煌的影子……"但还是没有人响应。如今脸都给丢尽了，想到这里她急中生智，说道："敦煌的影子，好像不是。怎么会不见了呢？掉到哪里了？就掉在这附近吧。"妇人想以掉了东西为由来引开大家的注意力，就在坐垫下摸来摸去的找着什么。坐在一旁的丈夫又羞又难过，脸红到了脖颈嘟哝着说道："知道自己不会唱歌还不装成哑巴悄悄坐着，这样丢脸不如搓着佛珠念经呢！"

　　"没有绒毛的羊遇到下雨会发抖，不会念经的喇嘛遇到道场会发抖，不会唱歌的妇人遇到婚宴会发抖"，就是这个道理！

（母亲苏布德于1989年1月24日在锡林高勒苏木扎哈布鲁格嘎查讲述）

154. 聪明的沙弥

  从前,有一个小沙弥的师父对他非常苛刻,就连说个话都给他定下许多规矩。比如要把种公羊说成"达日达米",山羊要说成"卖了卖",种公牛要说成"勺容"等等。说五官时,手要说成"贵手",头要说成"魁首",眼睛要说成"瞳目"等等。聪明的徒弟虽然看不惯师父的种种做法,可也找不到更好的对策来反抗。
  一次,师徒俩来到一户人家,师父盘着腿很舒服地坐在桌子旁,吃着拌了炒米、奶皮、白油、奶酪的酥油浓茶,就像吃了酥脆的万年蒿渴急了的骆驼一样"嗖嗖"地带着响声喝着茶水。坐在一旁的徒弟突然看到师父出汗的脖颈上冒出来一颗乘凉的大虱子,这下好不容易逮着个机会让师父出丑,就说道:"师父啊!您的颈椎处爬着一只兽类。"师父没听懂徒弟在说什么,便呵斥道:"你在说什么摸不着头脑的疯话啊?你说的是什么地方的邪语,是人就说人话啊!"徒弟说道:"师父您不是教导我尊重别人就要说上乘的话,不学经文也要学会老实做人的吗?"师父听了更加生气,肺都气大了,大声骂道:"想说就用普通话说。"徒弟却满不在乎地说道:"您的脖子上爬着一颗大虱子。"那家人都笑了起来,师父却红着脸什么也说不出来了。从此,师父不再为难折磨徒弟了。
  "蠢人喜欢自作聪明,秃牛顶架自有分晓"。

(2002年1月6日母亲苏布德讲述)

155. 茶已经喝过了

　　从前，有一个只要一说到干活就退缩，一说到家就忍不住往外跑去串门子的小伙子，整天甩着两只手想着发不义之财。有一天，他从一户富人家借了银碗、绸缎袍，扮作有钱人想到外地旗乡骗点钱。

　　向他借物品的人家对小伙子千叮咛万嘱咐道："你到了人家就摆出一副很富有的样子，不然是借不到银子的。"他来到一户人家，用银碗喝茶。说实话，长这么大的他还没有用过这些高档物品，也就忘记了盘腿而坐，而是蹲下来把端着茶碗的胳膊肘子支在膝盖上。因穿着华丽的绸缎袍，支在膝盖上的胳膊肘子不停地向下滑，银碗里的茶水也晃来晃去，想喝茶却烫到了嘴唇，根本就没法将茶水顺利地喝下去。他频繁地舔着嘴唇出尽了洋相，好不容易才喝完，就学着富人的样子用哈达或手帕擦拭银碗，然后忘记把银碗揣在怀里，"哗啦"一声掉在了桌子上。

　　起初学着富人一样摆着架子，没多久他挪到西南处，穿着绸缎袍拎着柴火箱烧起灶火来。当他张嘴借银子的时候，主人看出他很穷，就说银子早被人借走了。他出尽洋相丢失了面子又窘又迫，把银碗落在桌子上，挽起衣襟快步地走了出去。主人家从后面喊道："您忘记带走银碗了。"他却听成喝茶，便说道："茶已经喝过了。"说着加快了步子，忘了拴在马桩上的走马。那家主人嘲笑道："您连走马都不要了吗？来的时候骑着走马，回的时候要徒步回去了吗？"他回答道："呃，真还有那么一样东西？那就带上吧。"他又返回来从拴马桩上牵了马，把银碗揣在怀里走了。

　　俗话道："学撒谎不如学放羊。"不是吗？

（1988年2月6日母亲苏布德讲述）

第三部　民间小故事

156. 走马变鬼

　　斜跨在彪悍的棕色走马背上,身穿绸缎袍,礼帽斜戴在头上,到处游荡的土豪,在秋季剪二茬毛的时节又开始串门喝酒横行霸道了。看到他的人很厌恶他,都想着要好好修理他,可也找不到什么好办法。这时有一个小伙子悄悄盯上了他,看他夜里要到什么地方去做什么。

　　看到土豪并没有骑着马走而是牵着马走,小伙子背了一副马嚼子抄近路悄悄地跟在后面。土豪一直没有回头,过了一会儿,没见土豪有要骑马的意思,小伙子就把衣服脱光,像是从娘胎里出来一样一丝不挂,然后把马嚼子卸下来挂在自己的脖子上,把自己带过来的马嚼子给马戴上,拴在路边的芨芨草旁,然后把原先的笼头套在自己头上,跟在土豪后边,就像一匹马一样被牵着走。小伙子越走越慢,一点一点拉紧缰绳,土豪一边使劲拉着一边骂道:"怎么不好好走了呢?该死的!"小伙子突然停下脚步,土豪回头一看,在昏暗的夜色中看见有个细长白色的东西,他被吓得魂飞魄散:"圣母保佑留下我这条小命吧!眼睛能看到催命的主,真是见鬼了!"惊吓过度的土豪把缰绳一扔一溜烟不见了。

　　几天后,小伙子牵着连鞍套也没有换的马来到土豪跟前说道:"您不想买这漂亮的走马吗?这是品种极好的牲畜。"土豪说道:"嘉,现在就算了吧,走马时间长了一定会变成鬼的。我这辈子再也不会骑走马了。"

　　小伙子指着土豪的马问道:"您那已经变成鬼的马比起我这匹马怎么样啊?""我那匹马比起你的这匹马可真是没得说,你这马瘦小不说,长相、毛色都不好,胸窄蹄短,不是好马,专配你们这些不识马的人。"土豪连自己的马也不认识,还天花乱坠地说了一大堆。

　　这正是:"说大话的人容易犯错,劣性子的马容易疲惫。"

(姐姐敖登其其格于1988年2月29日在锡
林高勒苏木扎哈布鲁格嘎查讲述)

157. 我们掌柜的在笑呢

从前,一个铺子的掌柜的为买卖的事骑着毛驴出了门,走了几天也不见回来,几个伙计感到非常奇怪。一天晚上,门外有"咚咚"的声响,正好有一个人出去方便,看到一个长长的黑影。他被吓坏了,就跑进门,掌了灯想出去看个究竟。只见掌柜的在驴背上笑呵呵地坐着,他忙叫道:"掌柜的!我给您开门。"他打开门就跑去通知大伙儿:"嗨嗨!我们掌柜的回来了,看他笑的样子事情想必办得很顺利,快去帮忙搬东西吧。"大伙儿高兴地迎出来,看到掌柜的还骑在驴背上,其中一个就问道:"您怎么还不下来呢?"看到没有动静,便心生怀疑地走近一看,什么掌柜的在笑啊,大冷天不懂得从驴背上下来的掌柜的早已在驴背上冻死了,全身已经僵硬。

这正是:"笨人的脑子里进了水。"不知变通,自身难保。

(1983年母亲苏布德在朝格图呼热苏木讲述)

158. 懒汉

从前，有一个特别懒的人，他成了别人的拖累、粮食的祸害者。如果不是他的老婆在家里忙里忙外，这家子就没有能做成的事了。哪怕老婆一天不在家，让他像平常人家一样敞开门窗、开灶做饭都是一件不可思议的事。

他的老婆有事要出远门了，可他却在几天前就开始像个缠着母亲的孩子一样缠着老婆愁眉不展地说道："如果你不快点回来的话，我怎么办呢？"老婆说道："我已经求了别人放几天羊，你在家里做点吃的喝的凑合一下总还可以吧？"丈夫说道："啊，这有点难吧，那锅灶是你们女人碰的东西，好像我从娘胎里出来就没有碰过那些东西，倒不如你给我准备好几天的饭，对谁来说也都放心，不是吗？"老婆想想也是。可要一次做好几天的饭可不是一件容易的事，所以对丈夫说道："做什么好呢？一下子做多了饭会馊的，到底怎么办才好呢？"丈夫说道："你给我做一个锅盔，中间掏空，挂在我的脖子上，这样我也省得为了吃来回走动了。"深知丈夫懒惰的毛病，妻子也很听话地给丈夫做了一块中间掏空的锅盔套在他的脖子上出了门。

丈夫除了大小便，出门在白刺后面绕一圈外什么事也没做，整天钻在被窝里像热炕头上困乏蜷缩的猫一样浑噩度日。饿了就躺着啃锅盔，渴了就喝点凉茶继续睡觉。妻子忙忙碌碌走了几天后回来，却发现丈夫躺着吃嘴巴能够到锅盔的地方，却懒的转脖子吃后面的，竟然饿死了。

于是"懒人看着眼前的肉也会饿死"这句话在阿拉善流传了开来。

这也验证了"不要把女儿嫁给懒汉，不要把马儿借给醉汉"这句谚语。

(1985年冬父亲乔德格敖子尔讲述)

159. 一眨眼就上了天

很早以前，有一对老两口有个骄纵惯养的独生子，他是个把虱子说成骆驼的爱吹牛的小子。下着春雨的一天，出屋准备拿柴火的他看到马桩上拴着一匹漂亮的花马，便走过去骑在了上面，突然间不知道发生了什么事就晕了过去。

醒来时感觉到有几个好大的人相互传递着他，拉扯着他的手脚快要扯断了，这时只听见一个震耳欲聋的声音说道："别说他还真像是个人啊。"另一位说道："呃！像什么人啊？只不过是一个石头而已。"说着在掌中翻来覆去地看。这时另外一个人说道："把他给我。"这人拿起他便放入火镰里，这时他又昏迷了。

突然有念经的声音，他被抛到了门后，这时他看到外面站着一匹漂亮的马儿。他跳上马背就窜了出去，接着就醒过来了，发现竟躺在自己家外的灰堆上。父母看他醒了，非常高兴地问儿子道："儿子，这几天到底怎么了？把我们都吓坏了。"儿子说道："这几天我上了一趟天，所以你们怎么能从地上找得到我呢？上天也没什么稀奇的。我骑上天马到天上开阔了视野，看到了从没看到过的东西，天堂可真是个美丽的地方啊。"他却不知道这几天自己发高烧说胡话，把敖包当成山来吹嘘了一番。

这正是："井底之蛙怎知世界之大。"

(1988 年 1 月 25 日母亲苏布德讲述)

160. 不学经文的沙弥

　　从前有一个愚钝的沙弥（小喇嘛），在寺里当学徒已有很多年，只学会一句经文"卡叽格那日"，令师父也灰了心，让他回家了。自从回到家，每日只要一睁开眼睛就开始念"卡叽格那日、卡叽格那日"，生怕把好不容易学会的唯一一句经文给忘了。可他自己也不知道这经文是什么意思，也没问过师父，现在想知道也晚了，只能瞎念了。一天早晨，沙弥闭着眼睛，用两手食指捂住耳朵逼着自己正背诵"卡叽格那日、卡叽格那日"，这时正好有一个人经过。到了晚上，那人返回来再次经过时看到早晨背经文的沙弥还在不停地背诵经文，放耳听去只听见"卡叽格、卡叽格"，就嘲讽他道："早上我经过的时候你不是在背诵'卡叽格那日'吗？回来时怎么就成了'卡叽格'了？'那日'丢哪里去了？你与其这样念经度日，不如帮家里干点活儿来得实在。"

　　"与其捻檀香念珠，不如捡路上的石头"，既然学不好经文，那就做点实在的活儿吧。

（父亲乔德格教子尔于1983年2月1日在朝格图呼热苏木讲述）

161. 差一点修成正果

一位牧羊老头儿，每到野外放牧便开始搓着念珠数起来。近来老头儿在放牧的地方找了一处坡地，数着念珠的时候身体不由自主地有些飘飘然的感觉。老头儿非常高兴地说道："老伴啊！我数念珠可能是数到头了，莫非是要长生不老了？也有可能是修炼成了飞天术。不管怎样，肯定是成仙的好预兆。"老伴问道："那是怎么一回事啊？"老头儿说道："我坐在一个地方数念珠，就有一天天飘起来的感觉，已经有七八天之久了。"老伴很怀疑地说道："那可不一定，也许不是什么好兆头。"于是就把这事说给了老猎人，老猎人说："以后你一定要让老伴把狗也带到那个地方。"

第二天，老头儿没弄明白老伴的做法，只是顺着老伴的话把狗领了过去。照旧到原先那个坡地数念珠，比以往飘得更厉害了。这时老头儿尿急，就把狗扔下，没走多远便听到狗的惨嚎声。回头一看，只见狗好像被什么东西拉扯着慢慢变成黑点就消失了。老头儿很疑惑，没了心思数念珠，晚上赶着羊回去把所发生的事说给老伴听。老两口又去找老猎人，把所发生的事情原原本本地讲给了他，老猎人说道："你本不是快修成正果了，而是那洞里的巨蟒想吞吸你呢。"老头儿听了非常害怕，说道："那现在该怎么办呢？"猎人说："装一麻袋干驼粪和羊粪，中间夹上煨火的梭梭，放到你数念珠的地方，一会儿就会明白发生什么情况了。"说完和老两口一起把装好的麻袋放过去，躲在远处偷看。不一会儿麻袋越升越高离开了地面被吸走了。

他们回到家，等到夜半时分听见惊天动地的响声，猎人说："嘉，毒蟒被火药炸死了，祸害已经消除了。"第二天一早，邻里们一起到那洞里，看到不知吸了多少牲畜的蟒蛇被炸死后到处散落着腐蚀的白骨。

这正是："想显摆却差点丢了性命。"

（1985 年 7 月 30 日母亲苏布德讲述）

162. 没福气的人

　　从前一个老汉的独子长大成了家,娶了一个又能干脾气又好的媳妇,每天侍候孝敬着老汉,尽可能随他的意思做他喜欢吃的,所以老汉每天换着口味吃着各种美味佳肴,到后来都不知道吃什么好了。

　　一天,媳妇和往常一样问老汉道:"爸爸!您今天想吃什么呢?"老汉想了想,好像什么都吃过了,也想换一种吃的,便说道:"今天给我做皴包面。"媳妇没懂他的意思,给做了包子不是,给做了其他美味的饭也不是。无奈在面片里包了小葱段,老汉还是摇头没有吃。这下媳妇可真的不知道该怎么办了。老汉叹口气说道:"哎!怎么什么都不会做啊?'皴包面'都不会做怎么做人家的媳妇呢!"老汉一脸嫌弃地说着,开始自己动手和好了面,连同案板一起放到屋外,风把面吹皴了,变得粗糙不堪,还落下了灰尘。老汉就做了这么一锅不起眼的饭吃着说道:"吃习惯的饭还是别有一番味道的,住习惯的地方沙土都可以当饭,就是在说这个。"老汉是个没福气的人,他消受不起孝敬和侍候,把吃了一辈子吃习惯了的皴皮的、没有味道的面当成了美味。

　　这正是:"狗的肠胃里,消化不了黄油。"

(1987年1月13日巴润别立苏木税务局孟·吉日太讲述)

163. 我来背黑锅

  在一个大热天,一个女人和儿子一起寻找丢失的牲畜,赶了一天的路好不容易来到一户人家。又累又渴的女人流着满头大汗蹲在地上喝着茶水,一不留神放了个非常响的屁,就连挂在哈那墙头上的铜水壶也被震得"嗡"地发出了声响。女人无奈忙用胳膊肘子捣了儿子一下,说道:"来到人家一点规矩都不懂,怎么能走了风漏了气呢?小孩子家在大人面前也不知道害羞!"儿子诧异地看了母亲一眼,说道:"这能怎么办,虽然是母亲放的屁,也只有我来背黑锅了!"

  俗话说:"种公牛扬土撒在了自己头上。"聪明反被聪明误啊。

(2000年1月6日母亲苏布德讲述)

164. 气也气饱了

有一个爱生气的老头子,脾气比蝎子还急。老头子有一天想烧一锅香喷喷的米茶,就在火炉旁忙乎起来。可是受了潮的木柴不容易被点着,老头子就对着柴火使劲地吹,吹得眼珠子都快蹦出来了,仍然没有点着火,弄得满屋子乌烟瘴气。这下老头子来气了,对着炉子骂道:"好你个龟孙子,不识抬举,欺负到我老汉头上来了。看你厉害还是我厉害,不给你点颜色瞧瞧不知道马王爷长着几只眼!还反了你了!"骂着还觉得不解恨,老头子又补了一脚,把火炉子踢翻了,一锅茶水洒在柴火里,顿时满屋子腾起了烟灰,简直是乱了套了。

老婆子这时从门外进来,看到老头子怒气冲冲的样子,便知道发生了什么事。深知老头子脾性的女人,连忙把炉子弄好,重新架锅烧茶,做了一锅可口的米茶。等米茶烧好后老婆子对怒气未消的老头子说道:"喂,老头子,茶已烧好了,快起来喝吧。"老头子气哼哼地背过身子,说道:"灶王爷和我作对不说,锅灶也和我过不去,弄得一团糟,气也气饱了,我真是活该呀!"

俗话说:"气大伤身,套杆伤马。"老头子能怨谁呢?

(1983年2月7日父亲乔德格教子尔讲述)

165. 只顾着摆谱丢了耳朵

　　富人高木布的独子是个出了名的见火就蹦、遇水就跳的既浮夸又爱出风头的人。只要有人给他戴高帽,他就会在那人面前像没有驼峰的骆驼、被洪水冲走的干粪蛋一样表现得特别欢实。大喇嘛的女儿嫁给乌木吉德的儿子的时候,他被邀请为娶亲队头人。平时从未被邀请到这种尊贵的场合,他骄傲的头顶到了天上,想着要从着装饰品上炫耀自己的派头和财富,便翻箱倒柜准备了一番。只见在寒冷的冬天,他戴着夏季的尖顶红穗帽,把带挂面儿的皮袄下摆掖到膝盖上面的丝锻裤带上,丝质的裤子外还套了黑色丝质的膝盖套,脚上蹬着绿色夹条的翘尖靴子,把靴靿子上面露出的袜子边缘用黑色线绣出全回纹图案,腰侧佩戴着很讲究的银质火镰,上面还坠了五颜六色的丝线,将九眼带子(镶边用的小方格花布)做的皮褡裢夹在腋下裹到跨头的宽带子上,在虎口长的小腿上扣着像绊套儿的银扣吊,在六个手指上分别戴上镶有金星石、绿松石的戒指,手腕上还戴着双龙戏珠的镯子,鼻梁上挂着一副银腿水晶眼镜,还有象牙牙签、胡须镊子、胡须梳子、掏耳勺等饰品都被他挂在了扣吊上,时不时还盛气凌人地左转转右摆摆。

　　因阿拉善蒙古族的传统习俗,娶亲队伍要在太阳下山前把新媳妇娶回来,大伙儿都很开心,吃过乌查肉(羊背子)和肉粥,一直到午时才收了尾。娶了亲出了门已近子时,娶亲队伍的头人在酒足饭饱的热乎劲儿上压着尖顶红穗帽出了门,虽然耳朵冻得有点刺痛,但他却毫不在乎地继续赶路。天亮时分,一旁的人看到头人的耳朵异常地发白,就问道:"头人您的耳朵怎么发白了?该不是冻坏了吧?"头人说道:"不会吧?我很早就习惯冬天不戴帽子了,这点冷还经得住吧!"说着用手抹了下右耳朵,有个白色的东西就掉在了骆驼蹄边,不用说是头人的耳朵。

　　从此以后,人们就用"妄自尊大的人耳朵能扇风"这句话来嘲笑浮夸不稳重之人。

(1988 年 2 月 5 日母亲苏布德讲述)

166. 羊圈里那些白白胖胖的是什么东西

从前有个老太婆，和独生儿子相依为命。后来儿子出家为僧，当了喇嘛到西藏地区学了经文回来了。母亲见了儿子思忖着："我的儿子到圣地一定学了很多经文，成为圣人了吧。"想到这儿便高兴地给儿子煮肉吃。第二天，母子一早起来吃过早茶，母亲高高兴兴地在院落里喂完羔羊准备放牧，儿子来到院落装模作样地问道："嗨，母亲！羊圈里那些白白胖胖的是什么东西啊？"母亲回答道："你怎么把羊都给忘了，这叫装蒜，我的儿子！"儿子很羞愧，不知道说什么好了。

常言道："学经文前，先学会老实做人。"就是这个道理。

(1984年朝格图呼热苏木额门高勒嘎查牧民巴德玛其木格讲述)

167. 念错了经

　　从前,老两口和独生子一起生活,老头儿经常对老伴说:"没有比玛尼经更好的经文了,没有比肉更尊贵的食物了。你都这把年纪了还不捻珠念经,死后会掉进地狱变成孤魂野鬼的。"

　　一天,老头儿吃完饭就靠着床坐下,手里捻着檀木念珠念起了玛尼经文。儿子看着父亲的嘴在不停地蠕动,一不小心打翻了碗。受到惊吓的母亲紧张之下没头没脑地呵斥道:"你爹的头!仙人过来砍你的头!"正在念经的老头儿不知什么时候把经文念成了"你爹的头,你爹的头……"儿子听到后好不容易才忍住了笑,说道:"爸爸!您这是念的哪家子经啊?"这时老头儿也反应了过来,知道自己念错了经,就不耐烦地对儿子说道:"这算什么?你爹我上了岁数脑子不好使了,又不像你还是个孩子,没什么可装腔作势的啊!"说着没好气地转动着念珠,老伴看到这一幕也笑了。

　　"泥菩萨过河,自身难保",念经也有不靠谱的时候啊!

（1989年2月6日锡林高勒苏木扎哈布鲁格嘎查牧民塔拉腾讲述）

第三部 民间小故事

168. 沙金套海的黄脸汉

　　家住沙金套海的高个子黄脸汉被称作"沙金套海的黄脸汉"。他肩上搭着破旧的褡裢,从家乡徒步走了好多天终于来到一处有人的地方,遇到了一伙儿旅客。因为没有多余的骑乘,这些旅客把他的货物驮在了骆驼背上,他只能跟着徒步走。走了两三天,心肠软的旅客们还是忍不住同情道:"您徒步走了这么久怎么吃得消啊?一定很累了吧,骑上我们的骆驼走吧。"于是把一峰骆驼上的货物分别驮在其他骆驼的背上,腾出了一峰骆驼后说道:"您骑骆驼的技术怎么样?经常骑吗?让骆驼摔了就不好了。"他吹牛地说道:"啊,没什么说的,早先我可是在这个地方磨损了不少鞋底,骑骆驼都已经轻车熟路了。"旅客们叫骆驼卧下,让他骑在上面抱好驼峰,骆驼刚抬起后腿,他以为骆驼已经起来了就松开了手,结果骆驼又抬起了前腿,只听"哎呀妈呀"一声叫喊,他从骆驼的后峰上一个跟头栽了下来。

　　旅客们紧张地说道:"您不是说您是老练的骑士吗?这是怎么回事?怎么不坐稳点呢?没有受伤吧?"沙金套海的黄脸汉说道:"这家伙是个和毛驴、骡子不一样的见了鬼的牲畜,早知道就不会被突袭了,唉!"在他唉声叹气、脸色难看地爬起来拍打身上的灰尘时旅客问道:"您怎么说它是见了鬼的牲畜啊?"他说道:"不说见鬼那又说什么呢?牲畜都是一下子就起来了,可这家伙却起了两次!这辈子我绝不再骑骆驼了,栽了一次也就认了。"旅客们看着他出洋相,都笑了。

　　这正是:"说起来容易,做起来难。"世事难料啊!

(父亲乔德格教子尔于 1985 年 7 月 16 日在朝格图呼热苏木讲述)

169. 黄脸汉用怪物招待客人

沙金套海的黄脸汉是个什么东西都敢吃的怪人。一天,他家来了一个寻找牲畜的人。沙金套海的黄脸汉说道:"嘉,我今天给客人您做个您从来没吃过的饭。"说着和了一点面,锅里添了水放到灶上说道:"您坐着添添火。"然后拿了一个盆子就出去了。

没过多久,他在盆子里抓了很多蜥蜴(又称沙爬爬或变色龙)回来了。客人不解,看看他要做什么。只见他擀好了面,把面揉成一小块儿一小块儿地放进锅里,再把蜥蜴一个一个地放进滚烫的水里。蜥蜴进入滚烫的水里拼命地抱住小块儿面就一命呜呼了。客人看着很恶心,对小动物起了怜悯之心,所以一边阻止一边说道:"您怎么一点慈悲心都没有,这也太残忍了吧!"他却不以为然地说:"人们总是说'我可怜的羊儿',亲着羊的鼻子养大后吃着羊奶食品,然后还在胸口上捅上一刀。比起他们我只是抓一些野外的小动物吃,有什么不妥啊?"说着把蜥蜴的尾巴揪掉很熟练地吸食蜥蜴肉,然后把内脏和皮扔掉。

此后,沙金套海的黄脸汉除了整日在沙窝白刺旁转悠着抓蜥蜴外什么事都不做了。虽然野生动物很多,却也经不住被他抓来吃,数量越来越少了。于是这个地方的苍蝇、蚊子和虫子就越来越多了起来,成群结队黑压压地飞来飞去,对人畜带来了严重的危害。

"保护生态平衡,人人有责"。

(1998年8月16日母亲苏布德讲述)

170. 黄脸汉孵骆驼蛋

俗话说,"贪食者家里没有剩饭,懒惰者屋外没有柴烧",沙金套海的黄脸汉就是一个懒到了家的人。他的屋里屋外堆满了垃圾,锅碗瓢盆脏到无法使用的程度了,屋外就更不用说了,连一根柴火也没有。

附近的人看到他成天无所事事,经常对他说:"男人常到山坡上走走会有好运的。"这一日,到了响午时分,他很不情愿地出了门,在旅客落脚的地方捡到一个圆圆的黄色物体,于是自豪地翻来覆去看了好一会儿,心想:"这东西掉在骆驼的脚印上,说不准是骆驼下的蛋,像鸟儿一样孵蛋一定能孵出小骆驼来吧,可是从哪里找孵它的母驼呢?"想着想着他突然很高兴地回家忙活起来。只见他脚步也变得轻盈了,眼睛也散发出了光芒,捡回来冻住的白刺烧热了炕头,然后把"驼蛋"放在热炕头用几层被子压好,自作聪明地说:"孵小鸡也需要二十多天才能破壳而出,这大牲畜的蛋怎么也得三五个月才能破壳孵出来吧。"

就这样刚到第七天的时候,他忍不住想要看看,当他轻轻地揭开被子,一看就傻眼了。原来,黄黄圆圆的并不是"驼蛋",是瘤胃里装着的黄油。瘤胃里的黄油遇到热炕已经融化,他愤愤不平地说道:"哎呀!穷人也想过个年,好不容易找到一颗蛋还是个有毛病的,看样子是成不了形了。本来我是可以得到一头可爱的驼羔的。"他把瘤胃里装着的黄油拿到山丘后面用石头来砸,可是瘤胃里的黄油来回晃动着怎么也砸不烂。于是心想:"还是大牲畜的蛋,皮又厚又硬呀!"就拿出了刀子割破瘤胃,才发现原来是黄油,可惜黄油已经融进了土里。沙金套海的黄脸汉多年在牧区行走,好像什么都知道,其实不然。可惜那黄油了,不如吃进肚子里了!

这正是:"没福气的人,消受不起来临的好运。"

(1991年5月1日延福寺喇嘛达尔吉讲述)

171. 不知道蒙古包从哪里进

　　沙金套海的黄脸汉走了很多天，肚子也饿得慌，于是心想："也不知道能不能遇上一户人家？这蒙古地区的人怎么就住得这么远，也太奇怪了。"走着走着就看到远处有一个圆圆的白色东西："不管怎样也要去看看。"他心存疑惑地来到那个圆圆的白色东西附近时，见外面拴着骆驼和马，他猜想一定有人，便大声喊道："有人吗？"只见不知从哪里钻出一个人来，站在他面前说道："请进屋喝茶，我去看看骆驼和羊就回来。"说完走了。沙金套海的黄脸汉这才知道原来这个圆圆的白色东西是人住的房子。

　　这间房子和他从小到大所住过的见过的房子不太一样，所以不知道从哪里进去，绕着屋子走了一圈也没有找到门。这时从屋里传来一位老太太的声音："嗨！有人吗？什么事啊？"他说道："有人。"屋里又传来："那么进屋坐啊？在外面瞎转悠什么？我还以为是小孩子在调皮或是羊羔在嬉戏呢。"高个子黄脸汉说道："您这没门没窗的圆圆的房子到底要从哪里进门？没有梯子怎么进啊？"这时老太太撩开门帘拄着拐杖出来，不耐烦地说道："瞧你这人是怎么回事啊？是房子就从门进来呀！"高个子黄脸汉装作无所不知的样子说道："这好像是从窗口进出的吧！"老太太说道："呃！您还真是什么都不知道啊，就像莜麦面是什么你都不认识的弱智者啊！"说着就把他请进屋里了。

（1985年2月24日父亲乔德格敖子尔讲述）

172. 把奶酪当成了石头

沙金套海的黄脸汉走着走着来到一户人家,主人摆放了方方整整的奶酪,敬了奶皮酥油茶。沙金套海的黄脸汉吃得正香,主人问道:"你们家乡奶食品丰富吗?"沙金套海的黄脸汉把奶酪当成了石头,便说道:"是在说这碟子里的东西吗?我们那里烧砖的窑很多,可我们从没当回事。"主人说:"你说的那是石头,可这是奶食品。"黄脸汉不说话了,只是挪动了几下身体就算过去了。

主人又问道:"你们那里的生活过得怎么样?牲畜多吗?"沙金套海的黄脸汉吹牛道:"嗨!你们这儿怎么能和我们那儿比啊?我们比你们富多了。简直可以说一个是天堂一个是地狱。我们那儿的人就连鸡狗都养着五六十只,用缸来腌酸菜、咸菜,可富了呢。"主人家听他这样吹牛笑得肠子都直了。

这正是:"从天窗看天空,用锅盆量海水。"目光短浅又无知啊!

(1991年5月1日延福寺喇嘛达尔吉讲述)

173. 沙金套海的黄脸汉出洋相

沙金套海的黄脸汉在路上遇到几个人,他们几个想逗一逗这个爱吹牛又浮夸的家伙,就互相使眼色说道:"瞧,这位长得是不是很像我们那里的死鬼阿尔秘吉德先生?"另一个说:"是啊,他们俩真像亲兄弟呀!"沙金套海的黄脸汉不知道他们在说他长得像死鬼一样丑,依然一副什么都知道的神态说道:"或许各个地方都有长相相似的人吧。"逗乐的几位笑得喘不过气来,不明真相的黄脸汉也跟着干笑起来。

这正是:"自作聪明,丢人现眼。"

(父亲乔德格敖子尔于1984年8月3日在朝格图呼热苏木讲述)

174. 吹牛皮的巴哈乃在内地做口译

　　从前,有一位叫巴哈乃的人,总爱把小事夸大,把兔子说成骆驼,谎话连篇,人们就给他起了个"吹牛皮"的绰号。一次,吹牛皮的巴哈乃在旅途中遇到了几个人,他听说这几个人从来没到过内地,就没话找话问道:"你们这是到哪儿?做什么去啊?"那些人说道:"我们想要到内地给马做个像样的马嚼子,只是正在烦恼没有人会说汉语。"巴哈乃插话道:"你们这个样子到了城里,连东南西北都分不清的。"那几个人一听急了,连忙说道:"是啊,我们现在该怎么办呢?"巴哈乃看到他们着急的样子,更加得意地说道:"我是按小时做口译收费的,赚得那些汉人都哭过咧。你们遇到我,是你们的造化!"那些人中有一人说道:"嗨!说什么呢?您不是做口译的吗?真是太好了!那就直接求您了,我们不管到哪里,只要让您出头不就行了吗?"爱吹牛的巴哈乃因为牛吹大了,后悔自己没个把门的,于是想要脱身就说道:"你们去了让汉人看一下马嚼子不就能做上了吗?"这时另一个人说道:"到了那里我们连方向也找不到,怎么可能做的了买卖呢?都是蒙古人,帮帮忙吧!"巴哈乃推辞不过,只好答应了。

　　几个人来到了城里,可巴哈乃却大字不识一个,也不知道哪里是做马嚼子的地方。正无奈时听到"叮当"声,他便猜想可能是做铁器的地方,走过去一看果然是,就暗自在心里祈祷。店里有一个干瘦的汉人铁匠抡着铁锤在敲打。只见巴哈乃用大拇指和食指比划成圈,再用另一个手的大拇指和食指比划成把圈套住,像马衔子一样放到嘴巴前说道:"这么这么的这么尔登。"然后又比划成两个圈贴在两侧脸颊上,学着马嚼环的样子说道:"这么样子的巴木巴尔登,马子的哪个……"学着马嘶声叫了几下,又把汉人铁匠狠狠地踢了几下。汉人铁匠看他又踢又踹又嘶叫,大概猜到了,就用不太熟练的蒙语说道:"啊,您慢点慢点,我知道了。"几天后果然做出来一个漂亮的马嚼子。从此以后,爱吹牛皮的巴哈乃更加骄傲了。

　　这正是:"想射驼鹿却射到了鼠兔,歪打正着了!"

(1984年2月19日延福寺喇嘛达尔吉讲述)

175. 巴哈乃吃辣子

爱吹牛皮的巴哈乃在路上遇到了几个牵着骆驼的行人，就问他们要去什么地方，干什么去，得知他们要进城里购买一些平常手头用的货物，于是巴哈乃吹牛皮的毛病又犯了："啊，就你们这些人的样子进了城会被内地精明的汉人洗劫一空的！就连像我这样走遍内地各方的老练人，如果不要点小聪明，也会被吃掉的。"那些人一听便说道："如果是这样，谁知道我们这些人会受多少罪呢，幸好有缘遇到了您。"大家都乐了。爱吹牛皮的巴哈乃因管不住自己爱胡说八道的嘴巴，现在要给别人当向导了，只觉得后悔莫及。但又觉得在这些什么也不知道的人中间糊弄糊弄也没什么，于是他又吹牛道："从那些汉人手里给兄弟们弄点又便宜又上等的货也没什么难的。"

一行人来到一处卖货的地方，巴哈乃问道："你们要什么呀？"那些人说道："主要买一些蔬菜、馍饼、糖果、酒水之类的食品。"巴哈乃走到买卖人面前口译道："嘉，塔奈一斗子嚓里啪啦、一笼子输啦沙啦、一百个度归查干，宗乌兰德薄拉图七你赃个然比鲁？"这句话的意思是说用一头强壮的骟驼来换一盘炒豆、一瓮酒、一百个白皮饼、一百个红枣。店主说道："哎！这个数是够了，可是质量不太好。"意思是说你要的东西是有，可就是有点旧有点干了。就这样买卖做成了，对方得到巨大的利益，就连身上的虱子都在偷笑，给他们准备饭菜那是没的说。

爱吹牛皮的巴哈乃在上饭菜前，对伙伴们说城里的饭菜如何如何地好吃，香得就算是把耳朵割下来都不会知道。正在吹牛时，饭菜上了桌，他便把多半菜舀到了自己的碗里，其他的那几位只吃了没有菜的干米饭。炒的菜是辣椒，所以巴哈乃被辣得一阵一阵地吸气，到后来实在忍不住了就说道："掌柜的！倒点冷水喝。"喝完冷水口更辣，他受不了了就迎着风跑，也无济于事。想表现一下自己的能耐却闹出了笑话的巴哈乃，解下马桩上的缰绳骑在驼背上说道："汉民的苦辣也吃过了，家乡还有一个老母亲，也不知道能不能安然见面？"连说带哭地抽打着骆驼跑远了。

（父亲乔德格教子尔于 1985 年 8 月 7 日在朝格图呼热苏木讲述）

176. 巴哈乃遇见龙虱子

巴哈乃像被洪水冲在最前面的干粪蛋一样无处不在。总是说谎话爱吹牛的巴哈乃先生在旅途中结识了几位路友,准备一起进城,看看买卖,过过眼瘾。一行人来到城边,看到几头猪"哼哼"着翻拱着垃圾,爱吹牛的巴哈乃说道:"嗨!你们快点把脚都缩回去!那几只动物叫龙虱子,是会咬人的很厉害的动物,若是让它们咬着了那可是到死都不会松口的!"说着使劲朝上缩脚。同行的人第一次进城,从没见过猪这种东西,所以信以为真地跟着他缩着脚躲过去了。

没走几步,便看到几个孩童正在用木棍敲打着一头领着很多小猪崽"哼哼"叫的母猪,同行的一个人说道:"这不就是你刚才说的那个龙虱子吗?看它的样子不要说是咬人了,自身都难保嘛。"吹牛皮的巴哈乃又出了一次洋相。

(父亲乔德格教子尔于 1985 年 8 月 7 日在朝格图呼热苏木讲述)

177. 今天的风为什么这么臭

爱表现逞强的巴哈乃在路途中遇到几个进城的人。他们骑在戈壁上特有的红黄各色骆驼背上大摇大摆地走了不一会儿,就到了城里下了骑乘,牵着骆驼进了城。就在这时,迎面走来了一个踩着节奏挑着粪便的农民老汉。巴哈乃说道:"嘉,这城里的饭菜花样多,不像我们牧区只用肉和酸奶做配料的。哦,这走过来的正是发酵好准备拿去卖的酱料吧。"虽然粪便的臭气令人无法正常呼吸,可是爱表现的巴哈乃却用食指蘸了一下罐里的粪便,还放到鼻子前闻。对方说了一句:"傻瓜!"继续挑着担走,巴哈乃非常生气地说道:"哼!你小子还挺牛啊!酱料都变质发酵了还骂人?我就不告诉你!"同行的几个人见他如此的鲁莽,都非常惊讶。走了一会儿巴哈乃说道:"咦?今天的风为什么这么臭啊?"同行的几个人说道:"是您的鼻子不对了呢?还是风不对了呢?"几个人冲着他胡须上沾的屎把他使劲地挖苦了一顿。

"结烟的锅底废柴火,轻浮的性格丢颜面",说的正是巴哈乃这种人吧。

(1991 年 5 月 1 日延福寺喇嘛达尔吉讲述)

178. 巴哈乃品尝了从未吃过的食物

爱吹牛皮的巴哈乃不知什么时候听说了城里有一种特别好吃的饭,中间着火,四周都是油,于是他下决心不管怎么样也要吃到这美味佳肴。他来到一个馆子里,掌柜的问他:"要吃点什么?"巴哈乃说道:"要中间有火四周是油的饭。"掌柜的要他稍等一会儿,在桌子上点了一支蜡烛进厨房忙去了。巴哈乃只见过油灯,没见过蜡烛,他以为这就是他点的那份饭。仔细观察了一下,觉得这白色的就像是凝固的油围在周围,中间还有火,正好和他要的饭吻合,于是他就把蜡烛吃了。等掌柜的从里屋出来,见店里漆黑一片,就问道:"嗨!蜡烛呢?"巴哈乃说道:"不是拿来让我吃的吗?已经进了我的肚子里了。"说完就走了。

巴哈乃出了洋相还不知道,把吃蜡烛的事当成趣事到处宣扬。他说道:"我那次吃了一种四周都是油中间有火的尊贵无比的饭,最后饭钱也没给,还让掌柜的愣傻了。"听他这样说,有人就问道:"那饭是什么味道啊?""哇,夏天吃水水的,冬天吃油油的。哈,味道真的很不错。"他想起夏天吃过的水萝卜,就混在一起胡诌了一通。

瞧这位"吹牛皮吹到天上了,说大话说到出丑了"都还不知道咧!

(1991年5月1日延福寺喇嘛达尔吉讲述)

179. 巴哈乃教训侄女

　　爱吹牛皮的巴哈乃有一个侄女。一天,他吹牛皮的毛病又犯了,把侄女叫到跟前说道:"叔父今天给侄女数一数这世上的十种罪孽,你父母没跟你讲过吧?"侄女说道:"没有,我从来也没听过。"他说道:"那我就仔细地说给你听。人有长辈,衣有领子是吧? 当长辈的人就有义务教育下一代。知道了这十种罪孽,死后会躲过炼狱之灾,活着时十种福分都会绽放,能救助万物苍生。"活泼可爱的侄女催促道:"那您快说给我听!"巴哈乃却训斥道:"不好好听别人讲话,就知道催!说少了可就积下孽缘了。"

　　见侄女不说话了,巴哈乃一本正经地说道:"嘉,过来好好听着!尽量都记下,不要听漏了。十种罪孽是猪、鸡、牛、狐狸……"他压着四根手指头深思地说道:"等等! 接下来是什么来着? 怎么忘了呢?"侄女说道:"叔父! 那不就是狼吗?""嗯嗯,正是狼,是狼。"巴哈乃只压了五根手指头就没了声音。想知道十种罪孽的侄女等了一会儿便忍不住问道:"您怎么只数了五个就停下了? 还有五个呢?""你悄悄的!没大没小的!我教你几个就是几个,一点分寸都没有!"巴哈乃的无知露了馅儿,只好以大欺小地掩饰自己。

　　　　　　　　（父亲乔德格敖子尔于 1984 年 2 月 13 日在朝格图呼热苏木讲述）

180. 巴哈乃包饺子闹笑话

爱吹牛皮的巴哈乃和几位路友同行。一天他对路友们说要进城过过眼瘾再回来。他来到饭馆里,掌柜的满脸堆着笑问道:"贵客您吃点什么呀?"巴哈乃说道:"我和那人吃一样的饭。"掌柜的说道:"那个叫饺子。"说完也给他上了一盘羊肉馅饺子。巴哈乃吃得很香,吃完擦了嘴,趁掌柜进里屋的时候想溜走,不料正好碰上掌柜的出来,掌柜的说道:"您把账结了再走。""等一等,你说什么?这饭是做给人吃的是吧?还要什么钱啊?"巴哈乃装着不懂的样子想从掌柜的身旁擦身而过,可掌柜的却没好气地说道:"我们这里的招待和家里的招待是不一样的,这里专门以此来养家糊口。"巴哈乃说道:"哼!好饭给人吃,好衣自己穿。我活到这个岁数还从来没见过像你这样为一口饭和别人红脸的吝啬小气的人。"争执了一会儿,话也说不到一起,掌柜的无奈了,在放走巴哈乃的同时狠狠地给了他一记耳光。巴哈乃为了几个饺子让人家扇了一记耳光,成了众人的笑柄,只好摸着发烫的脸走了。

回到帐篷,其他几个人询问:"嘉,您去的地方有什么新鲜玩意儿?"巴哈乃很得意地说道:"哇,有饺子。我这次到城里可学会做一样东西了。"他们催促道:"快点说来听听。"巴哈乃说道:"饺子这东西那叫一个香得把两只耳朵割下来都不知道,真是太美了!说白了它就是个'受孕的面食'罢了。"几个人奇怪地说道:"哎!那就是说你学会让面受孕了?"巴哈乃吹牛道:"那是当然,让面受孕太简单了。"那几个人又说道:"那今晚就给我们做个受孕的面吧。"爱吹牛的巴哈乃说道:"那也可以!"巴哈乃叫他们擀了一张面皮摊开,自己剥了几根葱,抓了一把盐,切了几大块羊后腿肉,好不容易包在摊开的面皮里,塞得满满的放进了锅里。然后他居功自傲地指挥着他们说道:"嘉,你们把火烧上!"过了一会儿,水开始沸腾了,那几个人说道:"嘉,您做的那个受孕的面好了吧?我们可是饿得哈喇子直流了。"他装模作样地下令道:"估计现在熟了吧。给我拿来勺子和盆!"

行路人的小勺子怎么能捞起这庞大的物体,刚捞起来又"扑通"一声掉回热汤锅里,烫伤了挤在一起朝下看的这伙人的脸,他们叫喊着:"哎吆妈呀,烫死了!"只听巴哈乃说道:"驯服过草原上五岁生个子烈马的汉子们当能让这受孕的面打败,真是没出息!"他心里很不服气,把袖子挽到胳膊肘,刚从汤锅里捞取了大块头饺子便喊道:"我的妈妈神灵啊!怎么这么烫啊?"说着就随手扔向了门口。最后,饺子也没吃成,大伙儿喝了点茶便饿着肚子回家了。巴哈乃整晚叫喊着:"呃哈拉海!疼死我了!不知道我的手能不能好起来?"直到天亮,巴哈乃都没有睡觉。

早晨,听见有人说道:"嗨!这受孕的面冻得发白了。"巴哈乃"哎吆哎吆"叫

· 245 ·

喊着叮嘱道:"喂喂！你们呀,千万不要靠近。那东西虽然外边冻住了,可里面还很烫,小心被烫伤了！不要像我一样成了半死不活的蛇了！绕远点小心地走！"

"拉屎也会受伤",说的就是这号人吧！

(父亲乔德格敖子尔于1983年2月11日在朝格图呼热苏木讲述)

（六）喇嘛故事

181. 谁吓唬谁

　　从前有一个口齿伶俐、智慧过人的游僧。他背着行李西去朝拜大召的路途中碰到一座大寺庙。庙里正在举行法会，聚集了很多的施主和祈拜者。这里的喇嘛都很牛气，没把他放在眼里，连个好脸色也没有。游僧心里不服气，就要往僧侣的坐席上坐，而寺里的喇嘛却把他安排到最下面的座位上。聪明的游僧站起来大声说道："我是远道而来的一个无名游僧，是仰慕你们大地方的大寺庙而来的，既然已经来了怎么也得施舍点礼物表达心意吧！"说着拿出一条粉绢哈达，将哈达撕成两半后给庙里布施。格斯贵（掌堂师）喇嘛说道："喂，你也太小气了，总共一条哈达，还撕成两半，谁稀罕你的半截子哈达？"游僧哼了声，说道："自从我遁入空门当了喇嘛后只知道佛经不分远近，布施不分多少，却从没听说过还有人嫌弃布施给得少的。不是说你们这里是佛门圣地吗，我看也是个徒有虚名的地方。兔子跑自己的小道，穷僧赶自己的路，我走了！"说着将哈达揣在怀里，背起行李就出了门。

　　寺庙里的喇嘛很生气，叫了二十名沙弥，让他们把那个口出狂言的游僧抓回来，好好整治他一通。二十个小僧不一会儿就追上了那个游僧，大声喊道："嗨！不知好歹的老秃子你给我站住，师傅要我们把你抓回去，你乖乖地准备好等着屁股挨板子吧！"盘腿坐在路边的游僧毫不惧怕，说道："你听听，说得多轻巧，不知天高地厚的兔崽子们！你们也配教训我？过去你师傅我打过千人架万人仗，现在看来在这区区小地方也要打一个山羊小架啦！嘉，麻烦你们把我的两个拐杖也拿过来吧，看看谁的屁股先挨打。"那些小喇嘛一听老僧打过千人架，早已吓得哪里还敢靠近，一溜烟地跑回去了。

（父亲乔德格敖子尔于1984年7月18日在朝格图呼热苏木讲述）

182. 游僧和贝勒斗智

聪明的游僧正在赶路,看见前面大道上黑压压地走来一群人,只见他们有的骑在马上,有的坐在马车上,好不威风。游僧故意坐在路中间,烧了一堆火在沙壶里烧水。没过多久,前头一个大臣模样的人骑着马奔过来,大声呵斥道:"嗨!瞎了眼的穷要饭的喇嘛,快闪开!你没看见一队人马过来吗?你的屁股叫钉子钉着糨糊粘住了吗?"

游僧答道:"难道这么大的世界没你们通过的地方了吗?有多大的人能占多大的路呢,反正我没有占整个大地。"大臣见这个喇嘛伶牙俐齿,便问道:"看你还有点口才,那我问你,香达浅水滩有多少水?"游僧答道:"谁知道呢,我没量过。用我的沙壶舀了一壶,剩下的在那儿呢,你们自己去量吧!"大臣来了气,说道:"你知道前面来的是什么人吗?是达尔罕贝勒爷!"游僧不屑一顾地答道:"什么,达尔罕?不会是铁匠吧,要是有本事的铁匠,我要请他给我焊一焊我的铁沙壶呢!"蒙语中达尔罕的另一个意思是铁匠,游僧利用谐音讥讽大臣令大臣说不出话来。这时达尔罕贝勒的车马也已来到了跟前,大臣说道:"你这个不知好歹的喇嘛,还像疯狗一样和达尔罕贝勒爷多嘴吗?"游僧说道:"嗨嗬,我哪儿有多出来的嘴?难道贝勒爷有多余的一张嘴吗?那就吃饭的时候用两个碗吧!"

达尔罕贝勒见大臣斗不过铁齿铜牙的游僧,便对大臣说道:"嘉,算了算了,不要跟不懂事的人一般见识,我们还是绕道走吧!"说着他们就绕过游僧径直向前走了。

(母亲苏布德于 2000 年 11 月 30 日在巴彦浩特讲述)

183. 旱了大半年响了一次雷

　　一个富人家请来祭祀喇嘛祭佛念经做法事，非常热闹。正在这时候又来了一个化斋的喇嘛。富人不把他看在眼里，吃饭的时候让化斋的喇嘛单独吃，只给了一盘灌肠肉让他吃，而给其他祭祀喇嘛煮了一锅肉。正吃着，主人问那个化斋的喇嘛："嘿，你四处游荡，去过的地方不少，那里的草长得怎么样？"化斋的喇嘛回答道："我去过的地方，有的地方像你们吃的肉一样肥沃，有的地方像我面前的灌肠一样稀稀拉拉的。"

　　听出喇嘛在讽刺自己，主人不屑一顾地问道："像你这样的穷喇嘛一辈子也没吃过今天这样丰盛的斋饭吧？"喇嘛说道："记得从前吃过一个像肥猪一样不懂事的人给的不起眼的灌肠子呢！"肥胖的主人知道对方在挖苦自己，又问道："你去过的地方雨水如何？"喇嘛回答："旱了大半年响了一次雷，就像您憋了半天说出一句话一样呢！"

　　吝啬小气而又自以为是的富人被喇嘛说得哑口无言，便低着头不再说话了。

　　俗话说，"骏马的斑点好看，瓷碗的斑点不好看"，以貌取人、看客下菜的富人不知道是否明白了这个道理？

（父亲乔德格教子尔于 1984 年 7 月 28 日在朝格图呼热苏木讲述）

184. 爸爸的灵体在这儿找到了

有一个聪明机智的喇嘛走到一户人家。这家的主人非常小气，想让喇嘛早点离开，便对他说："太阳快落山了，游僧您要趁早赶路啊！"喇嘛看出对方不想留他吃饭，故意说道："你说什么？让我不要急着赶路？我怎么会不急呢？但是您非要好心留我吃饭，那我也就不客气啦。"主人见喇嘛一时半会儿不想走，便从煮好的肉里弄了一块留给喇嘛，还叫小儿子告诉喇嘛赶快吃他老爸的肉！小孩子便过去，对喇嘛说："我爸叫你赶快来吃你老爸的肉呢！"喇嘛忙说道："好好，谢谢你们的一片好意。"

第二天早晨，喇嘛早早起来把晾在外边绳子上的干肉取下来装进自己的背包里。主人见状骂道："你这是干什么？来我这儿吃饱喝足又睡了一宿，临走的时候还要偷晾在外面的肉，你难道不知羞耻吗？"喇嘛用手捂着耳朵装作认真聆听的样子，说道："对呀对呀，您说得对！真是太麻烦您了，我一定会把我老爸的灵体都带回去的。我找了很多地方总找不到父亲的遗体，没想到你们保存得好好的，还晾成了干肉，我不知如何感谢你们呢！我现在就把老爸的灵体带走，找一个风水宝地好生安葬。"说着喇嘛把晾在外面的干肉都装进了背包，流着鼻涕哭哭啼啼地走了。

那个富人目瞪口呆地站在原地，眼睁睁地看着那么多干肉被喇嘛背走了。这正是搬起石头砸了自己的脚，挖好的坑里把自个儿装进去了。

（2002年11月25日姐姐敖登其其格讲述）

185. 全世界统统的阿弥陀佛

从前,在去大召的路上住着一个聪明的尼姑。前去召庙朝拜的喇嘛都要路过尼姑家,和尼姑比试比试自己的学问,赢了的上召庙,输了的打道回府。

话说有一天,一个自以为是的喇嘛来到这里,受到尼姑的热情招待。喇嘛看尼姑,觉得这尼姑头发花白、弱不禁风、腿脚发颤、黑不溜秋的样子,心想这么个尼姑别说和别人较劲,就连自己也管不住,怎么能跟我比试学问呢?于是在一旁等候时机,准备整治一下这老尼姑。到了晚上,老尼姑给喇嘛铺了一件黑羊皮褥,说道:"穷尼姑家里也没什么好东西,远道而来的高僧您就在这件老羊皮褥子上将就着睡一晚上吧。"说着点燃杜松,用它的香气替羊皮褥驱邪净气。喇嘛见状,心想这下你可落在我的手里了,我要好好地气气你,于是煞有介事地说道:"呸,我虽然不是什么金身贵体,但毕竟是一名佛门弟子,谁稀罕让你这么个老尼姑来伺候?你那又脏又破的老羊皮弄脏了我怎么办?"喇嘛说完后看老尼姑怎么说,只听尼姑满不在乎地说道:"哟,今儿个碰上洁身自好的高人了,啧啧。那我老尼姑就说一声全世界统统的阿弥陀佛,这下我的偈语已渗入赡布洲的每个角落了,我看你踩在哪里坐在哪里?"喇嘛听了,张着嘴不知道说什么好了,只好灰溜溜地回去了。

这正是:"一山还比一山高,强中自有强中手。"

(2001年2月18日姐姐敖登其其格讲述)

186. 喇嘛出丑

从前,有一个背着背囊的乞丐喇嘛来到一户人家。这家女主人给喇嘛敬上香浓的奶茶后祈求道:"喇嘛,您能为我们家念经祈福吗?"

喇嘛正好赶路又累又饿,所以也就非常乐意地答应了。喇嘛流着汗,喝足了美味的奶茶后准备着念经祈福的古里穆法事(喇嘛教驱魔禳灾的一种宗教活动),同时让女主人去拿来糌粑和好做了几个像巴灵(用米、面等做的供品)一样的东西。这时女主人发现一只猫正在窥伺着没穿内裤只穿裹袍的喇嘛私密处。等着念诵经文的女主人,看穿了喇嘛的心思,便对喇嘛警告道:"猫咪猫咪真聪明,我的话儿很真切,喇嘛喇嘛要坐稳,拉紧衣服下摆坐,两侧大腿要夹紧;地板可是硬邦邦,瓷碗可是脆弱弱。"原来没有穿内裤的喇嘛,敞开下摆坐着时,猫儿把喇嘛的私密处当作老鼠而窥伺,差一点就扑了过去,被女主人及时察觉赶走了。不学无术,没有经过风浪的喇嘛想在女主人面前显摆自己,没想到出了这等丢脸的事,羞愧得恨不能找个洞钻进去。

这正是:"想炫耀能耐却丑态百出。"

(母亲苏布德于1988年7月16日在锡林高勒苏木讲述)

187. 不用你教

　　从前,有一个瞎眼喇嘛来到一户人家做法事。主人见他又瞎又老,就像尊重祖宗一样来招待他。家里人因事务繁忙,所以决定把十八岁的女儿留下给喇嘛端茶倒水。等人们走远了,喇嘛好像是在听什么声音一样,对姑娘说道:"姑娘啊,你们家好像是有人来了。"姑娘听了一阵说道:"没动静啊。"喇嘛说:"你到那边的山丘上看一看,好像是有骑马的人在往这边来。"姑娘出去看了后进来说道:"我到山丘上没有看到什么人。"喇嘛追问道:"你真的看好了吗?这附近没东西吗?"姑娘说道:"没有,可能是您弄错了吧。"于是喇嘛说:"哦,是这样啊!嘉,姑娘过来!我给你把把脉。"姑娘觉得他和自己的爷爷一样可怜,也就没有想太多,便走了过去,喇嘛突然抱住她,下流地说道:"老虎老了还是会有条纹的,牛老了还是会有犄角的。"姑娘气恼地狠狠一推,喇嘛和捏好的巴灵替死鬼(用面捏的小人)连同桌子一起摔倒在地上。喇嘛从破裂的巴灵糌粑上挣扎着爬起来说道:"哎哟,大雪覆盖汗山,岁月蹉跎我身,也是一件不容易的苦差事啊。"

　　主人家从外面进来,看到满地破裂的巴灵糌粑,便责备女儿道:"邋遢的人丢东西,哆嗦的人洒茶水,这么大了这是在做什么呀?给喇嘛师父当眼睛就这样当的吗?一点也不小心!"这时喇嘛却和没事人一样说道:"你们家的这女儿也太邋遢了,不好好教育,什么人家愿意娶她做媳妇啊?"姑娘说道:"我不用你教,也不用胶来粘!"然后走了出去,喇嘛虽然看不见但也从后面看了很久,只是默默地叹气。

　　这正是:"知人知面不知心,画虎画皮难画骨。"

(2002年10月3日朝格图呼热苏木额门高勒嘎查牧民阿拉腾苏布德讲述)

188. 小气的人家

　　从前，有一个对吃喝吝啬不说，还从不给过路之人借宿的怪脾气的人家。一个背着背架化缘的喇嘛来到这里，路人叮嘱他不要去那家，那是个在多么寒冷的冬天都不会施舍饭菜和借宿的怪人家。可化缘的喇嘛如果不借宿，在这寒冬又冷又长的夜里除了冻死没有其他的路可走，所以不管怎么样也要前往。

　　到了那个人家，化缘的喇嘛和主人互相道了好，主人别说是给倒杯茶，就连正眼都没瞧上一眼。这时，喇嘛注意到屋子的角落里躺着一个盖着被子的姑娘，便想到一个办法，看着姑娘苍白的脸说道："我看这姑娘病了很久了吧。"听了这话，主人的夫人开始有了好脸色，问道："您走过很多地方，或许有灵丹妙药吧？"喇嘛心想，现在暖和的被窝可是有着落了，于是吹牛道："虽然不是有名的曼巴（大夫），好歹也略知一二。""真是太好了，那您就住下来，给我女儿瞧瞧吧。"喇嘛看着刚刚还在给脸色看的主人，现在却邀请他住下，便说道："我另外还有非常要紧的事要做，恐怕没时间啊。"说着显出一副傲慢的样子，这时主人已经备好锅灶开始煮肉了。喇嘛显出很不情愿的样子住了下来。

　　喇嘛吃饱了肉后，主人急忙过来请他为女儿把脉诊病，这可难住了喇嘛。对诊断一窍不通的他，就算是摸了骨把了脉，之后要说些什么呢？正为难时，突然急中生智，便说道："我今天远道而来，已经疲惫不堪了，再说晚上的脉搏也不是很清楚，住下来明早把脉才会诊断得更好啊。"主人现在是毫无疑心地相信了喇嘛，拿来驼毛制成的被褥供喇嘛享用。喇嘛美美地睡了一觉，在天还没亮的时候起来，以方便的名义一走了之。

　　早晨主人起来熬茶的时候看到空荡荡的被子，知道自己上了当，愤恨不已。

　　这正是："脾气怪失尊严，架子松失驮载。"

（2003年11月28日昭化寺喇嘛厄鲁特·扎木央讲述）

189. 偷羊背子

有美食不会享用,有财产不会享受,过分吝啬的老两口家里有一天来了两个化缘的人。老太婆没倒茶也没给好脸色看,进进出出好像是在忙于活计。两个化缘者在进他家时,就看到了绳子上晾着一只风干的羊背子,两人悄悄商量妥当,等老太婆进屋就说道:"我们两个就不麻烦您煮饭了,一个现在就走,一个只是留宿一夜便走。"听到不吃饭,老太婆便笑逐颜开地说道:"是啊,谁还把房子背着上路啊?你们留宿也无妨啊。"说完出去了。

过了一会儿,要留宿的那个人说道:"我也不住了,坐一会儿歇歇脚便走,我们化缘的人也只有赶路的命了。"等到留宿的化缘人也走后,老太婆非常高兴地对老头儿说道:"今天我们的运气可真好,好歹那些化缘的人没有制造垃圾就走了。"老两口吃完饭安心地睡觉去了。这时候先前走的化缘者又折了回来,见这家人喂完牲畜进屋后就悄悄地把挂在绳子上的羊背子放在背架中,拿到野外生了火,等另一个人的到来。两个化缘者烤了肥美的干羊背子饱餐了一顿,住在了野外,第二天说说笑笑地上路了。次日,小气的老两口发现风干的羊背子不见了,才知道上了两个化缘人的当。

这不是"捡了芝麻丢了西瓜"吗?

(2000 年 8 月 10 日银根苏木呼泊嘎查奈斯拉哈达讲述)

190. 把你这个该死的东西拿走

把尘土当作金子,把草木当作食物的贪婪而又吝啬的老两口,见一个化缘人走过来,老婆子便说道:"嘉,又是个没钱的主来了,现在怎么办?"老头子说:"能怎么办?又不是我们的叔伯娘舅,端碗砖茶就行了。"这下老婆子心里有了数,给化缘的人端了一碗砖茶说道:"喏!您喝茶吧,我家也很穷,所以只能端茶了。"喇嘛喝着砖茶心里思忖,刚经过储藏室的时候,明明看到有羊前腿还有羊背子,却还这样小气,有吃的却还要装出一副穷酸相,那我就好好整治整治你们吧。

到了睡觉的时候,喇嘛坐在铺好的褥子上,一阵阵地放耳去听,然后说道:"什么?这家有风干的羊背子还有羊前腿肉?大声点!在嘴里嘟哝干什么?啊!在哪儿?哦,在储藏室里是吧?嘉,嘉,我知道了,明白了。"喇嘛好像是在和另外的什么人聊得挺开心似的。老两口非常疑惑,就从储藏室里把羊背子和羊前腿肉拿出来怒气冲冲地说道:"给!把你这个见鬼的东西拿走!粘了妖气的脏东西!"喇嘛拿着羊背子和羊前腿肉走在路上,想到戏耍了胆小又小气的老两口就觉得可笑。人就是自己吓唬自己的动物啊!为了省下一口饭,却搭上了春天要解馋而储存的肉食,何苦呢!

这正是:"吝啬食物不会变富,分享食物不会变穷。"

(2002年11月16日布固图苏木布固图嘎查牧民莲花讲述)

191. 手持仙板骨的鬼

有存粮不吃者会变成饿死鬼,有衣服不穿者会变成冻死鬼。话说有对老夫妻,没福气享受自己的财富,是因为特别吝啬小气。一天,有一位云游四方的喇嘛来到他家。老婆子正在煮满满一锅肉,等待狩猎归来的老头子。喇嘛又饿又渴,所以眼睛一直盯着煮着肉的锅,企望能吃到一口。

小气的老婆子怎么会把肉分给喇嘛吃呢?"这些不要脸的讨吃喇嘛,眼睛都快掉进人家锅里了!"老婆子如此想着就把煮沸的肉连锅端起收放在一旁,然后给喇嘛熬了点砖茶,茶里掰了几片锅盔干粮,别的什么也没给他吃。喇嘛空着肚子躺下睡觉了。很晚的时候,老头子狩猎归来,说道:"老婆!有什么吃的?我追了一整天黄羊,最后还是没追上。哎哟!我这肚子也饿坏了。"老婆子怕喇嘛醒来,就把灯烛吹灭,黑漆漆中弯腰从锅里捞肉:"嘉,小声点!今天咱们家来了一个臭要饭的,我没给他吃肉。"说着捞起一块仙板肉摸黑递给老头子。这时肚子饿得睡不着觉的喇嘛比老头子快一步地接下了肉。老婆子过了一阵子又捞起一块桡骨递了过去,喇嘛又比老头子快一步接下了肉。就这样老婆子把整锅肉都递完了,可是一口肉也没吃到的老头子嚷嚷道:"哎,你的肉在哪儿啊?我饿得受不了啦。""这是什么话?我煮了一锅肉全部捞给你了,我自己连一块肋骨也没吃着。你现在说的这是什么话呀?"老婆子奇怪地说道。于是老两口饿着肚子入睡了。

次日清晨,喝早茶的时候喇嘛说道:"嘉,你们家啊,有很多脏东西。昨天整晚有手持仙板骨和桡骨及啃肋骨的鬼吵闹个不停,我都没有休息好。"听到这话,老两口后脑勺的头发都竖了起来,心想可能这是真的见了鬼了,一锅肉没人吃却不见了,原来是这样啊。越想就越相信喇嘛的话,越相信就越害怕,于是恳求喇嘛:"请高僧保佑消除这灾孽,降住这可怕的鬼怪吧!"喇嘛暗暗觉得可笑,却也装出一副严肃的样子,说道:"啊呀,你们家这个灾孽有点深,一般道行的喇嘛也压不住,或许还会适得其反被妖孽所制。我的道行也不知道能不能降得住。"老两口听了这话急了,说道:"喇嘛师父,您无论如何也要把我们从这灾孽中解救出来,我们会慷慨地报答您的。"喇嘛说道:"这是什么话?我们做喇嘛的经常替人造福,可不是为了索要什么才这样做的。"嘴上虽然这么说,可还是暗暗自喜。

喇嘛把这两口子的脉号得准准的,报了一夜饿肚子的仇。做了整整一天的法事后,喇嘛赶着得来的牛羊、骆驼高高兴兴地返回家。

"疑心生暗鬼",说的就是这样的事吧!

(2002年10月15日布固图苏木布固图嘎查牧民辉特·都岱讲述)

后 记

  这是一本阿拉善蒙古族民间故事集的简译本。我们从策·萨茹娜老师搜集整理并由内蒙古人民出版社出版的《溜溜的黑骏马》一书里选译了近二百篇故事,该书由马英和萨仁高娃两位老师翻译。萨仁高娃是刚刚踏入民间文学翻译领域的新人,这是她的第一部翻译作品集,难免有不足之处和不尽如人意的地方,敬请读者批评指正。

2016 年 3 月 28 日

编后语

在内蒙古自治区成立70周年、阿拉善和硕特旗建旗320周年和阿拉善旗和平解放68周年等具有重要历史纪念意义的时刻,《阿拉善文史集》系列丛书终于和大家见面了。

在此,特别向丛书的策划者及给予大力支持和关怀的盟委委员、阿拉善左旗旗委书记王旺盛同志和阿拉善左旗人民政府旗长戈明同志表示衷心的感谢!向参与编撰出版工作并为之付出辛勤汗水的作者和编纂委员会的同志们表示诚挚的谢意!

阿拉善是人杰地灵的一方沃土,具有悠久历史、厚重文化底蕴和丰富的旅游资源。在漫长的历史长河中,形成了独特的地域民族文化,也产生了享誉海内外的宗教、哲学、文学大师六世达赖喇嘛仓央嘉措、阿旺丹德尔拉然巴等杰出的历史文化名人。

回顾历史,展望未来。在改革开放的新时代,传承、挖掘阿拉善地域文化,满足人民群众精神文化需求,是我们历代文化工作者义不容辞的历史使命和责任。在《阿拉善文史集》系列丛书出版发行之际,我们向参与编撰工作全过程并提出宝贵建议、奉献智慧以及热情帮助和指导的老领导和专家学者及阿拉善左旗有关部门领导表示衷心的感谢和诚挚的敬意!

阿拉善左旗政协主席 李苏依勒图

2017年5月20日